살육의 천사

BLESSING IN DISGUISE

2

원작 = **사나다 마코토**
저자 = **키나 치렌**
일러스트 = **negiyan**

STORY BY MAKOTO SANADA
WRITTEN BY CHIREN KINA
ILLUSTRATION BY NEGIYAN

CONTENTS

생생한 피 냄새가 엘리베이터 안에 가득 찼다. 두근두근 계속 울리는 자신의 심장 소리조차 들릴 것 같은 정적이 레이의 불안을 부추겼다.

한밤중 호수의 수면을 비추는 듯한 파랗고 고요한 레이의 눈 속에, 새빨갛게 물든 잭의 상처가 애처롭게 비쳤다. 레이는 작게 떨리는 손을 뻗어 어둑한 엘리베이터 중앙에 누운 잭의 양쪽 겨드랑이에 넣고 그 몸을 들어 올리려고 했다.

'무거워……'

그러나 잭의 의식이 없는 탓에 그 몸은 마치 커다란 고깃덩어리 같았다. 하지만 이대로 잭을 엘리베이터 안에 내버려 둘 수는 없었다. 레이는 온몸에 힘을 주어 엘리베이터 안에서 어떻게든 그 몸을 끌어냈다.

잭이 스스로 벤 복부에서는 움직일 때마다 피가 방울방울 배어 났고, 빗방울이 떨어지듯 바닥에 빨간 자국을 남겼다.

"하아……"

'손이 저려……'

갑자기 몸에서 힘이 빠졌다. 그때 어렴풋한 빛이 레이의 시야를 덮었다. 앞을 보니 벽걸이 촛대가 규칙적으로 늘어서 있고, 촛불 빛을 받은 복도가 멀리까지 이어져 있었다.

'지금까지의 층과는 달라…….'

엄숙한 분위기를 띤 복도를 응시하자 레이의 마음은 이상하게 술렁였다. B3까지는 확실히 있었던 빌딩 특유의 무기질적인 기색이 이 층에서는 전혀 느껴지지 않았다. 마치 중후한 성이나 저택에 잘못 들어와 버린 듯한 감각에 사로잡혔다. 하지만 엘리베이터 옆 벽에는 지금까지 그랬던 것처럼 빨간 글자로 B2라고 적혀 있었다.

B2— 간신히 여기까지 올라왔다. 그런데 어째서 이렇게 된 걸까. 레이는 깊이 숨을 토해 호흡을 가다듬은 뒤, 힘을 쥐어짜 잭을 벽에 기대게 했다.

"잭, B2에 도착했어."

잭의 정면에 앉아 얼굴을 들여다보고 살며시 속삭였다.

"……."

그러나 잭은 반응하지 않았다. 최악이라고도 할 수 있는 사태에, 술렁이던 마음이 더욱 어수선해졌다. 어떻게 하면 좋을까. 어떻게 하면 잭은 눈을 떠 줄까. 죽음을 연상시키는 잭의 무참한 모습을 앞에 두고 레이는 평소처럼 냉정하게 생각할 수가 없었다.

'……잭.'

B3층의 주인인 캐시를 처리하고 B2로 올라가는 엘리베이터에 올라탈 때까지 잭과 평범하게 대화를 나눴던 것이 거짓말 같았다. 하지만 B3에서도 캐시가 준비한 다양한 장치 때문에 계속 몸을 혹사했고, 약을 주사한 뒤로는 만신창이 상태였다. 언제 몸이 망가져도 이상하지 않았다.

─이대로 잭이 깨어나지 않는다면…… 나랑 잭이 한 약속은…….

마음속에 쌓여 가는 불온한 감정을 없애고자 레이는 후우 숨을 내쉬었다. 눈을 감아 버리고 싶을 만큼 가슴속에 선명하게 떠오르는 결말은 그저 절망일 뿐이었다.

'잭, 싫어……. 이런 거, 싫어.'

─날 죽여 주겠다고 맹세해 줬으면서. 신께 맹세해 줬으면서.

—부탁이야……. 잭, 눈을 떠 줘.

레이는 간절히 기도하며 붕대 뒤에 가려진 굳게 닫힌 잭의 눈꺼풀을 지그시 바라보고 있었다.

"……윽."

그러자 레이의 바람이 전해진 것처럼 살짝 눈이 뜨였고, 잭의 얼굴이 고통스럽게 일그러졌다.

"잭, 다행이야……!"

그 작은 동작을 보고 레이는 무심코 크게 외쳤다.

"……어? 도착, 했어……?"

가늘게 숨을 내쉬듯 잭이 입을 열었다. 그러나 눈앞이 침침하여 잘 보이지 않았다. 다만 주변의 기묘한 정적을 통해 이곳이 엘리베이터가 아님은 알 수 있었다.

"응. B2에 도착했어. 하지만……."

"B2인가……. 그럼 가자."

자신의 몸이 어떤 상태든 상관없었다. 잭은 바로 일어나려 했다.

"안 돼! 아직 피도 안 멎었어!"

그 무모한 행동을 저지하고자 레이는 잭이 입고 있는 회색 후드

티 소매를 순간적으로 꽉 잡았다.

"아……, 피? 이딴 게 뭐 별거라고."

상처도 확인하지 않은 채 건방진 아이처럼 말하는 잭을 보고 레이는 얼굴을 찌푸렸다. 이렇게 큰 낫으로 배를 갈랐는데 괜찮을 리가 없다.

"안 돼. 상처도 아물지 않았어. 상처가 벌어지면 위험해."

"그러니까, 괜찮다고 하잖아……."

그렇게 우기는 잭의 목소리는 평소처럼 기운 넘친다고는 할 수 없었다. 괜찮지 않다는 증거였다. 내뱉는 말과는 반대로 그 목소리는 당장에라도 사그라질 것처럼 쉬어 있었다.

"……안 돼."

레이는 전에 없이 근심 어린 표정으로 잭의 얼굴을 지그시 보았다. 여기서 「응, 그럼 가자.」 하고 대답한다면 잭은 분명 몸을 질질 끌면서라도 따라와 줄 것이다. 하지만 이 상태로 이동하는 것은 너무나도 무모했다. 게다가 상처가 아물 때까지는 안정을 취해야 했다.

"뭐? 레이, 너……."

몽롱한 잭의 눈 속에서, 본 적 없는 레이의 표정이 흔들렸다. 조금은 인간다운 얼굴을 하게 됐다고 잭은 멍하니 느꼈다. 하지만 잭의 의식은 맹렬한 통증 때문에 다시 아득해져 갔다.

"왜 그렇게, ……이상한 얼굴, 하고 있어……."

파랗게 흐려진 레이의 눈에, 길게 찢어진 눈을 더욱 가늘게 좁히며 반쯤 노려보듯 자신에게 시선을 보내는 잭이 비쳤다. 어째서일까. 상당히 의아해하는 얼굴이었다.

'—이상한, 얼굴……?'

왜 이런 때 그런 말을 하는 걸까. 레이는 살짝 눈썹을 움찔했다.

"이상한 얼굴, 하고 있어……?"

자각은 없지만, 너무 이상한 얼굴을 하고 있다면 보이고 싶지 않았다. 살짝 고개를 숙이고서 레이는 조용히 물었다. 하지만 잭은 대답하지 않았다.

"……잭?"

불길한 예감이 들었다. 조심조심 얼굴을 들자 잭의 눈은 감겨 있었다. 뱀처럼 노랗게 빛나는 날카로운 눈동자는 붕대 뒤로 숨어 버린 상태였다.

—잭의 의식이 끊겼다…….

재차 불안이 엄습하여 레이의 심장은 크게 두근거렸다.

"……잭!"

그 이름을 부르면 다시 눈을 떠 줄 것 같았다. 하지만 감겨 버린 잭의 눈꺼풀은 꼼짝도 하지 않았다. 깨어날 기미도 없었다.

조심조심 얼굴을 가까이 가져가 보니 잭은 작게 숨을 쉬고 있었다.

'괜찮아. 의식이 없을 뿐이야…….'

—잭은 아직 살아 있다.

안도한 레이는 작게 숨을 내쉬었다. 하지만 느긋하게 있을 시간
은 없었다. 어서 이 상황을 어떻게든 하지 않으면 잭은 죽고 만다.

그러나 무거운 잭을 끌면서 무엇이 숨어 있을지 모르는 층 내부
를 걷는 것은 두 사람의 체력을 생각해도 현실적이지 않았다.

게다가 잭이 스스로 벤 복부의 상처에서는 선명한 피가 끊임없
이 방울방울 떨어지고 있었다. 바늘과 실이 든 재봉 도구는 가지
고 있다. 하지만 이런 상태에서 상처를 꿰매는 것만으로는 의미가
없었다. 한시라도 빨리 지혈하고 소독하지 않으면 최악의 사태에
빠지는 것도 충분히 생각할 수 있었다.

'잭이 죽으면, 곤란해…….'

레이의 마음에 암운이 드리워졌다. 하지만 가방 속을 뒤져 봐도
당장 치료할 수 있는 물건을 레이는 아무것도 가지고 있지 않았
다. 대체 어떻게 해야 할까……. 레이는 밀려오는 절망에 고개를
숙였다.

—잭이 죽으면 살해당할 수 없어…….

감정이 담기지 않은 레이의 눈에, 잭의 배에 생긴 무참한 상처
가 비쳤다.

『—여기서 나가게 되면, 그러면 너를…… 죽여 줄게.』

귓속에 내려앉는 것처럼 그 **약속**의 말이 되살아났다.

하지만 레이는 변함없는 무표정으로, 희미하게 호흡하고 있는 잭을 바라보았다. 배에서 방울져 떨어지는 피는 애처로웠다. 그러나 그 상처는 다른 누구도 아닌 잭이 레이를 위해 만든 것이었다.

작게 숨을 삼키고 레이는 일어섰다.

의식 잃은 잭을 내려다보니 지금껏 느껴본 적 없는 감정이 북받쳤다. 그것이 어떤 의미를 지닌 것인지 레이는 아직 알 수 없었다. 알고 있는 것은 단 하나. 지금 최선책은 잭을 여기에 두고서 자신 혼자 약이나 치료할 수 있는 물건을 찾으러 가는 것—.

"……잭, 잠시 기다려 줘."

잭은 지금까지의 건강했던 모습이 거짓말이었던 것처럼 사그라질 듯 가늘게 호흡하며 쓰러져 있었다. 생사의 경계를 헤매고 있는 잭을 이런 위험한 곳에 혼자 두고 가고 싶지는 않았다. 누가 올지도 모르고, 일반인이라면 언제 완전히 의식이 끊어지더라도 이상하지 않았다. 하지만 이대로 여기 가만히 있을 수는 없었다.

'아무튼 이 층에 약이 있는지 찾아보자…….'

레이의 마음에는 잭과 했던 약속이 마치 자신의 일부처럼 어느

새 깊이 새겨져 있었다.

　─반드시 도움이 될 테니까……. 그러니 그때까지 부디…….

　B5에서 약속을 나눈 뒤, 이 층에 올 때까지 잭이 해 줬던 말. 그 전부를 되새기면서 주먹을 꽉 쥐었다.

　그리고서 레이는 딱 한 번 잭을 뒤돌아보고 엘리베이터 앞 복도를 지나 다음 방으로 향했다. 잭이 마음에 걸리기는 했다. 하지만 다시 한번 돌아보자는 생각은 들지 않았다. 남은 시간은 앞으로 조금뿐…….

SWEET GUILT

아무것도 보이지 않았다.

늘어선 촛불의 은은한 빛을 의지하여 복도를 달리니 벽에 중후한 문이 있었다. 레이가 과감히 그것을 열자 마치 밤처럼 캄캄한 공간이 나타났다.

'……조금 전까지와는 공기가 달라.'

분위기도 그렇지만, 이곳에 오기까지의 빌딩 느낌과는 확실하게 무언가 달랐다. 냄새, 일까. 모르겠다. 뭔가 이상한 느낌이 들었다. 레이는 묘한 감각이 몸에 휘감기는 것을 느꼈다.

그때 어디선가 음악 소리가 들렸다. 레이는 가볍게 눈을 내리뜨고 귀를 기울였다. 멜로디까지는 알아들을 수 없지만 그것은 파이프 오르간을 연주하는 듯한 중후한 곡이었다.

'뭘까…….'

그 음색에 이끌려 레이는 눈앞의 캄캄한 방에 발을 들였다.

그러자 방에 들어간 순간, 마치 레이의 존재를 기다렸던 것처럼 양쪽 벽에 늘어선 여러 양초에 저절로 불이 붙었다. 눈부심을 느끼며 앞을 보자 앤티크풍 타일이 깔린 바닥에 낡은 빨간색 롤카펫이 펼쳐져 있었다. 주위를 둘러보니 벽돌 무늬 벽에는 중후한 기둥이 늘어서 있었다.

'……대체 여긴?'

그때 뭔가에 부딪힌 느낌은 안 들었는데 갑자기 레이의 발밑에 무언가 넘어졌다. 날카로운 금속음이 울려 퍼졌다.

"뭐야……?"

레이는 깜짝 놀라서 바닥을 내려다보았다. 발밑에는 방금 불이 붙었던 길쭉한 금속제 촛대 하나가 넘어져 있었다. 넘어진 충격 때문인지 촛불은 꺼졌고 꺼림칙한 보라색 연기가 훅 피어올랐다. 그리고 방은 금세 그 연기에 휩싸여 갔다.

"달콤한…… 냄새……?"

강렬한 냄새가 방 안에 퍼졌다. 설탕이 눌은 듯한, 혹은 뭔가 강한 약품을 뿌린 듯한, 지금껏 맡은 적 없는 냄새였다. 눈앞의 광경에 놀라면서 현기증을 느낀 순간, 레이는 그 냄새를 들이마셔 버렸다.

─삐이삐이.

숨 쉬기만 해도 취할 듯한 달콤한 향기 속, 레이의 발밑에서 새가 지저귀는 소리가 났다. 그 소리가 나는 쪽을 보자 둘로 찢긴 피투성이 새의 모습이 있었다.

언젠가 봤던 광경이지만 잘 기억나지 않았다. 하지만 이대로는 가엾다고, 살짝 몽롱한 의식 속에서 레이는 생각했다.

─고쳐 줘야 해.

그 자리에 웅크려 앉아 양손으로 새를 들어 올리려고 했다. 하지만 어째서인지 그 순간 작은 새는 홀연히 사라졌고 달콤한 냄새도 느껴지지 않게 되었다.

"어라······?"

'한순간 머리가 멍해졌고 여기에 작은 새가 있었던 것 같은데······.'

그 불가사의한 현상에 레이는 위화감을 느끼지 않을 수 없었다. 둘로 찢긴 새가 바닥에 쓰러져 있는 것을 확실히 봤는데.

'착각이었을까······.'

피곤해서 그런 걸지도 모른다고 레이는 생각했다. 되돌아보면 언제부터인지 알 수 없을 만큼 아무것도 먹지 않았고, 휴식한 것도 B3층의 감시 카메라 사각지대에서 잭과 함께 겨우 몇십 분 잠잔 정도였다.

하지만 지금은 쉬고 있을 시간 따위 없었다. 1초라도 빨리 잭의 약을 찾아야 했다. 레이는 고개를 획획 흔들어 방금 본 광경을 떨쳐 내고 다시 주먹을 움켜쥐었다.

'······가자.'

뭔가 오싹한 공기를 피부로 느끼며 레이는 빨간 롤카펫을 따라

다시 안쪽으로 나아갔다.

▲
▼

　방 끝에는 끄트머리가 뾰족한 아치를 그리고 있는 커다란 문이 두 개 있었다. 그 두 개의 문 사이에 낀 중앙에는 작은 제단이 놓여 있고 두꺼운 책 한 권이 펼쳐져 있었다.

　책에 다가가 보니 페이지는 누렇게 변색됐고 상당히 먼지가 쌓인 모습이었다.

　'성서……?'

　레이는 책을 들여다보고 먼지를 털었다. 거기에는 이런 문장이 적혀 있었다.

「—신이 바라는 것은 부정(不淨)하지 않으며 거짓되지 않은 자.
　자신이 누구인지 스스로에게 물어라.
　바람직한 제물인가, 아니면 천사인가.
　혹은 그 외의, 신의 구원을 바라는 자라면 모든 것을 드러내고 참회하라.」

'……참회.'

돌연 엄습한 말이 레이의 가슴을 꽉 조였다. B7에서 깨어났을 때는 아무것도 떠올리지 못했다. 거의 모든 기억이 마음 깊숙한 곳에서 잠들어 있었다.

기억을 잃어버렸을 때, 지금 생각해 보면 신기할 만큼 자신을 **평범한** 여자아이라고 느끼고 있었다. 가족 곁으로 돌아가고 싶다고 거짓 없이 진심으로 원했다. 그리고 그때 떠올렸던 가족은 이상적인 가족 그 자체였다.

문득 레이는 그대로 아무것도 떠올리지 못한 채, B6에서 처음 잭과 대치했을 때 죽었다면 어땠을까 생각했다. 그대로, 아무것도 떠올리지 못한 채 잭에게 살해당했다면 신이 계신 천국에 쉽게 갔을지도 모른다.

하지만 이미 지난 일이었다.

'나는 더 이상 살아 있어선 안 돼…….'

깊이 숨을 내쉰 레이는 돔 형태의 높은 천장을 천천히 올려다보았다. 눈앞에 우뚝 선 두 개의 문 위에는 커다란 십자가가 걸려 있었다. 그렇다면 이 안쪽은 참회실인 걸까.

십자가를 바라보며 레이는 지금까지 지나온 층을 되짚어 보았다. 빌딩에는 각층에 주민이 있었고, 공간은 그들의 무언가를 표현했었다. 이 층도 그런 걸까. 알 수 없지만 이 층에도 주민이 숨어 있을 가능성은 컸다.

'신의 구원……'

아까 읽은 문장을 떠올리며 레이는 살며시 참회실 문고리를 잡았다. 하지만 역시나라고 할까, 문은 굳게 닫혀 있었다. 그래도 이 앞으로 가야만 했다. 뭔가 열 방법이 없을까 싶어서 레이는 문을 조사했다. 그러자 문 중앙에 「그대의 이름은?」이라고 묻는 글자가 희미하게 조각되어 있는 것이 보였다.

'이 문을 향해 내 이름을 말하면 되는 걸까……?'

그러고 보니 B3의 엘리베이터도 그렇게 열렸음을 레이는 떠올렸다.

'하지만 그건 내 이름으론 열리지 않았어……'

「─신은 불결해진 것을 필요로 하지 않는다.」

B3의 엘리베이터 앞에는 그렇게 적혀 있었다. 즉, 더러워진 존재라고 신에게 선고받은 것이나 다름없었다.

"……레이첼 가드너……."

레이는 조금 우울한 기분으로 이름을 말했다. 어쩌면 B3층 엘리베이터와 마찬가지로 이 문 역시 열리지 않을지도 모른다는 걱정이 있었다. 하지만 예상과 다르게 문은 쉽사리 열렸다.

"그렇구나…… 참회실이니까."

레이는 한심한 모습으로 눈썹을 내리고 미소 지었다.

참회실은 신께 죄를 참회하는 마음이 있다면 과거에 어떤 악마 같은 짓을 한 인간이더라도 들어갈 수 있는 곳이었다. 그렇다면 열리지 않을 이유 따위 없었다.

"……가자."

레이는 참회실로 들어가는 문고리를 잡았다. 손에는 자연스럽게 힘이 들어가 있었다.

▲
▼

안으로 들어가 주위를 둘러보니 내부는 전혀 참회실처럼 좁지 않았다. 무엇보다 외장을 생각하면 절대 말이 안 되는 형태의 기묘한 공간이었다. 마치 안쪽으로 가는 길을 나타내듯 똑같은 간격으로 배치된 촛불만이 켜진 수상한 장소가 그곳에 있었다. 그리고 아까 맡은 기분 나쁜 달콤한 냄새가 방 안에 충만해 있었다.

'……뭐지.'

기분 탓일지도 모른다. 하지만 레이는 그 묘한 달콤한 냄새가 아까보다 강해진 것 같다고 느꼈다.

냄새의 정체는 알 수 없었다. 그러나 별로 맡고 싶지 않은 냄새
다…….

그렇게 느낀 찰나, 켜져 있던 촛불이 꺼졌고 레이는 눈 깜짝할
사이에 암흑 속으로 내던져졌다.

—레이, 이리 오렴.

어디서 들리는 걸까. 암흑 속에서 누군가 부르고 있었다. 레이
는 목소리가 나는 쪽을 가만히 응시했다.

"……!"

그리하여 보인 것에 깜짝 놀라서 레이는 무심코 뒷걸음질 쳤다.
여기 있을 리 없는 부모님의 모습이 있었기 때문이다. 두 사람은
마치 봉합된 것처럼 단단히 손을 맞잡고 있었다. 그리고 이리 오렴,
이리 와, 하고 입을 움직이고서 섬뜩하게 미소 지으며, 맞잡지 않
은 쪽 손으로 천천히 손짓하여 레이를 부르고 있는 것처럼 보였다.

—왜 그러니, 레이. 빨리 오렴.

가만히 선 레이를 향해 아빠가 다정하게 웃었다. 레이가 지금껏
본 적 없는 따뜻한 웃음이었다. 하지만 레이를 바라보는 아빠의
눈은 인간의 눈이라고 할 수 없는, 흡사 새까만 단추를 꿰매 붙
인 듯한 동그란 눈이었다.

―레이, 왜 그러니? 빨리 오렴.

비슷하게 동그란 눈인 엄마는 온화한 어조로 말했다. 그 목소리에서 레이가 언제나 두려워했던 히스테릭함은 조금도 느껴지지 않았다.

'……아니야.'

기묘한 모습인 부모님을 눈앞에 두고 레이는 뒷걸음질 쳤다. 돌연 나타난 그 광경에 레이는 명백한 위화감을 느꼈다.

'이건 진짜 가족이 아니야……. 진짜 가족은 날 부르지 않는걸…….'

그러니 이것은 꿈―.

"……."

그렇게 깨달은 순간, 방에 불이 확 켜졌다.

레이는 갑작스러운 빛에 눈부심을 느끼며 주위를 두리번두리번 둘러보았다. 손짓하는 부모님의 모습은 없었다. 꿈을 꿨던 걸까.

얼굴을 찌푸리며 레이는 뒤돌아보았다. 그리고 방금 막 들어온 문이 없어졌음을 알아차렸다. 레이는 깜짝 놀라 눈을 크게 떴다. 왜냐하면 그것은 출구가 사라졌음을 뜻했기 때문이다.

'그럴 수가……. 약을 찾아서 돌아가야 하는데…….'

엘리베이터 안에서 쓰러졌던 잭의 모습이 레이의 뇌리를 스쳤

다. 그대로 잭이 깨어나지 않게 되는 것만큼은 생각하고 싶지 않
았다. 레이는 고개를 휙휙 흔들었다. 분명 여기 말고도 출구는 있
을 것이다. 이 참회실은 밖에서 봤을 땐 상상도 못 했을 만큼 안
쪽 깊이 이어져 있는 듯했다.

'빨리 찾으러 가자……'

레이는 다시 불빛을 되찾은 촛불을 따라 참회실 안쪽으로 나아
갔다.

왜 갑자기 문이 사라져 버렸는지, 어째서 느닷없이 부모님 꿈을
꾸었는지 알 수 없었다.

하지만 이상하게도 레이는 아까부터 일어나는 기묘한 현상에
대해 생각할 마음이 사라지기 시작하고 있었다. 멀미했을 때 같
은 울렁거림 속에서, 한없이 이어진 듯한 공간을 레이는 그저 빠
른 걸음으로 계속 걸었다.

▲
▼

몽롱한 상태로 참회실 안을 헤매다가 레이는 문득 멈춰 섰다.
빨간 벨루어 천을 이용해 만든 1인용 의자 하나가 벽 쪽에 덩그러

니 놓여 있는 것이 부자연스럽게 여겨졌기 때문이다. 의자 위에는 투명하고 작은 병이 굴러다니고 있었다.

　─약……?

　레이는 그렇게 살짝 기대했지만 집어 들어 보니 빈 병이었다. 하지만 레이는 그 작은 병을 슬쩍 가방에 넣었다. 왜일까. 어딘가에서 뭔가에 쓸 수 있을지도 모른다는 예감이 들었다.

　"……!"

　가방을 보던 얼굴을 들었을 때, 레이의 눈에 또다시 이상한 광경이 들어왔다.

　의자가 놓인 앤티크풍 벽면에 마치 투명 인간이 장난이라도 치는 것처럼 흰 분필로 적은 듯한 글자가 갑자기 나타난 것이다. 그것은 지금까지 지나온 층에도 있었던 벽서를 연상시켰다.

　「─죄를 토하라.
　작은 병이라도 좋다. 그것은 증거가 되리니.
　증거를 발견하고 자신은 무엇을 생각하는가.
　부정함을 알기 위한 문은 열렸노라.」

　'이 병에 죄를 토한다? 무슨 뜻이지……?'
　죄라는 말을 보고 레이의 심장 박동은 빨라졌다. 그 문장이 자신을 비난하고 있는 것처럼 느껴졌다. 문득 레이는 그 말이 마음에 들지 않아서 아무 생각도 하고 싶지 않아졌다. 하지만 어떻게 벽에 글자가 멋대로 떠오르는지, 그 이해할 수 없는 현상에는 의문을 품지 않을 수 없었다.

—찰칵.

술렁이는 레이의 귀에 경쾌한 소리가 들렸다.

'어디선가 문이 열렸어……?'

소리가 난 쪽에 눈길을 주자 또 문이 두 개 있었다. 이 문 너머에 출구가 있을지도 모른다— 그렇게 기대하며 레이는 먼저 오른쪽 문고리를 조심조심 잡았다. 아까 잠금이 풀린 곳은 여기였는지 문은 아주 간단히 열렸다.

안으로 들어가니 방의 좌우 벽 쪽에 희미하게 불을 밝히는 양초가 줄지어 있었다. 늘어선 두 줄의 양초 사이를 걸어 안쪽으로 나아가니 막다른 벽에 훌륭하게 장식된 큰 직사각형 거울이 붙어 있었다.

묘한 느낌을 받으며 레이가 그것을 올려다보았을 때, 거울 윗부분에 아까처럼 하얀 글자가 나타났다.

「—자신의 모습을 확실히 보아라.

제물인가, 길 잃은 자인가. ……혹은 악마인가.

단, 신이 바라는 것은 거짓 없는 모습이다.」

'자신의 모습을 보아라……?'

그것은 또다시 레이를 비난하는 듯한 문장이었다. 아까부터 뭘까. 불쾌한 기분이 치밀어 레이는 문장에서 눈을 돌렸다. 그리고 거울 속 자신을 지그시 바라보았다.

—거울에는 내가 비치고 있어.

내가, 비치고 있다. 그저 그뿐. 레이첼 가드너, 13세. 기억을 잃었던 B7에서와는 달리 **확실하게** 지금은 모든 것을 이해할 수 있었다.

그리고 거울에 비친 자신은 웃고 있지 않았다.

「그런 시시한 얼굴, 죽일 마음이 안 들어.」

잭의 말을 떠올리고 레이는 거울 속 자신을 보며 눈썹을 찡그렸다.

'웃는 연습이라도 하는 편이 좋을까…….'

그런 생각이 스쳤을 때, 거울 위쪽 벽면에 또 글자가 나타났다.

「—너는 무지한 자인가?

아니면 자신을 속이고 있는가?

이곳은 참회의 방이다.

이곳에서 나가고 싶다면 자신의 파편을 들고 자신을 알라!」

Sweet
Guilt

저절로 쓰여 가던 하얀 글자는 거기서 뚝 멈췄다. 그 순간 엄청
나게 큰 소리를 내며 거울에 금이 갔고 폭발하는 것처럼 깨졌다.
그러나 그 파편은 레이를 피하듯 흩날렸고 요란하게 바닥에 떨어
졌다.

'파편에 무언가 비치고 있어…….'

치솟는 불쾌감을 억누르며 레이는 거울 파편을 주웠다. 그리고
들여다보고서 흠칫했다.

깨진 거울 파편에 비친 것은 틀림없이 자신의 모습이었다. 하지만
그저 자신의 모습만 비치는 것은 아니었다. 몇십 초 전에 거울 속에
서 보았던 자신이, 현상된 사진처럼 그대로 거울에 남아 있었다.

"……이상한 거울이야."

중얼거리자 왠지 몸에서 힘이 빠져 갔다. 그리고 눈을 감자 마
지막으로 본 잭의 애처로운 모습이 떠올랐다.

'가자……. 어서 약을 찾아 잭에게 돌아가야 해…….'

그 후 빠른 걸음으로 오른쪽 방을 뒤로하여 왼쪽 문을 연 순

간, 레이는 살짝 당황했다. 왼쪽 방의 내장은 오른쪽 방과 완전히 똑같았기 때문이다. 하지만 단 하나, 방 안쪽에는 오른쪽 방과는 달리 **거울이 들어 있지 않은** 훌륭한 액자가 걸려 있었다.

'출구가 없어. 어쩌지······.'

레이는 난처한 얼굴로 생각에 잠겼다. 그러자 무언가를 시사하듯 액자 위쪽 벽면에 또 아까와 비슷한 흰 글자가 저절로 나타났다.

「―죄를 토하라.

모르겠다면 찢고 끄집어내라.」

'또 죄를 토하라······?'

눈썹을 찌푸리고 레이는 다시 그 불쾌한 글자를 바라보았다. 지금 레이가 가지고 있는 것은 작은 병과 자신의 모습이 비친 거울 파편뿐이었다. 레이는 가방에서 거울 파편을 꺼내 거기 비친 자신을 빤히 응시했다. 거울 파편에 비친 자신은 과거에 갇힌 채 미동도 하지 않았다.

자신이 비친 거울 파편······.

이건······ 죄의 일부······?

그때 레이는 무언가를 문득 깨달은 느낌이 들었다.

마지막으로 자신의 모습을 본 것은 B7에서였고, 기억을 전부 떠올리기 전이었다.

그때보다 표정은 살짝 풍부해졌다. 하지만 그것은 전부 떠올렸기 때문이 아니었다. 전부 떠올린 것은 오히려 레이에게 최악의 일이었다. 분명— 아주 조금씩 표정이 온화해진 것은 잭과 약속한 뒤부터. 지금까지 잭과 보낸 기억이 마치 주마등처럼 머릿속에 되살아났다.

그러나 아무리 표정이 온화해졌어도 눈만큼은 변함없었다. 거울에 비친 레이의 파란 눈은 생기 없이 이 세상의 끝을 비추고 있었다.

'하지만 이 내 모습은…… 거짓투성이야.'

레이는 숨을 들이쉬고, 서서히 엄습하는 불쾌감을 매장하듯 거울 파편으로 액자를 내리쳤다. 그 순간 기묘하게도 거울 속에서 정지해 있던 무표정한 자신이 차갑게 웃은 것처럼 보였다. 동시에 레이의 몸은 강렬하게 달콤한 냄새를 풍기는 보라색 연기에 휩싸여 갔다.

"레이첼, 그 눈을…… 내게 주겠니?"

딸랑, 어디선가 방울 소리가 울렸고 레이의 귓가에는 죽었을 터인 대니의 말이 메아리쳤다.

'선생님은 내 카운슬링 선생님이었어……'

─내가 카운슬링을 받았던 건…… 살인 현장을 봤으니까…….

그리고 정신을 잃은 레이는 이상한 나라로 가는 구멍에 떨어지는 것처럼 그 거울 파편 속으로 빨려 들어갔다.

'……여긴, 뭐지……?'

그곳은 매우 좁은 공간이었다. 둘러본 바로는 문도 창문도 없었다. 그저 기묘한 그림 네 개가 벽에 나란히 걸려 있을 뿐이었다. 아가일 패턴인 바닥 위에서 마치 만화경 속에 있는 듯 꺼림칙한 보라색 벽이 살아 있는 것처럼 꿈틀거렸다.

─혹시 여긴 거울 속……일까.

거울 속에 빨려 들어온 것은 확실히 기억났다. 방 중앙에는 펼쳐진 책이 떨어져 있었다.

'뭐지…….'

펼쳐진 페이지에 시선을 떨어뜨리니 거기에는 이런 문장이 적혀있었다.

「―자신의 죄는 그 눈에 보이고 있는가.

만약 검게 칠해져 있다면 그것은 자신이 한 것이다.

죄를 지워 버렸는가, 아니면 죄임을 알아차리지 못하고 있는가.

자신이 놓친 죄라면 재차 그것을 완성하고, 그곳에서 흘러나온 죄를 받아라.」

아아, 또 그 말이 적혀 있어. 레이는 불쾌함에 살짝 어지럼증을 느꼈다. 잭과 헤어지고 처음 들어간 방에서 그 달콤한 향에 휩싸인 뒤로 줄곧 속이 좋지 않았다. 하지만 여기서 가만히 서 있을 수는 없었다.

'……죄를 재차 완성하고, 받아라…….'

무언가를 시사하고 있을 터인 그 문장을 보고 짐작 가는 것은 아까 가방 안에 몰래 넣은 작은 병이었다.

―이 병에「죄」를 받는다?

'하지만 어떻게…….'

그리고 죄란 무엇일까. 이 병 속에 들어갈 죄라니, 그런 것이 있을까. 레이는 고개를 갸웃하면서도 의미심장하게 걸린 네 개의 그림 앞에 섰다. 자세히 보니 그림에는 각각 액자 위에 제목이 달려 있는 것 같았다.

「─죄를 토하라. 모르겠다면 찢고 끄집어내라.」

잠들기 직전처럼 멍한 레이의 머릿속에 조금 전 문장이 떠올랐다.

'그림을…… 찢으면 되는 걸까……'

레이는 비틀비틀 불안한 발걸음으로 그림에 다가갔다. 어쩌면 이 그림 뒤에 출구로 가는 힌트가 숨겨져 있을지도 모른다. 그런 예감이 들었다. 이 방에 출구로 가는 단서가 있다면 이 그림 네 개였다. 그것 말고는 아무것도 없기 때문이다.

"후우……"

레이는 기분을 진정시키듯 작게 숨을 내쉬고 우선 『달리는 소년』이라는 그림 앞에 섰다.

논두렁길일까. 저녁 무렵 인적 없는 길에서, 해가 지기 전에 집으로 돌아가고자 달리는 소년이 그려져 있었다. 하지만 그 소년은 어딘가 지친 표정을 짓고 있었다.

레이는 들고 있던 거울 파편을 이용해 즉각 그 그림을 똑바로 갈랐다. 그러자 갑자기 으아아아악─ 하는 엄청난 비명이 레이의 고막을 꿰뚫었다. 시선을 주니 그림에 그려져 있던 소년이 비명을 지르며 찢긴 그림 틈으로 떨어졌다.

그 외침 같은 비명은 어떤 죄의식 때문에 들렸던 것일까. 알 수 없

지만 그런 것은 어찌 돼도 좋았다. 비명은 병에 들어가지 않으니까.

레이는 살짝 난처한 얼굴로 소년이 떨어진 그림 틈을 보았다. 그러자 찢어진 부분에 작은 카드 한 장이 끼워져 있었다.

살며시 끄집어내 보니 그 카드에는 숫양 그림이 그려져 있었다.

'숫양……'

뭔가 의미가 있는 것일까. 지그시 응시해 보았지만 알 수 없었다. 하지만 그 양 그림을 보고 있으니 소름 끼치는 불쾌함이 치솟았다. 그러나 그 이유를 레이는 그다지 생각하고 싶지 않았다.

'아무튼 지금은 다른 그림을 빨리 찢자……'

그림을 찢을 때마다 조금 전 비명처럼 깜짝 놀라는 장치가 작동되면 어쩌지. 레이는 살짝 경계하면서도 이번에는 그 옆에 있던 『한 마리 뱀』이라는 이름의 그림 앞에 섰다.

뭔가 추상적인 그림이었다. 다양한 색이 흩어진 배경 속에 커다란 뱀 한 마리가 그려져 있었다. 뭔가를 상징하고 있는 걸까. 약간 기분 나쁜 그림이었다. 하지만 이상하게도 레이는 그것을 예쁜 그림이라고 느꼈다.

그러나 그런 감상을 품고 있을 때가 아니었다. 레이는 조금 전과 마찬가지로 파편을 이용해 그림을 찢었다.

"……!"

그러자 갑자기 그림 속에서 뱀이 기어 나와 레이는 무심코 뒷걸음질 쳤다. 그것은 틀림없이 그림에 그려져 있던 뱀이었고, 그림에서는 뱀이 사라져 있었다. 그리고 뱀은 이 이상한 공간 안을 변칙적으로 꿈틀꿈틀 떠돌기 시작했다.

그 광경을 보고 레이의 가슴속에 다시 불쾌한 기분이 밀려들었다. 그리고 문득 예전에 읽은 책 속에 있었던, 뱀과 두 인간이 나오는 짧은 이야기가 기억에서 떠올랐다. 하지만 레이는 그 기억을 필사적으로 억눌렀다. 지금은 눈앞의 문제에 집중해야 했다.

'만약 이 뱀이 죄와 관련 있다면…….'

하지만 뱀은 너무 커서 병에 들어갈 것 같지 않았다.

레이는 기분을 진정시키며, 찢어져서 뱀이 사라진 그림을 다시 보았다. 틈에는 또 카드 한 장이 끼워져 있었다. 꺼내니 이번에는 암양이 그려져 있었다.

'또 양이야. 무슨 의미가 있는 걸까…….'

좁은 방을 우왕좌왕하는 뱀에게 물리지 않도록 피하며 레이는 이어서 『엽총을 겨눈 남자』 그림 앞에 섰다.

—매우 소름 끼치는 그림이었다.

엽총을 겨눈 남자의 얼굴은 공포와 흥분이 뒤섞여 있었다. 남자 주위에는 쏘아 죽인 사냥감과 죽어 가는 사냥개의 모습이 보였다.

레이는 그 그림을 본 순간, 한동안 움직일 수 없게 되었다. 어쩔 도리가 없는 불쾌감을 느낀 탓이기도 했지만, 그 이상으로 레이는 **왠지 그 광경을 본 적 있는** 기분이 들었다.

지금까지 그랬던 것처럼 그림을 찢자 그 틈에는 또 카드 한 장이 끼워져 있었다. 뽑아내니 그곳에는 새끼 양이 그려져 있었다.

'새끼 양…….'

그림 속 새끼 양의 눈은 푸르스름했다. 그 구슬퍼 보이는 눈을 어디선가 본 적이 있는 것 같다—.

그렇게 느낀 순간, 레이는 찢긴 그림 틈으로 누군가 자신을 보고 있는 듯한 느낌을 받았다. 조심조심 틈을 들여다보자 막대기 같은 것이 쑥 내밀어져 있었다.

자세히 보니 그것은 엽총이었다. 무디게 빛나는 엽총의 총구가 번쩍였다. 총구는 그림 정면에 서 있는 레이 쪽을 향하고 있었다. 명백하게 레이를 노리고 있었다.

'……피해야 해!!'

레이는 퍼뜩 정신 차리고 바닥에 엎드렸다. 거의 동시에 머리 위에서 탕, 총성이 울려 퍼졌다. 그 무시무시한 소리를 들으며 레이는 다시 속이 안 좋아졌다. 기억 속에서 **무언가** 깨어날 것 같아서 레이는 눈을 꼭 감았다. 하지만 이렇게 어둠 속에 줄곧 웅크리고 있을 수도 없었다. 치밀어 오르는 불쾌함을 견디며 어떻게든 눈을 떴다.

한시라도 빨리 여기서 나가야 했다.

'병이 깨지지 않아서 다행이야……'

병을 움켜쥐고 레이는 그것만을 생각했다. 총구가 자신을 겨누었는데도 이상하게 자신이 죽을 뻔했다는 생각은 들지 않았다. 전부 떠올려 버린 순간부터 죽고 싶다고 생각 하는 것은 분명했다. 하지만 지금은 약을 찾아서 잭에게 가져가고 싶었다. 그 바람이 레이의 마음을 차지하고 있었다.

'잭이 죽으면 곤란하니까……'

—잭이 죽으면 잭에게 살해당할 수 없다.

레이는 엎드린 채 그 그림 앞에서 벗어나 마지막 네 번째 그림인『검은 그림』앞에 섰다.

하지만 그 그림은 온통 까맣기만 한 그림이었다—.

대체 어쩌라는 걸까. 지금 레이의 손에는 각각의 그림 틈에 끼워져 있던, 양이 그려진 카드 세 개가 들려 있었다.

숫양, 암양, 새끼 양……

카드를 바라보고 레이는 퍼뜩 알아차렸다.

—가족.

세 그림을 나란히 놓자 가족처럼 보였다. 그림을 바라보고 있으니, 손짓하며 자신을 부르는 부모님의 모습이 문득 눈앞에 되살아났다. 아빠의 검은 단추 같은 눈에서는 마치 눈물이 흐르는 것처럼 피가 주르륵 떨어졌다.

「—죄를 토하라.」

그 한 문장이 레이의 뇌리를 스쳤다. 그 말에 묶여서, 무언가에 조작당하는 것처럼 레이는 양이 그려진 카드 세 장을 검은 그림 위에 겹치려고 했다.

"아……."

그러자 세 장 모두 검은 그림 속으로 녹아들듯 흡수되어 버렸다. 하지만 얼마 지나지 않아 액자 속에 새로운 그림이 천천히 나타났다. 그 그림에는 양 가족 세 마리가 모여 목초지에서 풀을 뜯고 있는 모습이 그려져 있었다.

지금까지 찢은 그림과는 달리 무척 온화하고, 멋지고, 즐거워 보이는 그림이었다.

하지만 레이는 지금까지 그랬던 것처럼 말없이 그림으로 다가가서, 주저하지 않고 그 즐거워 보이는 양 가족 그림을 찢었다. 그러자 메에에— 하고 비통한 울음소리가 울렸다. 그것은 마음이 아플 만큼 슬픈 소리였지만 레이는 그 소리에 동요하지 않았다. 그런 것은 어찌 돼도 좋았다. 그리고 그림에서는 양의 몸에서 흘러 나오듯 피처럼 새빨간 액체가 나왔다.

「—자신이 놓친 죄라면 재차 그것을 완성하고, 그곳에서 흘러나 온 죄를 받아라.」

속절없는 불쾌감이 잇따라 밀려드는 가운데, 레이는 그것이 문 장의 답일까 궁리했다.

'이게 **흘러나오는 죄**……?'

잘 이해할 수 없는 것은 사실이었다. 이 그림에 그려져 있던 양 들은 죄라고 할 만큼 나쁜 짓을 한 걸까. 그런 건 모른다. 레이는 작게 한숨을 쉬었다.

다만 한 가지는 확실했다. 그림 속의 양 가족을 상처 입힌 것은 자신— 레이였다. 하지만 그것은 이 공간에서 빠져나가기 위해 그 런 거지 좋아서 한 일은 아니었다. 약을 찾아서 잭 곁으로 돌아가 는 것이 지금 레이가 완수해야 할 단 하나의 사명이었다.

평소와 같은 무표정으로 그림에서 흘러나오는 피를 바라보며, 역시 이것이 죄이지 않을까 레이는 추측했다. **왜냐하면 그 액체 는 이 작은 병에 담을 수 있었다.**

레이는 유난히 비릿한 그 빨간 액체를 작은 병에 천천히 담았 다. 그러자 공간은 다시 보라색 연기에 삼켜져 갔다.

—어이, 레이. 빨리 해.

현기증이 남과 동시에, 달콤한 냄새를 풍기는 연기 속에서 잭의 목소리가 분명하게 들렸다.

"잭……?"

레이는 주위를 두리번두리번 둘러보았다. 잭의 모습은 찾을 수 없었다. 보라색 연기 말고는 아무것도 보이지 않았다. 하지만 어디선가 말을 걸어오는 잭의 목소리는 계속됐다.

—넌 내가 죽여 주길 바라잖아. 살해당하기 위해 내가 필요하잖아.

잭의 말이라고 하기에는 평소보다 레이를 강하게 질책하는 말투였다.

"응……. 하지만……."

레이는 위화감을 느끼면서도 우물거렸다.

—뭐야. 나랑 넌 그 여자가 말한 대로 도구에 불과해. 안 그래?

"……아니야."

—뭐가 아닌데.

'뭔가……, 모르겠어…… 하지만…….'

"잭은, 도구 따위가, 아니야……."

중얼거리자 졸음이 엄습했다. 농후한 피 냄새가 코를 간지럽혔다.

그리고 레이는 그 불온한 냄새의 습격을 받은 것처럼 까무룩 정신을 잃었다.

▲
▼

깨어나니 레이는 다시 참회실로 돌아와 있었다.

'……방금 그건 뭐였지?'

그 이상한 공간에서 일어났던 일을 레이는 그다지 기억하고 있지 않았다. 하지만 꿈이 아닌 것은 확실했다. 조금 전 그림에서 흘러나왔던 액체가 병 속에 들어 있었기 때문이다. 아마 어떤 의미를 지니고 있겠지만 약이 될 것 같지는 않았다. 그리고 별로 도움도 안 될 성싶었다. 하지만 왠지 버릴 생각은 들지 않았다.

자신이 양을 벤 탓에 흘러나온 피이기 때문일지도 모른다고 레이는 느꼈다.

'죄…….'

병을 가방에 넣고 얼굴을 드니 눈앞에 커다란 문이 있었다. 아까까지 여기에 이런 것은 없었을 터.

—하지만 상관없어. 이걸로 겨우 나갈 수 있어.

생각할 시간도 아까웠다. 레이는 즉각 문을 열고 이끌린 듯 건너편으로 걸어갔다.

▲
▼

문 너머는 마치 그림자에 뒤덮인 것처럼 어둡고 검은 세계였다.

대단히 넓다는 것은 느껴지지만 거의 아무것도 보이지 않았다. 자신의 발밑을 간신히 볼 수 있을 만한 밝기였다. 어둠 속에서 점점이 불을 밝히는 양초의 빛만이 희미한 달빛처럼 방을 비추고 있었다. 이래서는 약을 찾기는커녕 앞으로 나아가는 것조차 어려웠다.

그리고 무한히 이어진 것 같은 암흑 속에는 또 그 기분 나쁜 달콤한 냄새가 전에 없이 농후하게 자욱했다.

'뭘까, 이 냄새…… 달콤하지만, 비릿한 듯한…….'

숨 막힐 정도로 공기 중에 감도는 그 정체 모를 달콤한 냄새에 휩싸여 있기만 해도 레이는 속수무책으로 머리가 멍해지는 것을 느꼈다. 다시 의식이 날아가는 감각이 엄습하며 순식간에 레이의 눈 색은 흐리게 탁해졌다.

이런 어둠 속에서는 약도 발견할 수 없을 것 같으니 일단 잭 곁으로 돌아가는 편이 좋을지도 모른다. 게다가 뭔가 어지러워서 기분 나빴다……. 아까 꿈틀거리는 공간에 있었기 때문일까, 눈앞이 핑핑 도는 감각이 이어지고 있었다.

레이는 불안한 발걸음으로, 들어왔던 문을 돌아보았다.

"……문이!"

그러나 방금 막 나타났던 문은 홀연히 사라져 있었다.

'……어째서. ……빨리 해야 하는데.'

한순간 레이는 이 세상 끝에 내던져진 기분이 들었다. 하지만 침울해 있을 여유는 없었다. 아무튼 다시 출구를 찾지 않으면 잭이 위험하다는 사실은 변함없었다.

「─반드시 도움이 될 테니까…….」

레이는 멍한 의식 속에서 매달리듯, 마음속으로 잭에게 맹세했던 말을 재차 생각했다.

그리고 어둠 속에서 레이는 문을 찾아 걷기 시작했다. 방을 어렴풋이 밝히는 양초 몇 개 말고는 아무것도 놓여 있지 않아서 어딘가에 부딪히는 일은 없었지만, 이렇게 어두워서야 자신이 지금 어디 있는지조차 알 수 없었다.

'어쩌지…….'

작게 한숨을 쉬고 고개 숙인 순간, 발밑을 보고 레이의 마음이 술렁였다.

문에서 이어진 자신의 발자국이 새빨갛게 물들어 있었다.

'피, 발자국…….'

—아아, 어디선가 본 적 있어······.

다시 레이의 마음속에 오싹함이 밀려들었다.

메스꺼움을 느끼며 레이는 조심조심 웅크려 그 빨간 것을 손가락으로 찍어 올렸다. 주위가 어둡지만 그 빨간 것은 역시 피임을 바로 알 수 있었다. 하지만 절대 자신의 피는 아니었다. 다친 기억도 없고, 레이의 몸 어디에서도 피 따위 나지 않았다. 아까 가방에 넣은 병에서 흐른 것도 아니고, 피 웅덩이를 밟은 적도 없다. 아니, 어두워서 못 본 걸까.

'하지만 그럼 이건 누구의 피······?'

—누구의 피든 상관없다.

한순간 또 불쾌감이 치솟았지만 레이는 그렇게 생각을 고쳤다. 아무튼 지금은 시간이 없었다. 이런 영문 모를 곳에 서 있을 유예는 없다.

'잭의 모습을 보러 돌아가야 해······.'

작게 심호흡하고서 레이는 걷기 시작했다. 마치 눈 위를 걷는 것처럼 지면에 피 발자국이 남았다. 그 모습은 자신에게서 피가 새어 나가는 것 같아서 기분 나빴다.

'아아······.'

그리고 발걸음을 옮길 때마다 레이는 오싹함의 정체를 떠올렸다. 피 발자국은 레이가 목격했던 그 살인 현장에 있던 것과 몹시

닮아 있었다. 부엌을 더럽혔던 빨간 발자국……. 피비린내가 집
전체를 뒤덮고 있었다.

「─절망이야.」

잭의 목소리가 귓가에 되살아났다. 그 순간 몸에서 힘이 빠지
며 끈적한 감촉이 손바닥에 느껴졌다. 시선을 내리니 이번에는
손바닥이 피에 물들어 있었다.

'어째서…….'

이렇게 될 정도로 바닥을 만지지는 않았다─. 불온한 일에 심
장이 두근두근 떨린 그때, 어디선가 여자의 날카로운 비명이 들
렸다. 기억에 있는 그 목소리를 듣고 레이는 반사적으로 웅크려
앉아 머리를 감쌌다.

'머리가 아파……. 더는 아무것도 떠올리고 싶지 않아…….'

그렇게 생각한 순간, 손바닥의 피가 피부 속으로 쓱 빨려 들어
갔다.

"엇……."

대체 무슨 일이 일어나고 있는 걸까. 제대로 생각할 수가 없었
다. 어서, 어서 여기서 나가고 싶어. 그 마음 하나로 레이는 일어
나 넓은 공간을 걸어갔다. 걸을 때마다 바닥에 그 끔찍한 일을 연
상시키는 발자국이 남았다. 레이는 그것을 보지 않으려고 했다.

그 뒤로 얼마나 걸었을까. 레이의 눈앞에 커다란 문이 나타났다.

'……어라.'

문 너머에서 음악이 들렸다. 아마도 파이프 오르간을 연주하는 소리였다.

'아까 들었던 곡은 이 안에서 흘러나왔던 거구나…….'

—이 앞에 분명 무언가 있다. 잭을 살릴 단서가.

레이는 똑바로 문을 응시했다.

"……가자."

문을 여니 중후한 오르간 소리가 고막을 울렸다. 오르간은 마치 레이를 비난하듯 커다란 음량으로 곡을 연주하고 있었다.

공간에는 흰 안개 같은 것이 부유하고 있었다. 그 탓에 시야는 별로 좋지 않았다.

그리고 지금까지와는 비교도 안 될 만큼 달콤한 냄새가 충만했다. 너무나 독한 그 냄새 때문에 레이는 머리가 이상해질 것 같았다.

—이 오르간 소리…… 어디서 나는 걸까.

무시무시한 불쾌감을 견디며 레이는 소리가 울리는 방향으로 흰 안개 속을 천천히 나아갔다.

　"……아."

　오르간 한 대가 놓여 있는 것이 레이의 눈에 비쳤다. 마치 투명인간이 연주하고 있는 것처럼 오르간 건반이 혼자 움직이며 곡을 연주하고 있었다. 교회에서 들을 수 있을 만한 신성한 곡조였다. 그러나 레이는 그 선율이 매우 불쾌했다.

　냄새 때문에 몽롱한 의식 속에서 레이는 저절로 연주를 이어가는 오르간을 지그시 보았다. 오르간 위에는 천사 그림이 장식되어 있었다.

　'천사 그림…….'

　그것이 무언가를 시사하는 것인지, 아니면 의미 따위 없는 건지, 관심 없었다. 하지만 아주 중요한 그림이라는 것은 바로 이해할 수 있었다.

　숨 막히게 달콤한 냄새 속에서 레이는 점점 치밀어 오르는 메스꺼움을 억누르며 오르간에 더 가까이 다가갔다. 오르간 보면대에는 두꺼운 책이 놓여 있었다. 펼쳐진 페이지를 들여다보니 그곳에는 또 레이를 비난하는 듯한 문장이 적혀 있었다.

「―너의 참회란 무엇인가.

구원받고 싶다고 참회하는 그대의 마음은 진실한가.

죄를 죄라고 신에게 바칠 수 있는가.

그러나 그 이전에 네게는 죄의 마음이 보이지 않는다.

구원을 바란다면 죄란 무엇인지 이 자리에서 보이라.」

'이 자리에서, 죄를 보이라……?'

아까부터 영문을 모르겠다. 하지만 그렇게 하면 구원받을 수 있다…… 여기서 나갈 수 있는 걸까. 지금 레이가 가지고 있는 것은 양의 피가 든 병뿐이었다. 그리고 이 양의 피는 죄로서 끄집어낸 것이었다.

'이 그림을 더럽히는 건 분명 나쁜 짓이야……. 그러니까…… 이 피로 그림을 더럽히면 죄를 나타내는 게 되는 걸까?'

레이의 머릿속에 문득 그런 가차 없는 생각이 떠올랐다.

레이는 어지러운 머리로 어떻게든 문장의 답을 모색하며 병뚜껑을 열었다. 그리고 오르간에 장식된 천사 그림에 무표정하게, 그림에서 흘러나왔던 양의 피를 쏟았다. 천사 그림은 무참하리만큼 빨갛게 물들어 갔다. 마치 천사들이 살해당한 듯한 그림이 되었다.

레이가 표정 없이 그 그림을 바라보고 있으니 갑자기 오르간이 연주를 멈췄다.

'망가졌어……?'

조심조심 건반을 눌러 봐도 소리는 나지 않았다. 레이는 살짝 안심했다. 하지만 잠시 후, 오르간은 다시 저절로 연주를 시작했다. 무척 장대한 곡이 울려 퍼졌다.

'……시끄러워.'

레이는 그 소리에 협박당하고 있는 듯한 느낌을 받았다. 그 순간 마음이 흐트러져 갔다.

'귀가, 머리가, 왠지 너무 아파…….'

고막이 찢어질 듯이 거대한 소리로 음악이 울려 퍼졌고, 농후한 안개에 휩싸이듯 시야가 기묘한 보라색으로 물들어 갔다. 매우 심한 현기증이 레이를 덮쳤다.

'아아…….'

달콤한 냄새 속에서 레이는 마침내 바닥에 털썩 무릎 꿇었다. 그대로 일어나지 못하고 있으니 문득 의식이 아득해졌다.

▲
▼

퍼뜩 정신이 들어 일어나 주위를 둘러보니 방에 감돌던 보라색 안개는 걷힌 상태였다.

조금 전까지 몽롱했던 것이 거짓말처럼 레이의 머릿속은 또렷했다. 눈에 비치는 모든 것이 눈부시게 느껴졌다.

'여긴……'

눈앞에 펼쳐진 경치는 교회 그 자체였다. 벽 전체에 아름다운 색색의 스테인드글라스가 설치되어 있고, 어디선가 빛이 비쳐 들어 반짝이고 있었다. 스테인드글라스 앞에는 낯익은 오르간이 놓여 있었다.

레이는 오르간에 살며시 다가갔다. 보면대에는 조금 전 피로 더럽힌 천사 그림이 세워져 있었다. 멍하니 그것을 바라보고 있으니 오르간은 또다시 저절로 연주를 시작했다. 동시에 레이는 등 뒤로 이상한 기척을 느꼈다. 확실히 살아 있는 인간의 기척이었다.

'……누구?'

뚜벅뚜벅 경쾌한 발소리가 등 뒤에서 다가왔다. 잭은 엘리베이터 옆에 잠들어 있다. 깨어났더라도 그 상태로는 여기까지 오지 못할 것이다. 그렇다면 이 발소리를 내는 사람은 이 층의 주인일 가능성이 컸다―.

B2까지 올라오는 동안에도 각층에 주민이 있었다. 그리고 다들 제물인 자신들의 목숨을 원했다. 언제 죽어도 상관없었다. 삶에 가치 따위 느끼지 못했다. 하지만…… 여기서 죽을 수는 없었다.

기분 나쁜 발소리는 레이의 등 뒤에서 멈췄다.

레이는 작게 숨을 내쉰 뒤, 결심하고 돌아보았다.

그곳에는 무섭게 생기고 키가 큰 낯선 남자가 서 있었다. 붉은 책을 들었고, 큰 로사리오를 목에 걸었으며, 보라색 수단을 걸치고 있었다. 이 교회와 어울리는 신부 같은 복장이었다.

남자는 레이에게 다가와 조용히 입을 열었다.

"너는 누구지."

남자의 목소리는 귓속에 가라앉는 듯한 저음이었다. 왜일까. 남자가 말하기만 해도 엄숙한 분위기에 휩싸였다. 레이는 살짝 눈썹을 찌푸리고 무의식적으로 뒷걸음질 쳤다. 일면식도 없는 상대에게 이렇게 추궁받는 것은 매우 불쾌했다.

"왜 아무 말도 없는가."

남자는 여유로운 어조로 질문했다.

"당신이야말로 누구야?"

자신을 바라보며 기분 나쁜 미소를 짓는, 혈색 안 좋은 남자의 얼굴을 올려다보고서 레이는 다소 날카로운 음색으로 물었다.

"나는 이 교회의— 신부. 그레이라고 하네."

"……신부님……?"

레이의 눈이 약간 크게 뜨였다. 그런 존재— 성직자라고 불리는 인간과 대치하는 것은 태어나 처음이었다.

"자, 이번에는 자네가 답하게."

"……나는, 레이첼 가드너."

살짝 경계하면서도 레이는 대답했다. 이 남자는 이 층의 주인일 지도 모른다. 그렇다면 언제 레이에게 위해를 가해도 이상하지 않았다.

"……신부님은, 이 층의 주민이야?"

"그렇지……. 자네가 보기엔 이곳 주민일 거야."

하지만 남자는 순순히 레이의 질문에 대답했다.

'……이곳 주민.'

레이는 아주 조금 겁먹은 표정을 보이며 다시 뒷걸음질 쳤다. 그러나 등 뒤에는 벽이 있어서 이 이상 그레이로부터 멀어질 수는 없었다.

'어쩌지.'

여기서 죽으면 잭을 살릴 수 없다. 그리고 약속을 지킬 수도 없게 된다.

레이는 한순간 이 자리에서 달려 나갈까 싶었다. 그러나 그레이는 담담히 말했다.

"그렇게 무서워하지 않아도 돼. 나는 자네가 어떤 존재인지 아직 판단하지 못했어. 자네가 어떤 인간인지 모르니 심판을 내리지는 않을 거야."

그레이의 표정은 매우 여유로웠지만, 그 말은 그의 판단으로 레이를 마음대로 할 수 있음을 나타냈다. 레이는 꼴깍 숨을 삼켰다.

"너는 여기서 뭘 하고 있지?"

긴장 어린 레이의 파란 눈을 응시하고서 그레이가 물었다.

"……피를, 멈출 걸 찾고 있어."

움츠러들기를 그만두고 레이는 똑바로 그레이를 쳐다보았다.

"흠…… 지혈제인가? 잭에게 필요한 거겠지."

"그렇긴 한데…… 아는 거야?"

그레이의 입에서 잭이라는 이름이 튀어나와 레이는 깜짝 놀랐다.

"당연하지. 나는 그들을 누구보다 **잘 알고 있었으니까**."

고민스러운 표정을 지은 레이를 향해 「알고 있었다」는 부분을 살짝 강조하며 그레이가 말했다. 수수께끼 같은 그 발언에 레이의 마음에는 불신감이 쌓였다. 그리고 이제 이 세상에 없을 터인 대니, 에디, 캐시, 그리고 복도에서 자고 있을 잭의 모습이 유난히 선명하게 떠올랐다.

"하지만 공교롭게도 여기엔 치료에 쓸 수 있을 만한 게 없어. 있는 곳은…… B5— 대니의 층 정도겠지."

그런 레이의 반응 따위 아랑곳없이 그레이는 모든 것을 안다는 어조로 말하고서 의미심장하게 웃었다. 그것은 레이를 깔보는 듯한 표정이었다.

"그럴 수가……."

약의 정보를 듣고 레이의 가슴이 크게 두근거렸다. 그러나 곧 평소의 냉정함을 되찾았다. B5에 약이 있다면 대니의 층에 돌아갈 방법을 생각하면 됐다.

'다시 한번 아래층에 갈 방법……'

어느 층에도 계단은 없었다. 내려갈 방법이 있을까. 엘리베이터에는 늘 위층으로 가는 버튼밖에 없었다.

"아래로 돌아가고 싶은가?"

레이의 마음을 꿰뚫어 본 것처럼 그레이가 물었다. 어딘가 기분 나쁜 질문 방식이었다.

"……응."

레이는 그레이를 미심쩍은 표정으로 바라보며 조용히 고개를 끄덕였다.

"그렇다면 어려울 것 없어. 나와 함께라면 돌아갈 수 있네."

"……당신과 함께라면?"

"아아, 그래. 나는 그 방법을 알고 있어."

그레이는 시종 의미심장하게 웃고 있었다. 그 모습이 무언가를 꾸미고 있는 것 같아서 너무나도 수상했다.

"……그 말은 신용할 수 있는 거야?"

의심하면서 레이는 더욱 험한 표정을 지었다.

"난 거짓은 말하지 않아. 단, 가겠다면 자네가 약간의 시련을 받아야 해."

"시련……?"

약을 가지러 가고 싶을 뿐인데 왜 시련을 받아야만 하는 걸까. 그레이에 대한 레이의 불신감은 심해질 뿐이었다.

"어려운 일은 아니야. 자네가 누구인지 알고 싶을 뿐이거든."

그레이는 다시 레이를 비웃듯 미소 지었다.

「─누구인가.」

그것은 레이가 이 빌딩 도처에서 본 말이었다. 곳곳에 적혀 있던 문장은 눈앞의 남자가 적은 것일까……. 그런 생각이 문득 뇌리를 스쳐서 레이는 그레이를 빤히 바라보았다.

탐색하는 눈으로 자신을 응시하는 레이를 향해 그레이는 비아냥거리는 웃음을 지었다.

"지금 당장 대답을 바라지는 않아. 자신의 의지로 택하면 돼. 난 한동안 여기 있을 테니 어떻게 할지는 스스로 판단하여 정하게."

'스스로 판단하여…….'

레이는 그 자리에서 잠시 생각에 잠겼다. 하지만 답은 이미 정해져 있다고 봐도 좋았다. 이 그레이라는 인물이 누구인지는 모른다. 그리고 뭔가 좋지 않은 일을 꾸미고 있는 것도 명백했다. 「시련」이라는 말도 신경 쓰였다. 이 이상 어떤 시련을 받아야 하는 걸까.

—하지만…… 따로 방법이 없었다.

'……잭한테…… 잭한테 말하고 오자…….'

스테인드글라스 앞에서 자신을 내려다보는 그레이에게 등을 돌리고 레이는 말없이 잭 곁으로 달려갔다.

복도를 달리면서 레이는 잭이 무사히 있을지 불안해졌다. 그레이라는 남자는 어째선지 잭을 알고 있었다. 그리고 자신들이 제물이라는 사실은 이 빌딩 전체에 방송되었다.

—부디 잭이 무사하기를.

그렇게 바라며 서둘러 엘리베이터 앞으로 돌아가니 잭은 엎어져 있었다. 바닥에 길게 남은 핏자국을 보면 앞으로 나아가려 했음을 알 수 있었다.

"……잭!"

"……젠장…….."

잭은 분한 목소리를 내면서도 앞으로 나아가려고 했다. 그러나 생각만큼 힘이 들어가지 않는 것이 눈에 보였다. 레이는 서둘러

잭 곁으로 달려가 무릎 꿇었다.

'……어쩌지.'

—분명 날 쫓아오려고 했던 거야.

"잭, 움직이면 안 돼."

"……어이, 레이. 너, 어디 갔었어."

레이를 올려다보고 잭이 말했다. 더없이 언짢은 음색이었다.

"잭의 피를 멈출 걸 찾으러 갔었어."

'잭, 화났어…….'

살짝 위축되면서도 레이는 말했다.

그때 레이는 문득 기묘한 것을 깨달았다. 서두르느라 눈치채지 못했지만 여기까지 돌아올 때 방 몇 개를 빠뜨린 것 같았다. 그 교회에 도착하기까지, 열린 순서대로 분명히 나아갔을 텐데. 그러고 보니 돌아오는 길에는 그 달콤한 냄새도 맡지 않았다—.

레이는 무의식중에 얼굴을 찌푸렸다.

또 혼자 멋대로 생각에 잠긴 레이의 모습에 짜증을 느끼며 잭은 언성을 높였다.

"어이! 너 혼자서 간 거냐! 뭐 하는 거야!"

혼자 행동하면 레이가 다른 누군가에게 살해당할 수도 있었다. 레이는 죽고 싶어 하고, B4 때도 B3 때도, 자신이 아니어도 받아들일 듯한 위태로움을 늘 휘감고 있었다.

잭은 짜증이 나서 못마땅한 모습으로 레이를 올려다보았다.

"그치만 잭을 무리하게 움직이게 할 순 없는걸. 그리고 잠들었고."

레이는 잭의 짜증을 느끼면서도 담담히 말했다.

"바보야, 그럼 때려서 깨우라고!"

잭은 레이를 노려보았다. 아무튼 혼자 행동하는 것은 마음에 들지 않았다. 그러나 자신의 몸이 생각대로 움직이지 않는 것도 사실이었다.

'때려서 깨웠어야 했던 걸까……'

레이는 한순간 그렇게 생각했지만, 되돌아보면 역시 그때 그런 일은 할 수 없었을 것이다. 가만히 있으면 잭이 죽어 버릴지도 모르는 상황이었으니까.

갑자기 시무룩한 얼굴이 된 레이를 보니 잭은 살짝 기분이 나빠졌고 왠지 맥이 빠져 버렸다.

"……그래서, 뭔가 있었어?"

"아니……. 하지만 B5에 돌아가면 의료품이 있어."

레이는 그레이의 말을 잭에게 전했다. 그레이의 말을 신용하는 것은 아니었다. 하지만 이 층에 약 종류는 없었다.

"뭐?! 이제 와서 돌아가는 거냐!"

"응……. 하지만 내가 가서 가져올 테니까."

잭이 언성을 높여도 동요하지 않고 레이는 당연하게 단언했다.

─내가 갔다 오겠다?

또 혼자 행동할 셈인가.

레이의 제멋대로인 말을 듣고 잭은 참을 수 없이 짜증이 났다. 마치 자신이 미덥지 못한 존재로 부정당한 느낌이 들었다. 이 녀석이 혼자 갈 바에야 내가 가면 된다. 단순한 사고 회로로 그렇게 생각하고 잭은 일어나려 했다. 그러나 몸이 말을 듣지 않았다. 잭은 자세가 무너져서 바닥에 넘어져 버렸다.

"아아, 낫이 무거워……! 왜 이러는 거야!"

"잭! 조금만 얌전히 있어 줘……!"

레이는 무심코 말 안 듣는 아이를 혼내듯 말했다. 자신이 없는 동안에도 분명 이렇게 무리한 끝에 쓰러졌을 것이다. 이런 일을 반복하면 체력이 점점 더 소모되어 버린다. 잭을 살릴 수 없게 되고 만다.

하지만 그 말투는 잭의 노여움을 샀다.

"시끄러워! 내가 무슨 꼬맹인 줄 알아?!"

"잭, 안 돼, 자고 있어. 이 이상 무리하면 잭이 죽어. 낫이 무거운 건 몸이 안 된다고 말하고 있기 때문이야. 약은 지금부터 내가 밑에 돌아가서 가져올게."

레이는 조용히, 하지만 강하게, 결정 사항처럼 그렇게 말했다.

"……뭐? 내가 죽는다고 멋대로 정하지 마. 그렇게 간단히 안 죽는다는 걸 너도 알잖아?"

　―이 정도 상처로 나는 죽지 않는다.

　잭에게는 그런 자신감이 있었다. 여기서 객사하는 결말 따위 잭은 바라지 않았다. 그리고 레이와 한 약속도 있었다.

　"하지만…… 부탁이야, 잭. 내가 도울 수 있게 해 줘."

　"부탁이라니, 너. 그렇게 말하면 다 된다고 생각하는 건 아니겠지."

　"……부탁이야."

　그 말을 듣고 참지 못하여 구토했던 일이 잭의 머릿속에 떠올랐다. 하지만 눈앞의 레이의 모습은 그때와는 전혀 달랐다. 언제까지고 밤 속에 남은 듯한 그 파란 눈에는 전에 없이 힘이 담겨 있었다.

　"아…… 그보다 내려갈 방법은 있는 거야……?"

　잭은 한숨 섞인 목소리로 말했다.

　"그건…… 아마도…… 괜찮아……."

　「나와 함께라면 돌아갈 수 있네.」

　그레이가 했던 그 말이 레이의 마음속에 되살아났다.

　"너 혼자 가서 돌아올 순 있는 거겠지?"

　"그것도, 아마 괜찮아……."

　레이의 목소리가 가냘파졌다. 그레이는 시련을 받아야 한다고 말했다. 그것이 무엇인지 아직 모르는 이상, 이곳에 돌아올 수 있다는 보장은 없다. 하지만 지금은 그레이를 의지하는 것 말고는 방법이 없었다.

그러나 왜 이렇게 잭을 돕고 싶다고 생각하는 걸까. 레이는 알 수 없었다. 잭에게 「도움이 되고 싶다」고 약속했기 때문일까. 눈앞의 잭을 보고 있으면 왠지 불안해서 가만히 있을 수가 없었다.

"……알겠어. 지금은 낫도 제대로 못 움직여. ……이래서야 난 짐짝일 테니까."

토라진 것 같은 태도로 잭은 다시 바닥에 누웠다.

잭의 눈에 비치는 레이의 눈은 한없이 진지했다. 이렇게 된 이상, 아무리 더 반론해도 시간 낭비일 것이다. 그리고 멍청한 자신이 생각하기보다 레이의 작전에 따르는 편이 좋다는 것은 사실 잘 알고 있었다.

"아니야."

레이는 짐짝이라는 말에 반응하여 고개를 저었다. 그 말은 결코 위로 따위가 아니었다.

"별반 다르지 않아. ……하지만 네가 정말로 죽지 않겠다고 말한다면, 갔다 와. 확실히 난 지금 배가 아프고 몸도 못 움직여. ……난 자겠어."

잭은 드러누운 채 천천히 눈을 감았다. 사실은 복부가 참을 수 없이 욱신거렸다. 이렇게나 피가 났으니 상처가 아프지 않을 리 없었다. 그러나 그런 기색은 지금 레이에게 조금도 보이고 싶지 않았다.

"……응."

가로누운 잭을 보고 레이는 안도하여 고개를 끄덕인 뒤 일어섰다. 그때 잭은 문득 어떤 생각이 나서 레이의 손목을 턱 잡았다.

"……어이 ……갈 거면 B6까지 내려가."

"……어?"

"B6에서 내가 널 맨 처음 발견했던 곳. 그 안에 있는 걸 가져와……."

그렇게 말하고 잭은 힘이 다한 것처럼 느릿하게 레이의 손목을 놓았다.

"그게 뭔데……?"

레이는 잭의 애매한 지시를 명확히 하고자 물었다. 그러나 대답은 없었고, 이미 잭의 의식은 끊어진 상태였다.

"……아."

잭의 감긴 눈꺼풀을 보고 레이의 얼굴은 저도 모르게 굳었다. 하지만 이 상처로 이렇게 이야기한 것이 기적이라고 해도 좋을 정도였다. 잭은 괜찮다고 우겼지만 더는 시간이 없었다.

─시련…….

정체 모를 그 울림이 무섭지 않다면 거짓말이다. 다시 돌아올 수 없을지도 모른다. 애초에 정말로 약이 있을지조차 알 수 없었다. 함정일지도 몰랐다. 바보 같은 도박을 하려는 것일지도 몰랐다.

하지만 어째서일까. 잭을 생각하면 레이는 뭐든 할 수 있을 것 같았다.

잭은 날 죽여 주겠다고 신께 맹세해 줬어. 그러니 난 잭이 죽도록 내버려 둘 수 없어. 왜냐하면 **내게 남은 길은 이제 그것뿐**이니까.

레이는 다시 작은 입술을 꼭 깨물었다.

─그 신부에게 가자…….

TRAGEDY IN HER DAYDREAM

레이가 참회실 문을 여니 역시 그대로 문은 교회로 이어졌다.

'……역시 처음 걸었을 때랑 구조가 달라.'

스테인드글라스를 통해 들어온 빛을 받으며 그레이는 오르간에 장식된 피투성이 천사 그림을 의미심장하게 바라보고 있었다. 그 표정은 험악했고, 어떤 생각에 잠겨 있는 것 같았다.

'그림을 더럽힌 걸 어떻게 생각하고 있을까…….'

그레이가 무슨 생각을 하고 있을지 레이는 알 수 없었다.

"신부님, B5에 약을 가지러 가고 싶어. 그러니 시련을 받겠어."

레이의 결의가 담긴 그 목소리를 듣고 그레이는 휙 뒤돌았다.

"흠…… 좋네. 그럼 갈까. 레이첼 가드너."

힘이 들어간 레이의 표정과는 대조적으로 그레이는 여유롭게 고개를 끄덕였다. 레이가 시련을 받는 미래를 이미 알고 있었던 것 같은 말투였다.

"응."

레이는 조용히 수긍했다.

"저기…… 잭에게는 아무 짓도 하지 마."

참회실에서 엘리베이터 앞으로 가는 문을 열며 레이는 그렇게 못을 박았다. 밑으로 내려가는 엘리베이터 근처에는 잭이 잠들어 있었다.

"물론이지. 그렇게 견제하지 않아도 난 잭에게 아무 짓도 안 해."

레이는 그레이의 표정을 지그시 보았지만, 말없이 먼 곳을 보는 그레이의 표정에서 그의 생각을 읽어 내는 것은 어려웠다.

불신감을 품으며 레이는 엘리베이터로 가는 그레이와 잭 사이에 들어가 성큼성큼 걷기 시작했다. 그런 레이의 모습을 보고 그레이는 살짝 빈정거리듯 웃고 물었다.

"그런데…… 자네는 왜 잭을 살리려고 하지?"

"……그가 죽으면 ……곤란하니까."

누워 있는 잭에게 시선을 주고 레이는 대답했다.

"곤란하다……? 그것은 왜지?"

그레이의 입가에는 비꼬는 웃음이 떠올라 있었다.

"잭이 날…… 죽여 줬으면 좋겠으니까. 잭이 신께 맹세해 줬어……."

"호오…… 그게 이유인가. 그것참…… 터무니없는 맹세를 했군."

그레이는 재밌다는 얼굴로 다시 쿡 웃었다. 그 어조는 명백하게, 두 사람이 맹세한 내용을 처음 들은 것 같지는 않았다. 오히려 이미 아는 사실을 확인한 것 같았다.

엘리베이터에 올라타고, 쥐 죽은 듯 고요해진 공간 속에서 레이는 묘한 불쾌감을 느꼈다.

'뭐지…… . 이 사람한테서 달콤한 냄새가 나는 것 같아…….'

그것은 분명 아까 교회로 가는 도중에 몇 번이나 맡았던 그 달콤한 냄새였다.

—잭…….

갑자기 졸음이 엄습했다. 눈을 감으니 엘리베이터에 올라타기 전에 봤던 잭의 잠든 얼굴이 레이의 눈앞에 떠올랐다. 취할 듯 달콤한 냄새에 휩싸여 레이는 다시 꿈속으로 이끌려 가는 감각에 사로잡혔다.

"**귀여워라.**"

창문으로 들어오는 달빛 아래에서 나는 강아지 인형을 쓰다듬고 있었다. 직접 꿰매서 만든 것으로 무척 마음에 드는 아이였다.

"쭉 함께야."

인형은 물지도 않고 짖지도 않는다. 내가 아닌 다른 사람을 따르지도 않는다. 옆에 있어 주길 원할 때, 조용히 옆에 있어 준다. 검은 단추로 만든 반들반들한 둥근 눈으로 나를 빤히 바라보았다.

살짝 차가워진 것이 아쉽지만, 그래도 이 아이가 아직 따뜻했을 때보다 지금이 훨씬 귀여웠다…….

▲
▼

"……레이첼. ……레이첼 가드너. 자, 먼저 B3에 도착했어."

낮고 불분명한 그레이의 목소리를 듣고 레이는 퍼뜩 눈을 떴다.

"……아."

―대체 뭘 봤던 걸까.

예전에 키웠던 강아지 꿈을 꾼 것 같지만 잘 떠올릴 수 없었다. 하지만 눈앞에 펼쳐진 장소는 살짝 낯이 익었다. 이곳은 분명 캐시가 있었던 B3이었다.

그러나 분위기가 전혀 달랐다. 모든 방이 환하게 밝혀져 있었을 텐데, 지금은 으스스할 만큼 어둡고 음침한 곳으로 변해 있었다. 새하얬을 터인 벽도 기분 나쁜 보라색이 되어 마치 생물처럼 꿈틀거렸다.

뭔가 이상했다. 하지만 왜일까. 레이의 머리는 평소처럼 잘 돌아가지 않았다.

"작은 시련을 받아야 한다고 했지?"

그레이는 눈이 풀린 레이에게 확인하듯 시선을 보냈다.

"응⋯⋯."

"무서워하지 않아도 돼. 시련이라고 해도 어렵진 않아. 여기서 밑으로 가는 엘리베이터를 움직이려면 장치를 찾아서 스위치를 눌러야 해. B3의 스위치는 감옥에 있지. 그걸 누르면 내가 마지막으로 엘리베이터를 열어 주겠네."

'감옥에 있는 스위치⋯⋯.'

레이는 몽롱한 머릿속으로, 신음하며 철창 사이로 나왔던 팔을 잭이 가차 없이 밟아 뭉갰던 일을 떠올렸다. 맞아⋯⋯ 감옥은 분명 이 안쪽에 있었을 터.

"B3은 캐시의 취향으로 다른 곳보다 장치가 많아. 그녀는 그걸 이용해 사람의 마음을 움직여서 진심 어린 후회를 유도하고 구제를 바라도록 잘 이끌었지. 살짝 낭비벽이 있긴 했지만 말이야."

그레이는 뭔가 좋지 않은 에피소드를 떠올렸는지 한숨을 쉬었

다. 그러나 캐시를 잘 아는 듯한 말투였다.

"그 부분은 애교라고 해 두지. ……그러니 이곳에는 후회와 구제를 바라는 것이 아직 소용돌이치고 있을지도 몰라."

그레이는 담담히 그렇게 말했다. 그건 그렇고, 그레이가 잘 알고 있었다는 그들— 이란 역시 이곳의 층 주인을 뜻하는 걸까.

'후회와 구제를 바라는 것……'

그것이 무엇을 의미하는지 레이는 알 수 없었다. 불길한 예감이 온몸에 퍼졌다.

"그럼 나는 내려가는 엘리베이터에 먼저 가 있겠네."

그레이는 망토를 펄럭이며 등을 돌리고서 엘리베이터 앞에 레이를 둔 채 성큼성큼 걸어갔다.

'가야 해……'

B3에 왔을 때, 감옥에 들어가지 않겠냐고 캐시가 몇 번이나 재촉했던 것을 레이는 기억하고 있었다. 그때 잭은 화냈었다. 분명 그건…… 내가 감옥에 들어가기를 진심으로 거부하지 않았으니까.

—도구일 뿐이야.

날카로운 잭의 목소리가 고막 안쪽을 찔렀다.

"서두르자……"

레이는 감옥을 향해 발걸음을 옮겨 갔다.

▲
▼

　―우오오오오……, 우오오오오…….

　'아직도 목소리가 들려…….'

　여전히 신음이 울려 퍼지는 복도를 빠져나가니 역시 감옥이 늘어서 있었다.

　레이는 감옥 안을 둘러보았다. 안쪽에 누군가 누워 있는 것이 보였다. 분명 감옥 안에서 죽어 간 시체이리라. 하지만 왜일까. 썩은 내는 더 이상 나지 않았다. 그 대신 숨 막히는 달콤한 냄새가 층 전체에 감돌았다.

　감옥이 늘어선 복도를 나아가자 철창 너머에 무언가 보였다.

　들여다보니 그것은 스위치였다. 그레이가 말했던 스위치가 아마 이것이리라. 하지만 힘껏 손을 뻗어야 닿을 만한 거리에 있었다. 레이는 최대한 손을 뻗었다. 그때― 누군가 레이의 손을 잡았다.

　퍼뜩 놀라 위를 올려다보니 꿰매 붙인 인형 같은 빨간 인간이 서 있었다. 빨간 인형은 레이를 보고 화난 표정을 드러냈다. 일순 레이의 눈에는 그 인형이 그날 목격했던 살인 현장의 남자처럼 보였다.

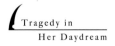
"어……?"

우오오오오 하고, 괴로움을 토해내듯 크게 외친 빨간 인형은 분노한 형상으로 레이를 노리고서 달려오기 시작했다.

―저건 뭐야……?

'도망쳐야 해……!'

갑자기 닥친 정체 모를 공포에 레이는 스위치를 누르길 포기하고서 감옥을 뒤로하고 전속력으로 다른 방으로 도망쳤다.

"하아, 하아……."

숨을 몰아쉬며 레이가 무심코 도망쳐 들어온 곳은 잭이 캐시의 총에 맞고, 그리고 캐시를 벴던 방이었다.

하지만 레이는 곧 이상한 점을 알아차렸다.

'시체가, 없어졌어……!'

캐시가 누워 있던 곳에는 빨간 권총, 핏자국, 잭이 베어 낸 캐시의 한쪽 팔, 그리고 채찍밖에 없었다. 잭이 낫으로 베서 움직이지 않게 된 캐시의 몸은 어떻게 된 일인지 사라진 상태였다.

레이는 잠시 생각에 잠겼다. 누군가 운반한 걸까. B4에는 이 빌딩에서 죽은 사람들의 무덤이 늘어서 있었다. 하지만 B4층의 주인인 에디는 캐시보다 먼저 잭의 손에 매장되었을 터. B2에 도착한 뒤로 레이를 궁지로 몰아넣는 불길한 예감만이 거듭되어 갔다.

'아까 그 이상한 인형은 여기까진 안 쫓아오나 봐……'

하지만 이대로는 감옥에 들어갈 수 없었다. 그 인형은 레이에게 뭔가 원한이 있는 것처럼 보였다. 섣불리 다가가면 분명 공격당할 것이다.

—저게 후회와 구제를 바라는 것, 일까…….

레이의 머릿속에 그날의 광경이 되살아났다. 그리고 막연히, 그러나 분명하게, 지금까지 느낀 적 없는 묘한 감정이 치밀어 올랐다.

—그때 일은 잭에게 **알려지고 싶지 않아**…….

레이의 눈 색이 어둠에 먹힌 것처럼 탁해졌다.

'그 인형…… **방해**돼…….'

레이는 그때 그레이의 말을 떠올렸다. 이 층에는 죄인을 단죄하기 위한 장치가 잔뜩 갖춰져 있을 터였다. 그리고 인형이 있던 곳은 감옥—. 그렇다면 만에 하나 탈주범이 나왔을 때 대처하려고 준비해 둔 방법이 반드시 있을 것이다.

'분명……'

레이는 방 안쪽까지 걸어가 제어 패널 앞에 섰다.

▲
▼

모니터에는 B3의 엘리베이터 앞이 비치고 있었다. 레이는 패널을 조작하여 화면을 바꿔 갔다. 잠시 후 감옥 모습이 모니터에 나타났다. 모니터 중앙에는 십자선 커서가 깜빡이고 있었다. 시험 삼아 버튼을 눌러 보자 문 너머 감옥 쪽에서 탕 하고 메마른 소리가 울렸다. 모니터를 보니 커서가 가리키는 곳에서 연기가 피어오르고 있었다.

'이걸로…… 없애면 돼.'

화면 저편이지만 버튼을 누른 순간 확실히 총을 쏜 감각이 있었다. 안개 낀 것처럼 멍하던 머리가 아주 조금 맑아진 느낌이 들었다.

'그 여자는 이런 식으로 쐈던 거야……'

레이는 자신을 쫓아왔던 그 기분 나쁜 빨간 인형에 천천히 초점을 맞췄다. 빨간 인형은 여전히 무서운 얼굴로 감시 카메라 너머에 있는 레이를 노려보고 있었다. 그러나 레이는 주저 없이 빨간 인형을 노리고 탄환을 쏘았다.

하지만 왜일까. 그 섬뜩한 빨간 인형은 사라지지 않았다. 오히려 분열한 것처럼 여러 빨간 인형이 감옥 안을 우글우글 돌아다니는 모습이 모니터에 비쳤다.

우오오오오 레이첼, 어디, 있어!

우오오오오 거기, 있는 거, 다, 알아!

문 너머에서 들려오는 기분 나쁜 신음에 그런 남자 목소리가 섞였다. 마치 뇌 속에서 그 끔찍한 기억이 흘러넘쳐 나오는 것 같았다.

싫어. 싫어. 레이는 기억을 말소해 가듯, 감옥 안을 돌아다니는 빨간 인형을 하나하나 쏘았다. 쏠 때마다 비명과 건조한 충격음이 레이의 귀에 울렸다.

"하아, 하아……."

몇 개나 쐈을까. 빨간 인형은 더 이상 나타나지 않게 되었고, 울려 퍼지던 기분 나쁜 신음도 뚝 그쳤다.

—이걸로 이제 괜찮아……. 잭에게 알려지지 않고 끝났어…….

레이는 안도하여 모니터에서 눈을 뗐다.

'얼른 감옥 안에 있는 스위치를 누르러 가자. 전부 쐈으니까 이제…… **방해**받지 않아.'

그렇게 생각하고 앞을 본 순간이었다. 그곳에 여자가 서 있었다.

—어……?

레이는 눈을 크게 떴다. 서 있는 여자가 캐시였기 때문이다. 하지만 레이가 아는 우아한 모습의 캐시와는 달랐다. 눈앞의 캐시

는 마치 저주받은 듯한 소름 끼치는 모습이었다. 누군가 마구 칠한 것처럼 머리부터 발끝까지, 의복과 몸 전체가 보라색을 띠고 있었다.

놀라서 아무 말도 못 하는 레이를 향해 캐시가 입을 열었다.

"레이첼…… 넌 정말 지독한 짓을 하는구나~?"

캐시의 입에서 나온 목소리는 에코 효과를 넣은 것처럼 심하게 울려서 마치 레이의 뇌에 직접 말하고 있는 듯했다. 머릿속에 울려 퍼지는 캐시의 새된 목소리에 두통이 일어 레이는 무심코 이마를 눌렀다. 캐시는 레이에게 경멸하는 눈길을 보내고 더욱 말을 늘어놓았다.

"아픔과 괴로움에 한탄하는 자를 방해된다며 간단히 내버리고서 안색 하나 바꾸지 않아! 잭에게 살해당하기 위해서라면, 잭에게 자신의 죄를 알리지 않기 위해서라면 수단을 가리지 않는 거구나! 정말로 넌 죄 많은 여자야! 레이첼!"

그렇게 일방적으로 말하고 캐시는 모습을 감췄다.

레이는 멍해졌다.

어떻게 된 일인지 이해할 수 없었다. 캐시는 죽었을 터였다.

잭에 의해 숨이 끊어진 순간도 이 눈으로 확실하게 보았다. 하지만 방금 그 여자는 분명— 목소리도 모습도…… 캐시였다. 그 특징적인 목소리를 다른 누군가로 착각할 리가 없었다.

'……모르겠어…….'

레이는 혼란스러워하면서도 감옥으로 나아갔다.

▲
▼

감옥에는 이제 아무도 없었고 아무런 기척도 없었다. 그 빨간 인형도 없으며 달콤한 냄새도 없었다.

'뭐였던 걸까…….'

술렁이던 기분도 이상하리만큼 진정되었다. 레이는 담담히 감옥 안 스위치를 누른 후, 층 안쪽으로 나아갔다.

끝에서 그레이가 기다리고 있었다. 그레이의 등 뒤에 엘리베이터가 보였다. 저것이 하강 전용 엘리베이터일까.

"아무래도 스위치를 누른 모양이군."

그레이의 표정은 본 적 없을 만큼 험악했다.

"……응."

"너는 어떻게 이 층의 스위치를 눌렀지?"

그레이는 여전히 험악한 표정으로 레이를 내려다보고서 질책하는 어조로 냉엄하게 질문했다.

레이는 작게 고개를 기울였다. 어떻게 눌렀냐고 해도— 스위치를 누르라고 지시한 사람은 그레이였다. 왜 이런 질문을 하는 걸까. 레이는 그레이라는 인물을 더욱 수상하게 여겼다.

"네게 매달리며 방해하는 것은 없었나?"

그 질문을 받은 순간, 플래시백처럼 아까 그 인형의 얼굴이 떠올랐고 레이의 눈 색은 다시 이 세상의 끝으로 가라앉았다.

"……있었어. 하지만 쐈어."

대답하는 레이의 머릿속에는 인형의 모습과 잭의 모습이 번갈아 어른거렸다.

"그런가. 그럼 왜 그렇게 했지."

"……방해, 됐으니까."

그것 말고 뭐라고 대답할 수 있을까. 그 상태로는 스위치를 누를 수 없었다.

무표정으로 그리 대답하는 레이를 보고 그레이는 불쌍하다는 듯이 고개를 흔들고서 한숨을 쉬었다. 그러나 곧 어둠을 휘감은 험한 표정으로 돌아와 엘리베이터 쪽으로 몸을 돌렸다.

"그런가……. 그럼 시간도 없으니 다음 층으로 가지."

▲
▼

"······자, 도착했어. 레이첼 가드너. B4다."

엘리베이터에서 내리니 역시 B4도 B3과 마찬가지로 벽이 보라색으로 물들어 있고, 만화경같이 변화하는 기분 나쁜 모양이 꿈틀거렸다. 그리고 층 전체에는 마치 한겨울 밤처럼 피부가 얼어붙을 듯한 냉기가 감돌았다. 잭과 함께 걸었을 때도 냉장고 안에 있는 것 같은 온도였지만, 이 비정상적인 추위는 당장에라도 동사할 듯한 수준이었다.

"응······."

여전히 강렬하고 달콤한 냄새가 가득한 가운데, 문득 흙냄새가 레이의 코를 찔렀다. 어쩐지 이곳— B4층에서 일어났던 모든 일이 매우 먼 과거처럼 느껴졌다.

"실제로 보니 이곳은 지독한 꼴이군."

그레이는 잭이 훌륭하리만큼 휩쓴 묘지를 바라보고 살짝 서글픈 표정을 지었다.

"에디는 상냥한 아이야. 묘지가 엉망이 되어 대단히 화가 났겠지. 상냥한 탓인지 그 아이는 아무래도 손해 보는 성격이었어. 조금 가엾지만······ 더욱 가여운 건 무덤에 잠들었을 터인 자들이야. 에디의 배려로 안식을 얻어 무덤에서 정화될 수 있었는데 그것조차 이루어질 수 없게 됐군……."

그레이는 미간에 주름을 잡고서 예상을 웃도는 B4의 참상을 빤히 보았다. 혼잣말을 이어가는 그레이의 이야기를 레이는 멍한 머리로 듣고 있었다. 에디에 관해 말하는 그레이는 에디를 잘 알고 매우 소중히 여기는 것 같았다. 대체 이 사람은 누구일까……. 레이는 눈썹을 찌푸렸다.

—그리고 묘지에 들어가면 정화된다는 건 무슨 뜻……?

한바탕 이야기를 끝내고 숨을 내뱉은 뒤, 그레이는 이어서 말했다.

"이곳 스위치는 수온관리실에 있네."

아까부터 쓸데없는 시간을 보내고 있는 기분이 들어서 레이는 물었다.

"……어째서 이런 일을 해야만 하는 거야?"

굳이 스위치를 누르러 가는 것에 무슨 의미가 있는 걸까.

"그게 무슨 뜻이지?"

"……아까부터 알 수 없는 일들뿐이야. 나는 빨리 밑으로 내려가서 약을 찾고 싶은데."

레이는 신묘한 얼굴이 되어 말했다. 어서 잭 곁으로 돌아가 치료해야 하는데—. 레이의 몽롱한 머릿속에는 그 생각만이 소용돌

이치고 있었다.

하지만 그레이에게서 돌아온 대답은 의미심장했다.

"그건 자네가 누구인지를 알기 위해서야."

"……나를……?"

"그렇고말고. 왜냐하면 자네는 이레귤러니까. 불쌍한 어린양인가, 아니면…… 악마인가."

이 빌딩에서 인간은 그 둘 중 하나뿐이다. 그렇게도 받아들일수 있는 극단적인 말투였다. 그리고서 그레이는 비아냥거리는 미소를 지었다.

"그리고 지금 자네는 이 시련을 통해 심의를 받고 있는 거지. ……그럼 난 먼저 가겠네. 자네는 이어서 노력하게."

그 말을 남기고 그레이는 다시 레이를 혼자 둔 채, 층 안쪽으로 떠나갔다.

'심의……'

—저 사람은 날 알고자 하고 있어?

'……모르겠어.'

레이의 가슴속에는 마음을 어지럽히는 불쾌한 기분이 소용돌이쳤다. 그레이가 의미심장한 말을 할 때마다 질책받는 감각이 엄습했다.

그건 그렇고…… B2에 도착한 뒤로 어지럼증이 점차 심해졌다.

그레이에게서 나는 달콤한 냄새가 어느새 온몸에 휘감겨 있었다.

그때 레이의 바로 옆에서 더욱 강렬하고 달콤한 냄새가 풍겼다. 냄새는 발밑에 있는 흙에서 올라오고 있었다. 조심조심 시선을 떨어뜨린 레이는 깜짝 놀라 오싹해졌다. 잭이 에디를 묻은 묘비가 확연하게 이동해 있었기 때문이다.

'어째서……'

B3에서는 캐시의 시체도 없어졌었다. 에디의 시체도 그런 거라면—.

저주받은 것처럼 보라색으로 물들었던 무시무시한 캐시의 모습을 떠올리고 레이는 한숨을 쉬고서 앞을 보았다. 기분은 나쁘지만, 지금은 없어진 것을 생각하고 있을 여유 따위 없었다.

'어서 스위치가 있는 온도관리실로 가자……'

온도관리실 벽을 잭이 파괴했으니 간단히 갈 수 있을 터였다.

어디선가 차가운 바람이 불어오는 쌀쌀한 층 안, 레이는 보라색 안개가 소용돌이치는 세계를 나아갔다.

보존실에서 잭이 부순 벽을 지나니 맥 빠질 만큼 간단히 온도

관리실에 도착할 수 있었다. 이 상태라면 금방 스위치를 누를 수 있을 듯했다.

레이는 살짝 온화한 얼굴이 되어 『이건 내 것 전용』이라고 적힌 냉장고를 열었다. 냉장고에 얼굴을 넣고 들여다보자 안쪽 깊숙한 곳에 스위치가 보였다. 끙끙대며 손을 뻗어 봤지만 스위치에는 도저히 닿을 것 같지 않았다.

'제1묘지에 잭이 썼던 곡괭이가 있을지도 몰라…….'

그때 레이의 머릿속에 『레이첼 가드너』라고 자기 이름이 새겨져 있던 묘비가 떠올랐다.

그 묘비는 잭이 파괴해 버렸지만, 처음 본 순간 홀려 버렸을 만큼 예뻤다. 그 무덤이라면 들어가도 좋다고 살짝 생각했었다. 레이는 멍한 머리로 그 기억을 되짚어 보면서 제1묘지로 향했다.

제1묘지에 도착하니 그 땅은 커다란 싸움이 일어난 뒤처럼 황폐해져 있었다. 모든 묘비가 원형을 잃은 상태였다. 레이의 묘비도 이름 각인조차 읽을 수 없을 만큼 무참하게 붕괴해 있었다. 잭

혼자 파괴했을 때보다도 명백하게 처참해진 광경이었다.

'그 후 B4에서 뭔가 일이 일어난 걸까……?'

이상하게 여기며 발을 들이자, 날 부분이 부러진 곡괭이가 떨어져 있는 것이 레이의 눈에 날아들었다.

무덤을 부순 다음 잭이 내던졌던 모습이 떠올랐다. 하지만 이것만으로는 길이가 부족할 것이다. 아까 손을 뻗어 봤지만 스위치는 상당히 안쪽에 있었다. 그러나 주위를 둘러봐도 쓸 만한 것은 떨어져 있지 않았다.

어쩌면 제2묘지에도 뭔가 쓸 수 있는 물건이 있을지도 모른다. 그런 생각이 떠올라서 레이는 날이 부러진 곡괭이를 들고 빠른 걸음으로 제1묘지를 떠났다.

대체 무슨 일이 벌어졌던 걸까. 조금 냉정하게 보니 제2묘지도 마지막으로 봤을 때보다 훨씬 엉망이었다. 눈이 따가울 만큼 흙먼지가 날아다니고 있었다.

레이는 살짝 콜록거리며, 회오리라도 휩쓸고 지나간 듯 난장판

이 된 무덤 사이를 걸었다.

그러자 문득, 파다 만 구멍 속에 웅크리고 있던 썩은 시체와 눈이 마주쳤다. 마치 레이를 노려보는 것처럼 이쪽을 보고 있었다. 그때보다 부식이 더욱 진행된 상태였다. 하지만 썩은 내는 나지 않았다. 대신 불쾌하고 달콤한 냄새를 풍겼다. 그 냄새를 맡자 레이는 강한 현기증을 느꼈다.

그때였다. 파괴된 무덤에서 어떤 보라색 물체가 기고 있는 것이 보였다. 서두르느라 눈치채지 못했지만 줄곧 꿈틀거리고 있던 모양이었다.

—뭘까…….

불안한 발걸음으로 비틀비틀 다가가 확인해 보니 그것은 손 모양의 보라색 인형이었다. 그때 다른 여러 무덤에서 잇달아 손 인형이 기어 나왔다. 손 인형들은 레이를 향해 빠르게 손짓했다.

「도와줘, 도와줘…….」

환청일지도 모른다. 하지만 손 인형은 그렇게 한탄하며 메마른 목소리를 내고 있었다.

'목소리가 나오는 장난감……일까?'

하지만 이런 것은 없었을 터였다. 언제 무덤 속에 묻힌 걸까. 만약 처음부터 존재했더라도 멋대로 기어 나오는 일이 있을까.

기괴한 현상에 레이는 의아한 표정을 지었다. 하지만 문득 한

가지 생각이 떠올랐다. 이 장난감을 망가뜨려서 곡괭이 끝에 꿰매면 안쪽 스위치에 닿을지도 모른다…….

그런 생각이 들자마자 레이는 망설이지 않고, 빠르게 손짓하는 인형 하나를 세게 밟았다.

"으아아아아아아아아아아아아아악!"

그러자 인형은 마치 살아 있는 것처럼 새된 비명을 질렀다. 하지만 레이는 그 비통한 목소리를 마음에 두지 않았다. 분명 **이것은 배를 누르면 소리가 나는 장난감일 거라고** 생각했다. 그리고 레이는 절규하는 인형들을 무정하게 몇 개나 밟아 갔다.

'이걸로 스위치를 누를 수 있어……. 곡괭이 끝에 꿰매자…….'

레이는 밟아 뭉갠 손 인형들을 익숙한 손놀림으로 곡괭이 끝에 꿰맸다. 꿰매는 도중에, 항상 이렇게 인형을 만들었던 것을 문득 떠올렸다. 부모님은 바빠서 좀처럼 자신을 챙겨 주지 않았지만, 자신이 애정을 담아 만든 인형에 둘러싸여 있으면 신기하게 고독하지 않았다…….

그로부터 몇 분 지나지 않아 손 인형이 봉합된 기묘한 곡괭이가 완성됐다.

후우, 숨을 토하고 레이는 왔던 길을 되돌아가려고 했다. 그러자 어디서 기어 나왔는지 또 손 인형 하나가 「**도와줘, 도와줘…….**」 하고 한탄하며 레이 곁으로 다가왔다. 인형은 레이의 발에 매달

렸다.

그 손 인형은 진짜라고 착각할 만큼 잘 만들어져 있었다. 레이는 그 손 형태를 어디선가 본 적이 있는 것 같았다. 그러나 잘 기억나지 않았다. 하지만 지금은 기억나지 않는 것을 떠올리고 있을 때가 아니었다.

"······이제 손은 충분하니까 넌 필요 없어."

레이는 걸리적거리는 그 인형을 냉혹한 눈으로 내려다보며 그렇게 말하고서 다시 수온관리실로 향했다.

▲
▼

수온관리실에 돌아온 레이는 즉각 기묘한 곡괭이를 사용해 냉장고 속 스위치를 눌렀다. 찰칵, 경쾌한 소리가 울림과 동시에 또 달콤한 향기가 훅 감돌았다.

'어지러워······.'

방심하면 그대로 의식이 날아갈 것 같았다.

레이는 저도 모르게 주저앉았다. 그때 등 뒤에서 무언가 다가오는 기척이 느껴졌다. 누군가 즐겁게 폴짝폴짝 뛰면서 이쪽으로 오는 모습이 보였다.

"다 봤어, 레이첼!"

통통 튀는 목소리를 듣고 돌아보니 에디가 서 있었다. 여전히 복면을 뒤집어쓰고 있어서 어떤 표정을 짓고 있는지는 알 수 없었다. 하지만 마치 부패하여 이끼가 자란 것처럼 온몸이 초록빛으로 물들어 있었다. 그리고 그 몸은 살짝 투명했다.

'뭐지……'

—왜 아까부터 죽은 사람이 보이는 거야……?

이것이 그레이가 말한 시련일까. 알 수 없다. 그러나 지금은 차례차례 몰려드는 망령에 겁먹고 있을 때가 아니었다.

레이가 동요하든 말든, 에디는 역시 캐시처럼 울리는 목소리로 뇌에 직접 말하듯 호소했다.

"너무해, 너무해. 슬프게 외치는 소리를 들어도 레이첼은 아무 느낌도 안 들어? 다정하게 대해 주자는 생각 안 해? 무엇이 그 사람의 행복일지 생각하지 않는 거야?"

—그 사람의 행복……?

인형이 행복을 느낄 수 있을까. 레이는 곤혹스러워하면서 에디의 망령을 멍하니 바라보았다.

그런 레이의 모습을 보고 에디는 질렸다는 얼굴로 한숨을 쉬었다.

"레이첼은 자기만 생각하는구나. 다른 사람의 행복 따위 조금도 보고

있지 않아. 그래서 주위도…… 잭도 분명 괴로워하며 끝나 버릴 거야."

에디는 슬프게 그리 내뱉고 공기에 녹아들듯 사라졌다.

―내가 잭에게 심한 짓을 하고 있다는 거야……?

레이는 알 수 없었다. 장난감이 우는 소리는 들렸지만 슬프게
외치는 소리 따위 못 들었다. 그런데 왜일까. 에디의 마지막 말에
가슴이 욱신거렸다.

'괴로워하며 끝나……. 잭도……?'

심장이 망가질 듯 격렬하게 뛰기 시작했다. 레이는 자신이 동요
하고 있음을 느꼈다.

그래…… 확실히 그럴지도 모른다. 왜냐하면 레이에게는 누군가
를 불행하게 한 기억은 있어도 누군가를 행복하게 만든 기억 따
위는 없었다.

'―내가 연관되면 다들, 다들 불행해져…….'

하지만 그런 것은 에디가 말하지 않아도 훨씬 전부터 알고 있
었다.

그러나 조금 전, 에디가 「잭도―」라고 말한 순간, 전에 없이 마
음이 꽉 죄어드는 것을 느꼈다. 레이는 그저 잭을 도와야 한다는
생각만으로 여기까지 왔다.

하지만…… 만약 내가 곁에 있는 것만으로도 잭이 불행해진다면……?

그렇게 생각하자 레이는 모든 것이 무의미한 느낌이 들었다. 몸에서 힘이 빠졌다.

그러다 퍼뜩 정신 차리고 레이는 세차게 고개를 흔들었다.

'안 돼. 지금은 이런 곳에서 생각에 잠겨 있을 때가 아니야…….'

다음은 마침내 B5에 갈 수 있다— 그곳에는 잭의 피를 멈출 약이 있다. 빨리 약을 손에 넣어 잭 곁으로 돌아가자. 뇌리에 되살아나는 에디의 잔상과 웃음소리를 지우며 레이는 엘리베이터를 향해 잔달음질 쳤다.

레이가 B5에 내려가는 엘리베이터 앞으로 달려가니 그레이는 조용히 서 있었다.

"스위치를 눌렀어. 빨리 B5에 가게 해 줘."

레이는 초조함을 느끼며 말했다. 벌써 시간이 상당히 지나 버렸다. 게다가 달콤한 냄새가 줄곧 사라지질 않는 것이 참을 수가 없었다. 이 냄새를 맡고 있기만 해도 뭔가 사악한 것에 휘말릴 듯한, 다시는 잭 곁으로 돌아갈 수 없을 듯한 공포가 엄습했다.

"그러지."

엘리베이터 기동 스위치를 누르고 깊이 고개를 끄덕인 뒤, 그레이는 천천히 물었다.

"너는 어떻게 스위치를 눌렀지?"

'또 이 질문이야⋯⋯.'

"⋯⋯움직이는 손 인형을 이어 붙여서 그걸로 스위치를 눌렀어."

레이는 살짝 짜증 내며 말했다. 더는 시간이 안 남아 있는데 똑같은 질문만 하는 것이 너무나 방해되었다.

"호오. 그것들은 울부짖지 않았나?"

B5로 내려가는 엘리베이터에 올라탄 그레이는 뒤돌아 레이의 눈을 지그시 바라보았다.

"⋯⋯아니."

무표정으로 고개를 젓고서 레이도 그 뒤를 따라 올라탔다.

"왜 그렇게 말할 수 있지?"

"⋯⋯그치만 그건 인형이었는걸."

파괴된 무덤 틈에서 손 인형이 난데없이 기어 나왔을 때를 회상하며 레이는 담담히 대답했다. 확실히 묘한 한탄 같은 소리가 났지만 그것은 인형으로만 보였다.

"……그런가. 네게는 틀림없이 그것들이 그렇게 보였던 거군."

그레이는 그 대답을 듣고 일순 질렸다는 표정을 지었다가 다시 험악한 얼굴로 변했다.

"그럼 됐다. 그렇게 보였다면 진실이겠지."

짜증을 숨길 수 없다는 표정으로 그레이는 실망한 것처럼 말했다. 그 음색은 명백하게 노여움을 품고 있었다.

덜컹 소리와 함께 엘리베이터가 열렸다.

"흠, B5에 도착했네."

그레이를 따라 레이가 내려서자 엘리베이터 앞에는 『부탁』했을 때 잭이 토한 토사물이 아직 남아 있었다. 층에는 역시 달콤한 냄새가 자욱했다.

"어서 약을 찾아오도록."

그렇게 말한 그레이는 한숨을 쉬며 주위를 둘러보고서 다시 혼자 추억에 잠겨 이야기하기 시작했다.

"대니는 집착이 있긴 해도, 꼼꼼하며 성실하여 뭐든 담담히 소화하지. 약품도 착실하게 선반에 정리해 뒀을 거야. 다만 최근엔 집착을 강하게 드러내고 있는 것 같지만……."

레이는 생생한 토사물을 바라본 채 멍하니 그레이의 말을 들으며, 지금 잭이 어쩌고 있을까 생각했다.

"……저기."

"왜 그러지."

"……B6에도 가지러 가고 싶은 게 있어."

잭에게 부탁받은 그것이 무엇인지는 레이도 아직 몰랐다. 하지만 분명 가면 저절로 알 수 있을 것이다. 레이에게는 왠지 근거 없는 자신감이 있었다.

"그런가. 딱히 상관없어."

"……괜찮아?"

그레이의 경솔한 대답에 맥이 빠진 것처럼 레이는 눈을 크게 떴다.

"그래. 약을 찾으면 다시 엘리베이터로 오게."

그렇게 말하고 그레이는 또 어딘가로 사라졌다.

"응……."

대체 적인지 아군인지— 어느 쪽이라고도 할 수 없는 그레이의 태도에 곤혹스러워하면서 레이는 다시 혼자 층 안을 나아갔다.

'뭘까…….'

왠지 줄곧 기분 나쁜 위화감이 따라다녔다. 하지만 이 층은 벽도 엘리베이터도, 물론 잭이 토한 것도 그대로였다. 그러나 달콤한 냄새 탓일까. 모든 것이 마치 꿈속 세계 같았다—.

그렇게 생각한 순간, 잭의 토사물이 움찔 움직였다.

'……어?'

이해할 수 없어서 혐오감이 치솟았다. 망령이 나타난 것과는 사정이 달랐다.

—왠지, 굉장히, 싫어.

그렇게 강하게 느낀 순간, 토사물이 슬라임처럼 바닥을 기며 레이를 노리고 격렬하게 움직이기 시작했다.

'도망쳐야 해……!'

깜짝 놀란 레이는 달렸다. 하지만 역시 제대로 달릴 수가 없었다.

몽롱한 머리로 레이는 B6에서 처음 잭에게 쫓겼을 때를 떠올렸다.

「—앞으로 3초 기다려 주지. 그러니 도망쳐 봐!」

그때의 잭과 지금의 잭은 마치 다른 사람 같았다. 무엇이 바뀌었는지는 알 수 없었다. 하지만 전부 다르다는 느낌이 들었다. 그리고 레이 자신도 이 층에 처음 왔을 때와는 달랐다. 그것은 분명 기억이 돌아왔기 때문만은 아니었다.

"하아, 하아……."

제대로 달릴 수 없는 탓에 괜히 더 숨이 찼다. 잭이 파괴한 유
리 파편이 눈앞에 흩어져 있는 것이 보였다.

―어딘가 병실에 숨으면 피할 수 있을 터.

깨진 유리 위를 달려가려고 한 그 순간, 가속한 토사물이 레이
를 따라잡았다. 그리고 가차 없이 레이의 발목에 달라붙었고, 레
이의 의식은 희미해져 갔다.

▲
▼

―레이.

자신의 이름을 부르는 소리를 듣고 얼굴을 드니, 어떻게 된 것
인지 레이의 눈앞에 잭이 서 있었다. 잭은 유리 파편 위에 쓰러진
레이를 내려다보고서 의아한 표정을 지었다.

"어이, 레이. 이런 데서 뭘 뻗어 있는 거야. 빨리 가자고."

잭의 그 목소리는 다치기 전처럼 기운찼다. 하지만 어째서 잭이
여기 있는 걸까. 잭은 B2에서 자고 있을 터였다. 레이는 이상하다
는 생각에 작게 고개를 갸웃했다.

"상처는…… 나았어?"

천천히 일어난 레이는 잭을 올려다보고 그 복부를 시야에 담았다. 뚝뚝 피가 새어 나오던 환부는 다쳤다는 것조차 느껴지지 않을 만큼 깨끗해져 있었다.

"상처? 그딴 건 벌써 나았어."

잭은 가벼운 어조로 단언했다. 그렇게 심했던 상처가 혼자 낫다니, 아무리 자연 치유력이 높아 보이는 잭이어도 있을 수 없는 일이었다. 하지만 잭을 추궁하자는 생각은 들지 않았다. 나았으면 됐다. 어째선지 그렇게 단순히 생각했다.

그보다도 레이는 잭에게 묻고 싶은 것이 있었다. B4에서 죽었을 터인 에디의 말을 들은 뒤로 줄곧 가슴속에 박혀 있던 것─.

"그렇구나……. 저기, 난 잭에게 심한 짓을 하고 있어……?"

"뭐어?"

난데없는 레이의 질문에 잭은 얼굴을 찡그렸다. 그 순간, 레이의 시야는 급격히 흐릿해져 갔다. 너무 어지러워서 다시 쓰러질 것 같았다. 기분 나쁠 정도로 흔들리는 세계 속에서 레이는 잇따라 물어보았다.

"잭은…… 불행해져?"

"너, 무슨 소릴 하는 거야."

잭은 조금 진지한 얼굴이 되어 레이의 이마를 쿡 찔렀다. 그때 레이는 문득 잭의 눈 속에 비친 자신을 보았다. 감정이 담겨 있지 않은, 세계의 끝을 비추는 파란 눈.

'—다들, 불행해져……'

그 눈에 빨려 들어가듯 레이는 재차 의식을 잃었다.

▲
▼

"……으, 으으……."

—아프다.

허둥지둥 도망치느라 넘어진 걸까. 발목에서 따끔거리는 통증
이 느껴졌다. 그쪽을 보니 약간 피가 나고 있었다. 바닥에 흩어진
유리 파편에 발을 살짝 베인 모양이었다.

그 달콤한 냄새와 함께 토사물은 사라져 있었다.

'정말로, 뭐였던 걸까……'

토사물이 쫓아오다니, 어떻게 생각해도 있을 수 없는 일이었다.

'하지만…… 어쩐지 묘하게 머릿속이 또렷해진 것 같아……'

마치 잭이 머리를 쿡 찌른 듯한, 그런 느낌이 들었다.

레이는 일어나 고개를 휘휘 흔들었다.

그레이와 만난 뒤로 설명할 수 없는 이상한 일들만 일어나고 있

었다. 분명 그레이가 무슨 짓을 하고 있다— 그렇게 추리하기는 쉬웠다. 그리고 그레이는 시련을 받아야 한다고 말했다. 이 기괴한 현상이 전부 시련일지도 몰랐다.

하지만 지금은 그런 생각을 해 봤자 별수 없었다. 1초라도 빨리 약을 찾아서 잭 곁으로 돌아가지 않으면 잭은 그대로 죽어 버릴 것이다.

'잭이 기다리고 있어……'

기분을 전환하고자 레이는 잠시 눈을 감았다. 잘은 모르겠지만, 지금 보고 있는 세계가 진짜인 것은 확실하다는 느낌이 들었다.

그러고 보니— 정신을 잃은 뒤, 레이는 일순 잭의 모습을 본 것 같았다. 토사물이 바로 옆까지 따라붙고 의식이 끊어진 것은 기억났다. 그때 짧은 꿈을 꾼 것일까. 깊게 생각해 보지 않아도 잭이 여기 올 리가 없으니 분명 그럴 것이다.

지금은 그런 애매한 기억을 확인하고 있을 때가 아니었다.

—모든 것을 떠올려 버린 그 수술실에 가 보자. 그곳이라면 약이 있을지도 모른다.

레이는 희미한 기대를 가슴에 품고, 깊은 해저처럼 고요한 병원 복도를 나아갔다.

하지만 수술실에 들어간 순간, 레이는 아연실색했다. 입구에 누워 있었을 터인 대니의 모습이 보이지 않았기 때문이다.

—그럴 수가…… 어디로…….

하지만 되짚어 보면 B3에서도 B4에서도, 있어야 할 장소에서 캐시와 에디의 시체는 사라져 있었다. 그러나 이곳에는 질질 끈 듯한 생생한 흔적이 남아 있었다. 대니가 스스로 기어서 어딘가로 도망치는 상상이 레이의 뇌리에 떠올랐다.

'뭔가…… 이상해. 하지만 지금은 어쨌든 약을 찾아야 해…….'

레이는 안쪽 방에 표본과 약품이 든 커다란 선반이 늘어서 있던 것을 생각해 내고 방 안쪽으로 향했다.

'분명 어딘가에 있을 터…….'

푸르스름한 빛이 밝혀진 그 방에서 레이는 불길한 예감을 느끼

며 약을 찾아다녔다. 하지만 그곳에는 많은 빈 병이 놓여 있을 뿐
이었다. 커다란 병 안에서 부유하는 눈 표본만이 남아 있고, 약
품 종류는 명백하게 선반에서 빼내져 있었다.

―없어.

불길한 예감이 몸의 힘을 앗아 갔다.

레이는 몇 번이나 넘어질 뻔하며 수술실을 뒤로하고 서둘러 다
른 방들을 샅샅이 뒤졌다. 딱 하나 덩그러니 놓인 침대가 울타리
에 둘러싸여 있는 특별한 환자를 위한 방, 여러 침대가 놓여 있는
다인 병실……. 그러나 그 모든 방은 마치 폐허처럼 누군가에 의
해 무참히 망가져 있었다.

그리고 각방의 선반에 있었을 터인 약은 전부 사라진 상태였다.

―없어.

어디에도 없어…….

약이 전부 사라졌어……!

절망감이 엄습하여 레이는 무심코 그 자리에 주저앉을 뻔했다.
순식간에 얼굴이 파랗게 질려 가는 것을 스스로도 알 수 있었다.

모처럼 여기까지 내려왔는데…….

무지러질 듯한 마음에 속절없는 허무감이 몰려들었다. 누군가 가져간 것일지도 모른다……. 아니, 그것 말고는 생각할 수 없었다. 범인으로 레이의 머릿속에 떠오른 인물은 두 사람이었다. 그레이거나 B5의 주민인 대니. 하지만 그레이가 범인이라면 일부러 여기까지 레이를 데려올 의미가 없을 터였다.

'그렇다면 대니 선생님……?'

하지만 그런 일이 가능할까. 대니 선생님이 아직 살아 있다니…….

▲
▼

"……왜 그러지. 얼굴이 말이 아닌데."

B6으로 내려가기 위한 엘리베이터 앞에 창백한 얼굴로 돌아온 레이를 보고 그레이는 살짝 뜻밖이라는 듯이 말을 걸었다.

"……어서 B6으로 데려가 줘."

레이의 목소리는 날카로워져 있었다. 그리고 그레이를 지그시 노려보았다.

"그건 상관없지만, 약은 있었나?"

"……없어."

그 대답에 그레이는 길쭉한 눈을 살짝 크게 떴다. 그레이의 그 얼굴은 정말로 놀란 것처럼도 보였다.

"없었다……?"

"응. 당신은 약이 B5에 있다고 했어. ─하지만 없었어."

레이는 약간 강한 어조로 말했다. 대니 말고 다른 누군가 약을 가져갔다면 가능성은 그레이밖에 없었다.

레이는 속은 기분이었다. 시련이라며 여기까지 데려와 놓고서 약 따위 없었다. 그저 기묘한 체험을 했을 뿐. 시간을 쓸데없이 써 버렸다. 잭이 언제 죽어도 이상하지 않은 이 상황에ー.

'나한테 거짓말했어…….'

거짓말이 싫다던 잭의 기분을 레이는 조금 알 것 같았다.

"……날 의심하고 있겠지만 그렇게 매서운 얼굴 하지 말게. 나도 왜 여기에 약이 없는지 파악하지 못하고 있어."

말하며 그레이는 턱에 엄지를 얹고 생각에 잠기는 동작을 했다. 어디를 보고 있는지 알 수 없는 눈은 누군가를 떠올리고 있는 것처럼도 보였다. 그리고 어떤 생각에 도달했는지 천천히 고개를 끄덕이고서 레이의 파란 눈을 지그시 응시했다.

"하지만 예측은 가능하지……. 원인은 자네 아닌가. 레이첼 가드너."

—원인이, 나……?

"몰라……."

의미를 모르겠다. 적어도 약이 없어진 것은 레이 탓이 아니었다. 레이는 다시 그레이를 엄중한 눈으로 노려보았다.

하지만 그레이도 냉엄한 눈으로 레이를 노려보고 있었다.

"이 모든 불행한 일을 자신이 만들어 냈다고는 생각하지 않나?"

그레이의 그 말에 레이의 심장이 크게 뛰었다. 마음속에 숨어 있던 과거가 풍풍 되살아났다.

「네가 있어서 이 지옥에 발이 묶여 있는 거야.」

「여기 있는 모든 게 날 불행하게 해…….」

왜일까— 항상, 언제나, 그랬다. 모든 불행한 일의 근원은 나였다.

하지만 레이는 과거를 뿌리치듯 살짝 언성을 높였다.

"……그러니까! 난 그런 거 몰라!"

—싫어. 더는 아무것도 떠올리고 싶지 않아. 어서 잭에게 살해당해 모든 불행에서 도망쳐 버리고 싶어.

"……빨리 B6으로 데려가 줘."

레이는 반쯤 명령하듯 말했다. 약이 없다면 이런 곳에 오래 있어 봤자 의미가 없었다. 그리고 잭의 소중한 것이 무엇인지 레이는 알고 싶었다.

"좋아…… 그러지."

갑자기 감정을 드러내기 시작한 레이를 멸시하듯 미소 짓고서 그레이는 엘리베이터 버튼을 눌렀다.

「……아아, 살아 있구나.

하지만 이렇게 약해져서…….

숨통을 끊어 줄까? ―잭.」

'뭐야……?'

귓가에서 누군가 속삭이는 것이 들렸다. 그것은 확실히 들은 적 있는 목소리였다. 그 이상한 기척에 잭은 번쩍 눈을 떴다.

"―여어, 안녕."

머리 위에서 귀에 익은 부드러운 목소리가 내려왔다.

노란 눈동자에 비친 그 모습을 보고 잭은 눈을 의심했다. 그리고 한순간 자신은 죽어 버린 건가 혼란에 빠졌다.

왜냐하면 눈앞에 자신이 죽였을 터인 대니가 있었기 때문이다.

'뭐야?!'

망령이라도 보고 있는 걸까. 하지만 그 모습은 매우 또렷했다. 이상하게 여기면서도 잭은 벌떡 일어나 낫을 들었다.

"후후."

대니는 삐딱하게 웃으며 잭을 내려다보았다. 대니의 흰 가운은 잭이 벤 복부 주변이 새빨간 피로 물들어 있었다.

'어이어이, 진짜냐……'

그런 상태에서 설마 살아 있었다니— 좀비나 바퀴벌레 같은 녀석이라고 잭은 생각했다.

하지만 그렇게 생각하는 것은 대니도 마찬가지였다.

"잭은 여전하구나. 그런 몸으로 잘도 순간적으로 움직이네. 하지만 당장에라도 숨이 넘어갈 것 같은데?"

"왜, 네놈이 있는 거야……?!"

"놀랐어? 네가 레이첼을 쫓아 층을 나오려 하는 걸 난 알고 있었어. 그래서 만약에 대비해 안전 대책으로 옷 밑에 조끼를 입고 있었지. 하지만 방탄조끼도, 가지고 있던 수혈팩도 위력을 다 막지 못해 이 꼴이지만 말이야."

대니는 가운 밑에 껴입고 있던 방탄조끼를 득의양양하게 슬쩍 보였다.

—그렇다면 죽은 척을 했던 건가. 묘한 잔재주를 부리다니, 기분 나쁜 녀석이다.

잭은 크게 혀를 찼다. 예전부터 자신을 대하는 대니의 태도는 뭐든 마음에 들지 않았다.

"그럼 다시 한번…… 베어 죽여 주지."

힘이 들어가지 않는 얼굴로 서툴게 히죽 웃고서 잭은 대니에게 덤벼들었다. 이런 상태여도 살아 있으면 레이에게 위해를 가할 가능성은 충분했다. 죽여 두는 편이 가장 좋았다.

그러나 역시 몸이 생각대로 움직여 주지 않았다. 잭답지 않은 그 꼴사나운 모습을 대니가 비웃었다.

"무리하면 안 되지, 잭. 다리도 완전히 둔해져선!"

"……뭐?!"

도발적인 대니의 발언에 짜증만 심해졌다. 잭은 언성을 높였다.

"그리고 좀 봐주겠어? 나도 멀쩡하진 않거든."

"……그런 것치곤 팔팔해 보이는데."

"그야 너랑은 다르니까. **사전 준비도, 그 후의 처리도.**"

대니는 의미심장하게 대답하고 가짜 눈을 빛냈다.

아직 살짝 흐릿한 시야 속에서 잭은 대니를 노려보았다.

'뭐지……?'

대니의 가운이 유난히 부풀어 있는 것이 신경 쓰였다. 안전 대

책으로 조끼를 걸친 모습을 아까 슬쩍 보여 주었지만, 그렇게 두
꺼운 물건은 아니었다.

"하지만 나도 필사적이야. 자는 틈에 처리할까 싶었는데 넌 깨
어나고…… 최악이네. 어째서 네가 레이첼을 데리고 다니는 거
야? 그리고 그녀는 지금 어디 있지?"

그렇게 진지하게 물어보는 대니의 목소리는 더 이상 상냥함을
연기하는 부드러운 목소리가 아니었다.

"그거 진심으로 묻는 거냐? 그 녀석이 어디 있는지 말할 리가
없잖아. 너 바보야?"

"그럼 어째서 함께 있는지 대답해."

"뭐? 그야 당연히 레이가 내 손에 죽고 싶어 하기 때문이지—
이 쓰레기야."

우월감이 느껴지는 잭의 그 말투에 대니는 한순간 눈을 동그랗
게 떴다. 그리고 입꼬리를 올리더니 갑자기 사춘기 어린애처럼,
담아 뒀던 감정을 토하듯 외치기 시작했다.

"—그녀의 눈을 계속 봐 온 건 바로 나야. 그런데 너 같은 녀석
에게 그녀가 죽고 싶어 한다고? 웃기는 말도 적당히 해! 그 눈동
자는 특별해! 나는 줄곧 그 눈동자를 찾고 있었어……. 살아 있는
데도 죽어 있고, 그렇게나 고요하며 아름답고! 너 따위에게 그녀
의 눈을 줄 것 같아?! 그녀의 눈은 내 거야! 내가 줄곧 봐 왔단

말이다."

'아아……'

일순 현기증이 나서 대니는 저도 모르게 그 자리에 웅크렸다.

—그래…… 내 바람은— 살아 있으면서 영원히 죽어 버린 눈을 계속 보는 것. 그저 그뿐이었어.

그래서 레이첼, 너와 만났을 때, 난 마침내 살아갈 의미를 찾았다고 생각했어. 네 곁에서 너의 눈을 계속 보기 위해서라면 난 네가 바라는 걸 뭐든 할 생각이었어.

그런데…… 어째서 넌 갑자기 모든 것을 잊고, 그리고 떠올렸을 때, 죽자는 생각을 한 걸까. 모든 것을 잊어버리기 전, 너의 카운슬러였던 내 앞에서 너는 죽고 싶다는 말 따위 한 적 없었어.

그리고 왜 내가 아니라 이런 녀석에게 살해당하고 싶어 하는 걸까.

레이첼, 나는 슬퍼. 너의 눈은 아무것도 비추지 않기에 아름다웠는데—.

대니는 희미하게 눈가가 뜨거워지는 것을 느꼈다.

그러나 잭은 그 마음을 비웃었다.

"……그게 뭐 어쨌다고. 딱히 난 너처럼 그 녀석의 눈 따위에 관심 없어. 하지만 그 녀석은 내 손에 죽고 싶어 하지. 그리고 그 녀석을 죽이는 건 바로 나야. ……그러니 레이를 어떻게 할지 정하는 건 네가 아니라고."

이겼다는 듯 잭이 말하자 대니는 후우 숨을 토해 기분을 진정
시켰다.

레이와 잭 사이에는 자신이 없는 동안 어떤 유대 같은 것이 싹
튼 모양이었다.

'하지만 대충 짐작은 가……'

레이가 잭에게 살해당하고 싶어 하는 이유를 대니는 훤히 알고
있었다.

"……뭐, 좋아. 그녀가 살아 있다는 건 알고 있어. 네가 이 층까
지 온 게 그 증거지."

조금 전까지의 어른스럽지 못한 태도를 고친 대니는 살짝 여유
를 보이며 중얼거리고서 삐딱하게 미소 지었다.

"……아아, 그래. 다 죽어 가는 네게 제안 하나 할까."

"뭐……?"

잭은 쉰 목소리를 내고서 얼굴을 일그러뜨렸다. 슬슬 낫을 들
고 서 있는 것이 조금 힘들어진 상태였다.

"실은 내가 약을 잔뜩 가지고 있거든. 그 약으로 도와줄 수도
있어. —레이첼의 눈을 뽑아서 내게 준다면 말이야!"

—변함없이 기분 나쁜 말을 하는 녀석이었다.

잭은 픽 웃었다. 인간은 너무 불쾌하면 웃어 버리는 모양이었다.

"……아까 난 레이의 눈에 관심 없다고 했지만 그 말 취소야. 웃든 울든, 눈알이 없으면 형편없잖아. 그러니 눈알이든 뭐든…… 네놈한테 줄 건 하나도 없어!!"

이 빌딩에서 탈출하여 지상으로 나가고, 그리고 레이가 웃는다. 그 순간 나는 레이를 죽인다.

그러려면 눈은 필요했다. 눈알이 없으면 최고의 웃는 얼굴은 될 수 없었다.

잭은 대니를 향해 그렇게 단언하고 낫을 움켜쥐어 임전 태세로 들어갔다.

"……아아~ 멍청한 놈."

하지만 대니는 잭의 말을 듣고 김이 샌 것처럼 말하며 휙 등을 돌렸다.

"난 이만 갈게. 지금 내 상태로는 너 같은 괴물을 상대해 봤자 힘이 달려. 너는 지금 제대로 걷지도 못하지? 그렇다면 이 틈에 가야지. 그리고 그녀의 눈을 지킬 준비를 해야 하니까."

그렇게 말하고서 큰 키의 몸을 질질 끌며 문 너머로 나아갔다.

"어이, 기다려……!"

잭은 반사적으로 그 뒤를 쫓아가려고 했다. 그러나 달리려던 순간, 바닥에 무릎 꿇고 말았다. 아무리 움직이려고 해도 몸이 말을 듣지 않았다.

"젠장······!"

—아아, 역시 레이를 혼자 가게 하면 안 됐어······.

△
▽

B6에 내려서자 처음 이 층에 왔을 때와 마찬가지로 숨 쉬기조차 꺼려지는 악취가 레이의 코를 찔렀다. 하지만 그 강렬하고 달콤한 냄새는 더 이상 감돌지 않았다.

"자, B6에 도착했어. 잭의 층은 그와 닮아서 복잡하지 않아. 서두르게."

전에 없이 빠르게 말한 그레이는 골똘히 생각에 잠겨 있는 것 같았다.

"나는 여기서 기다리지."

"응······."

B5에 있었을 터인 약이 전부 사라졌다. 아니, 누군가 가져갔다. 예상하지 못했던 사태에 여전히 곤혹스러워하며 레이는 고개를 끄덕였다.

「B6에서 내가 널 맨 처음 발견했던 곳. 그 안에 있는 걸 가져와.」

먹먹한 귀 안쪽에 잭이 했던 말이 울렸다.

—잭과 맨 처음 만났던 곳 안에 있는 물건······.

문득 레이의 귀에서 애달프게 외치는 울음소리가 되살아났다.

'맞아······.'

새에게 팝콘을 주었을 때, 갑자기 나타난 잭에게 베여서 새는 죽어 버렸다. 그 후, 두 동강 난 새를 봉합하고 삽으로 땅을 파서 묻었다. 새를 묻었을 때 일이 레이의 머릿속에 선명하게 떠올랐다.

'잭과 처음 만난 곳은 새가 있던 그 장소야······.'

잭에게서 도망치느라 필사적이었지만 그것만큼은 분명하게 기억났다. 새하얀 날개가 눈앞에 흩날렸다. 레이는 새와 만났던 곳으로 달려갔다.

그곳에 도착하니 날개 하나가 떨어져 있었다. 그때 잭이 벤 새의 날개였다. 살며시 주워 보니 차가웠다.

—그로부터 몇 시간이나 지났을 테니 당연해······.

그 배후에는 녹슨 문이 있었다. 공조 장치 때문인지 마치 레이를 부르듯 문이 열렸다 닫히기를 반복하고 있었다. 레이는 또렷한 의식을 가지고 천천히 그 문 안으로 들어갔다.

안에 들어가니 물이 썩은 듯한 냄새가 방 전체에 풍기고 있었다.

넓지도 좁지도 않은 그 방은 매우 어질러진 상태였다. 먼지 쌓인 바닥에는 눅눅해진 팝콘과 착색료로 색을 입혔을 컬러풀한 시리얼이 흩어져 있고, 척 보기에도 몸에 안 좋을 듯한 탄산음료 빈 캔이 몇 개나 굴러다녔다.

'지저분해……'

이곳이 누군가의 방이라면 제대로 된 생활을 할 수 있는 환경은 아니었다. 세상 물정 모르는 갓난아이가 느닷없이 세상에 내팽개쳐진 듯한 방이었다. 하지만 확실히 누군가 여기서 생활하던 분위기가 감돌고 있음을 레이는 느꼈다.

문득 레이의 눈에 검붉은 곰팡이가 들러붙은 세면대와 벽에 걸려 있는 더러운 수건이 비쳤다. 세면대 밑에는 이미 사용하여 더러워진 붕대 몇 개가 버려져 있었다.

"붕대……."

가까이 다가간 레이는 붕대 하나를 집어 들었다. 붕대에는 애처로운 딱지가 붙어 있었다.

—혹시 여긴 잭이 생활하던 방……?

붕대를 바라보며 그렇게 느낀 순간, 레이의 가슴은 단숨에 술렁이기 시작했다.

'여기에 잭이 부탁한 게 있을지도 몰라⋯⋯.'

서둘러야 해—. 심해지는 초조감에 사로잡히며 레이는 방 안쪽으로 나아갔다.

방 안쪽에는 손상된 소파와 낮은 테이블이 놓여 있었고, 테이블 위에는 가장자리가 깨진 유리컵이 방치되어 있었다. 컵에는 흙탕물 같은 갈색 음료가 들어 있었다. 이것은 분명 아까 그 빈 캔에 들어 있던 내용물일 것이라고 레이는 헤아렸다.

'깨진 채로 사용하다니, 위험해⋯⋯.'

하지만 어떤 맛일까⋯⋯. 레이는 신경 쓰여서 깨진 컵에 얼굴을 가까이 가져가 냄새를 맡아 보았다. 탄산은 다 빠져 버렸지만 희미하게 달콤한 향이 났다. 하지만 그것은 그레이에게서 나는 그 기분 나쁜 달콤한 냄새와는 달라서 레이는 어쩐지 안도했다.

유리컵 옆을 보자 마찬가지로 깨진 유리그릇이 놓여 있었고, 안에는 갈색 탄산음료에 흐물흐물 녹은 시리얼이 들어 있었다.

'맛없을 것 같아⋯⋯.'

이 방에 있는 것은 전부 몸에 좋지 않아 보였다. 상상도 안 가는 맛을 머릿속에 그려 보고 레이는 살짝 얼굴을 찡그렸다.

그리고 소파 위에는 세탁한 적이 없어 보이는, 꾸깃꾸깃 뭉친 지저분한 모포가 내버려져 있었다.

"잭은 여기서 잤던 걸까……."

이렇게나 얇은 모포만으로는 분명 추울 것이다. 아니면 잭은 추위에 익숙한 걸까. 그런 생각을 하며 레이는 소파에 앉아 보았다가 살짝 놀랐다. 레이의 집에 있던 푹신푹신한 소파와는 전혀 다른, 마치 딱딱한 판자 위에 앉은 듯한 감촉이었기 때문이다. 이런 곳에서 잠자도 별로 휴식이 될 것 같지는 않았다.

그때 레이는 엉덩이 밑으로 무언가 위화감을 느꼈다.

'뭘까?'

일어나 보니 그것은 살짝 누레지긴 했지만 새 붕대였다.

"……다행이다!"

레이는 안도하여 무심코 목소리를 내며 기뻐했다. 지혈제는 아직 못 찾았지만, 붕대를 감으면 조금쯤은 지혈이 될 것이다. 약은 찾지 못했어도 이걸로 조금은 도움이 될 수 있다—.

살짝 들떠서 얼굴을 드니 레이의 시야에 문득 반짝이는 것이 날아들었다.

"—저건……?"

이끌린 듯 방구석으로 다가가자 키 작은 서랍장 위에 더러워진 단검이 놓여 있었다.

'……잭이 말했던 게 이걸까……?'

레이는 직감적으로 그렇게 느꼈다. 집어 들어 보니 단검은 상당히 더러워져 있었다. 게다가 약간 녹슨 상태였다. 손질은 별로 하지 않은 모양이었다.

'하지만 잘 잘릴 것 같아…….'

레이는 단검을 살며시 가방 안에 넣었다. 이유는 알 수 없지만, 이것이 잭이 부탁한 물건이라는 확신에 가까운 예감이 들었다.

단검 밑에는 뭔가 적혀 있는 누렇게 변색된 종이가 깔려 있었다. 어린아이가 흉내 내어 쓴 듯한 서툴기 그지없는 글자가 레이의 눈에 비쳤다.

종이 옆에는 난잡하게 찢긴 잡지가 펼쳐져 있었다. 자세히 보니 어린아이가 쓴 듯한 글자는 잡지에 적힌 문장과 똑같은 것 같았다. 하지만 종이에 쓰인 글자는 어이없을 정도로 서툴렀고, 쓰다가 질렸는지 도중에 끝나 있었다.

글자라고도 할 수 없는 글자를 바라보며 레이는 문득 떠올렸다.

「난 글자를 못 읽으니까.」

잭은 분명 그렇게 말했다. 레이는 눈을 감고 이 어둑한 방에서 잭이 펜을 쥔 채 글자를 연습하는 모습을 떠올려 보았다. 항상 커다란 낫을 휘두르는 잭과는 딴판인 모습이었다.

하지만 잭은 사실 글자를 배우고 싶다는 마음이 있을 정도로 평범하게 생활하고 싶었던 걸지도 모른다.

―그러고 보니 모르는구나…….

―잭에 관해 아무것도 몰라…….

레이는 깨진 유리 파편과 콜라 캔을 지그시 바라보다가 눈을 감았다.

잭은 지금까지 어떻게 살아왔을까…….

캐시에게 『도구』라는 말을 들었을 때의 격렬한 저항감이 문득 되살아났다.

―잭도 나도 도구가 아니야.

하지만 그렇다면 잭은 내게 뭐지……?

잭이 배에서 피를 흘리고 있는 모습이 다시 떠올랐다. 그 순간 레이는 제정신으로 돌아온 것처럼 냉정해졌다. 지금은 이러고 있을 때가 아니었다.

"돌아가자……. 잭에게……."

"B6에서 할 일은 끝냈나?"

심각한 표정으로 생각에 잠긴 모습인 레이를 향해 그레이는 조용히 물었다.

"응. 그러니까 빨리 B2로 돌아가고 싶어."

레이는 위협하듯 그레이를 바라보았다.

지금 레이의 심장은 희미하게 고동치고 있었다. 잭의 방 모습이 머리에 새겨져 사라지질 않았다. 가슴이 두근거리는 가운데, 한시라도 빨리 잭에게 이 단검을 건네고 싶다고 생각했다. 잭이 부탁한 물건이 이것인지 아직 알 수 없었다. 하지만 레이는 마음 한편으로 이게 바로 잭의 소중한 물건이라고 확신하고 있었다.

그레이는 그런 레이를, 마치 과학자가 위화감이 드는 실험 결과를 봤을 때와 같은 살피는 눈으로 관찰했지만 이윽고 고개를 끄덕였다.

"좋아. 나도 조금 신경 쓰이는 일이 있어. 서둘러 돌아가기로 할까."

B2에 도착하여 엘리베이터에서 내리자 눈에 비친 광경에 레이

의 심장은 세차게, 아플 정도로 두근두근 뛰었다.

'어째서—.'

엘리베이터 앞에서 자고 있었을 터인 잭의 모습이 없었다.

"······왜 그러지?"

희미하게 떨리는 레이의 손끝을 보고 그레이는 조용히 물었다.

"······없어. ······잭이 없어."

레이는 무의식중에 기도하는 눈으로 그레이를 바라보았다. 그
레이는 가볍게 한숨을 쉬었다.

"······그런 눈으로 날 봐도 아무것도 안 나와."

그리고 신이 이 세상의 끝을 고하듯 심각한 어조로 이렇게 말
했다.

"—역시 이 불행의 연쇄는 네가 원인이야, 레이첼 가드너."

그 발언에 레이는 곤혹스러웠다. 이 사람은 또 영문 모를 말을
하고 있었다.

"······아까부터 무슨 소리야? 난 모른다고 하는데."

레이는 평소보다 한 톤 낮은 목소리로 말했다.

"대니는 B5에 있었나? 그만이 소재가 파악되지 않아. 성실하고
사려 깊은 그가 어째선지 이상한 행동을 시작했지. 그 원인은 너
아닌가?"

소재— 역시 대니는 살아 있는 걸까.

'그럼 그 생생한 핏자국은 역시……'

그러나 지금은 이런 이야기를 하고 있을 때가 아니었다. 레이는 그레이에게 휙 등을 돌렸다.

"그런 거, 내 탓이 아니야. ……그보다 잭을 찾아야 해."

하지만 떠나려 하는 레이의 등을, 제압하는 듯한 커다란 목소리가 붙잡았다.

"기다리게."

레이는 갑자기 들린 큰 목소리에 놀라 반사적으로 조용히 돌아보았다. 어서 잭 곁으로 돌아가고 싶은데 어째선지 움직일 수 없었다. 마치 자신의 몸이 최면술에라도 걸린 것 같았다. 그레이는 레이를 궁지로 몰아넣듯 한 걸음 한 걸음 다가오며 낮은 목소리로 말을 이었다.

"나는 줄곧 자네의 행동을 보고 있었네. 이곳의 톱니바퀴를 뒤틀고 있는 자네가 어떤 존재인지 나는 흥미를 느꼈어. 악영향을 끼치는 자라면 심판을 내려야만 해. 하지만 잭의 약을 가지러 가는 모습을 보고 나는 약간 희망을 가졌지……"

그리고 그레이는 슬픈 얼굴로 고개를 저었다.

"그러나 그것도 잘못된 생각이었던 것 같군……. 자네의 행동은 너무나도 이기적이고 가차 없어. 그리고 자네는 맨 처음 대답했었지. 왜 잭을 살리려 하는가…… 그건 자신을 죽여 주길 바라기 때문이라고."

이제 그레이는 레이의 코앞까지 와 있었다. 그리고 연극하는 듯한 어조로 엄숙히 이렇게 고했다.

"아아, 레이첼 가드너……. 너의 모든 행동은 자기애에서 비롯된 것이 틀림없어."

—자기애…….

레이는 눈을 내리떴다. 아래층에서 보라색 캐시나 초록색 에디가 힐난했던 말이 귓가에 되살아났다.

"……확실히 난 잭이 날 죽여 주길 원해. 하지만 그뿐만이 아니야……. 잭은 내게, 날 죽여 주겠다고 신께 맹세해 줬으니까."

레이는 반론을 시도했다. 그러나 그렇게 이야기하는 레이의 말에는 전혀 힘이 담겨 있지 않았다. 에디가 했던 「잭도」라는 말이 레이의 머릿속에서 계속 메아리쳤다.

레이가 작은 목소리로 불안하게 반론하자 그레이는 약간 질렸다는 얼굴을 보였다.

"레이첼 가드너. 너는 잭이 신에게 맹세해 주었다고 하지만— 맹세했다고 해서 그 맹세를 신이 택할까? 다른 자가 똑같은 맹세를 했다면 어느 것을 택할지는 신의 뜻에 달렸다고 생각하지 않나? 만약 신의 뜻이 너의 바람과 다르다면…… 너는 어쩔 거지?"

레이는 말문이 막혔다.

"……."

멀리서 파이프 오르간 소리가 울리고 있었다. 무슨 곡인지 알 수 없지만 공연히 슬퍼지는 곡조였다.

"실례, 가혹한 질문이었으려나."

입을 다문 레이를 지그시 내려다보고 그레이는 가볍게 헛기침 했다.

그 순간 다시 그 묘한 달콤한 냄새가 레이 주위를 감쌌다. 눈앞이 아찔해지는 강렬하고 달콤한 냄새. 심한 두통이 일고, 또 꿈속에 빨려 들어가는 감각에 빠졌다.

"그럼 자네에게 판결을 내리기 전에 준비를 해야지……."

멍하니 머릿속이 흐려지는 가운데, 그레이의 말만이 뇌리에 울려 퍼졌다.

'……잭을 찾아야 해…….'

그렇게 강하게 생각했지만 마침내 서 있을 수 없게 되어 레이는 그 자리에 주저앉았다.

"자, 레이첼 가드너. 심의는 아직 계속된다네."

흔들려 가는 공간 바깥쪽에서 그레이의 목소리가 선명하게 울렸다. 깊은 곳으로 천천히 떨어져 가듯 레이는 재차 정신을 잃었다.

ZACK'S KNIFE

물속에서 서서히 떠오르듯 레이는 깨어났다. 멍한 머리를 각성시키려는 것처럼 레이는 그 자리에 주저앉은 채 주위를 둘러보았다. 그레이의 모습은 사라진 상태였다.

'어디 간 걸까……'

엘리베이터의 측면 벽에는 빨간 글자로 B2라고 적혀 있었다. 그 바로 옆에 잭의 것으로 여겨지는 혈흔이 선명하게 남아 있었다. B2로 돌아온 것은 확실한 듯했다.

—대체 무슨 짓을 당한 걸까…….

레이의 눈이 공허해졌다. 어쩐지 현기증이 가시질 않았다. 제대로 생각하고 있는지조차 불안했다.

악몽 속에 있는 듯한 꺼림칙하고 달콤한 냄새가 또다시 층 안을 부유하고 있었다. 아니면 몸에 배어 있는 것일까. 레이는 판단할 수 없었다.

아무튼 그레이에게 발견되기 전에 어서 잭과 만나야 한다고 레이는 생각했다. 그리고 잭이 **걱정**되었다.

"빨리 잭을 찾아야 해……."

흡사 취한 것처럼 비틀거리며 레이는 일어섰다. 그때 레이는 문득 등 뒤로 어떤 기척을 느꼈다.

망설이지 않고 돌아보니 엘리베이터 앞에 눈을 의심할 만큼 커다란 뱀의 모습이 있었다. 자신보다 세 배 가까이 커 보이는 왕뱀은 긴 몸을 끌며 레이 쪽으로 구불구불 다가오기 시작했다.

뱀의 눈은 명백히 레이에게 초점이 맞춰져 있었다.

—이대로는 잡아먹힌다…….

'도망, 쳐야 해……!'

레이는 즉각 겁먹은 표정이 되어 정신없이 그 자리에서 달려 나갔다.

▲
▼

서둘러 참회실이 있는 다음 문 건너편으로 도망치니 바닥에 누운 잭이 있었다. 문에서 잭이 쓰러져 있는 위치까지 애처로운 핏자국이 이어져 있었다. 분명 저기까지 기어갔으리라.

"—잭!"

레이는 급히 달려가, 잭이 약해진 상태라는 것도 잊고 그 몸을 힘껏 흔들었다. 이러고 있는 동안에도 커다란 뱀이 다가왔다. 이런 곳에 누워 있으면 잭이 뱀에게 잡아먹혀 버릴 것이다.

"잭, 일어나! 잭!"

"……어?"

드물게도 필사적인 레이의 목소리를 듣고 잭은 평온하게 깨어났다.

"커다란 뱀이 있어! 도망치자!"

레이의 눈에 비친 뱀은 이미 등 뒤까지 다가와 있었다. 일각을 다투는 사태에 레이는 잭의 손을 세게 잡아당기며 더욱 목소리를 높였다.

"……너, 무슨 소릴 하는 거야?"

처음 듣는 레이의 필사적인 목소리에 잭은 입을 쩍 벌렸다. 뱀이 있다며 레이가 시선을 보내는 방향을 봐도 뱀 따위 없었다. 그곳에는 그저 이 방에 들어온 문이 있을 뿐이었다.

"봐, 저기에!"

하지만 레이는 뱀이 있다는 곳을 가리키고서 겁먹은 표정을 짓고 있었다. 그 표정은 진짜 같아서 연기라고는 생각할 수 없었다.

"어이."

잭은 레이의 어깨를 잡고 강제로 자신을 보게 했다. 제정신을 차려 주지 않으면 이쪽까지 머리가 이상해져 버린다. 그러나 레이는 여전히 허공을 보고서 「빨리 뒤쪽 문으로 도망쳐야 해!」라고 계속 외쳤다.

"레이!"

잭은 레이의 눈을 응시하고 크게 소리쳤다. 자신에게 보이지 않는 것이 레이에게 보이는 이 상황은 정말이지 기분 나빴다. 잭은 레이의 어깨를 흔들었다. 하지만 레이는 아직 뱀이 바로 옆에서 자신들을 노리고 있는 것처럼 완전히 겁먹은 상태였다. 잭은 슬슬 화가 나기 시작했다.

"아아, 시끄러워!"

외치고서, 다음 문으로 유도하려고 하는 레이의 손을 세게 뿌리친 뒤, 레이의 머리에 춉을 먹였다.

"……어라?"

그 순간— 레이의 시야는 단숨에 안개가 걷힌 것처럼 밝아졌다. 바로 앞까지 다가와 있었을 터인 커다란 뱀도 사라진 상태였다. 레이는 주변을 두리번두리번 둘러보았다.

"**어라?** 라니, 너 말이다."

잭은 레이의 목소리를 흉내 내고서 어이없다는 목소리로 말했다.

"무슨 영문 모를 소리를 하는 거야."

모처럼 무사히 돌아왔나 싶었는데, 이해할 수 없는 소란을 피워 대면 이쪽이 혼란에 빠져 버린다. 하지만 평소에는 너무 냉정할 정도의 소녀였다. 또 뭔가 묘한 장치에라도 말려든 걸까. 잠시 궁리해 보았으나 역시 생각하는 것은 서툴렀다. 잭은 작게 한숨을 쉬고 생각하기를 포기했다.

"……하지만, 커다란 뱀이."

레이는 조금 전까지 분명히 있었던 왕뱀이 왜 사라졌는지 어리둥절한 얼굴로 잭을 보았다. 그렇게 몇 초쯤 서로의 무사를 확인하듯 시선이 얽혔다. 착란 상태에 빠져 있던 레이의 뇌는 온화하게 고요해졌다.

'잭, 살아 있었어…….'

잭은 제정신으로 돌아온 듯한 레이의 모습을 보고 크게 한숨을 쉬었다.

"그딴 거 없어. 무슨 헛소리를 하는 거야. 정말이지, 돌아왔나 싶더니 얘기는 안 통하고, 깜짝 놀랐잖아……. 역시 너 혼자 두면 제대로 되는 일이 없네."

잭은 말하면서 살짝 득의양양한 얼굴로 레이에게 시선을 보냈다.

"……으, 응…… 미안해."

드물게도 풀이 죽어서 레이는 눈을 내리떴다. 그러자 잭의 피투성이 복부가 눈에 들어왔다.

「주위도…… 잭도 분명 괴로워하며 끝나 버릴 거야.」

B4에서 기묘한 초록색으로 물든 에디가 키득키득 웃으며 속삭

였던 말이 레이의 머릿속에 다시 울려 퍼졌다.

여전히 울적한 표정으로 레이는 잭을 올려다보았다.

"하지만 잭…… 어째서 이런 곳까지 이동한 거야?"

"……그 녀석이 있었어."

마치 기분 나쁜 벌레와 조우한 것 같은 말투였다. 그것이 누구를 말하는지 레이는 바로 이해했다.

"……대니 선생님?"

"그래, 맞아. ……어떻게 알았어?"

"시체가 없었으니까."

레이는 나직이 중얼거렸다. B5에서 잭이 대니를 벴던 곳에는, 잭이 이렇게 건너편 방에서 기어 온 것과 같은 생생한 핏자국이 있었다.

"그렇겠지. 그 자식…… 우쭐해져서는. 몸이 제대로 움직이질 않아서 못 죽이고 놓쳐 버렸어."

아까 대니와 있었던 일을 떠올리고 잭은 칫, 혀를 찼다.

"선생님은, 뭔가 말했어……?"

레이가 묻자 잭의 뇌리에 대니가 했던 기분 나쁜 제안이 되살아났다. 보고해야 할지도 모른다. 하지만 레이의 불안해 보이는 파란 눈동자가 잭의 눈 속에서 흔들렸다.

"아아? ……몰라. 네가 신경 쓰지 않아도 되는 일이야."

잭은 시선을 휙 피하고서 얼버무렸다.

"······그래."

레이는 고개를 숙였다. 조금 신경 쓰이기는 하지만, 잭이 그렇게 말한다면 자신에게 별로 의미 없는 일일 것이다. 그리고 대니 선생님한테 흥미는 없었다.

"그보다 너, 제대로 살아서 돌아왔네."

레이에게 던진 그 대사는 잭치고는 드물게 살짝 상냥한 어조였다. 레이는 깜짝 놀라서 약간 눈을 크게 떴다. 한순간 기쁘다는 감정이 생겼지만 곧장 그것을 지울 만큼의 죄악감이 엄습했다. 이렇게 기다리게 했는데 어느 층에도 약은 없었다.

"······어? 왜 그래."

잭은 의아한 표정을 보이고서, 희미하게 창백해진 레이의 얼굴을 들여다보았다.

레이는 숨을 들이쉬고 결심한 듯이, 하지만 힘없이 말을 꺼냈다.

"······미안해. B5에 있었던 약이 전부 없어졌어."

시무룩한 레이를 보고 대니와 했던 대화를 떠올리며 잭은 남의 일처럼 표표히 대답했다.

"아아, 대니 녀석이 약을 가지고 있다는 식으로 지껄였으니까."

"역시 선생님이······."

레이는 가볍게 입술을 깨물었다.

"……그딴 것보다, B6에는 확실히 갔어? 말했던 거 가져왔어?"

레이는 고개를 끄덕였다. 그리고 가방 속에 손을 넣어 녹슨 단검을 천천히 꺼냈다.

"……이거, 맞아?"

불안한 얼굴로, 그러나 똑바로 잭을 바라보며 레이는 물었다. 그 녹슨 단검을 눈에 담은 순간, 잭은 레이를 향해 씩 웃었다.

"오오. 그게 있으면 충분해. 어이, 내놔."

잭은 단검을 받더니 기쁘게 바라보고 「이거라면 생각대로 쓸 수 있어.」라며 웃어 보였다.

"그 단검은 잭 거야?"

"아아, 그래. 원래 내가 가지고 있던 건 낫이 아니라 이 단검이야."

그렇다면 낫은 누군가 지급해 준 것일까. 레이가 생각하고 있으니 잭은 단검을 움켜쥐고 일어섰다.

"어이, 그럼 가자."

"기다려, 안 돼. 아직 움직이면 안 돼."

레이는 몇 시간 전과 똑같은 말을 되풀이했다. 그 변함없는 태도에 잭은 짜증을 느끼며 레이 쪽을 돌아보았다.

"너도 참 끈질기다. 그렇게 많이 잤으니 이제 움직일 수 있어."

"—그럼 적어도 잭의 상처를 먼저 꿰매게 해 줘."

그것은 무의식적으로 흘러나온 말이었다. 레이는 급히 가방에서 꺼낸 재봉 도구를 들고 잭의 몸으로 손을 뻗었다.

"그만둬······! 내 몸에 손대지 마! 아무것도 하지 마!"

그 갑작스러운 일에 잭은 반사적으로 레이의 손을 뿌리치고서 그렇게 호통쳤다.

—대체 이 녀석은 뭘 하고 싶은 거야?

레이가 피부를 만진 순간, 잭은 돌연 혼란의 한복판에 내던져졌다. 폭력이나 저항 말고 스스로 이 몸에 손대는 인간을 잭은 몰랐기 때문이다. 저항하느라 이 몸을 건드리고, 이 추한 피부에 전율하며, 그 추함을 매도한다면 코웃음 칠 수 있었다.

—하지만 이렇게, 명백하게 **필사**적으로 자신을 치료하려고 건드리려 하다니, 웃기지도 않았다.

레이는 평소에 보인 적 없었던 잭의 격렬한 반응에 무심코 몸을 움찔거렸다.

"그딴 짓 하지 않아도 난 이런 일로 안 죽어."

그리고 잭은 상처나 화상 자국을 레이가 빤히 본다고 생각하니 왠지 무서웠다. 자신도 건드린 적 없는 부드러운 부분을 드러내는 듯한— 그런 기분이 들었다.

레이는 입술을 꼭 깨물고 잭을 응시했다.

"……그런 거, 안 돼."

그 표정에는 조금 전의 광기 어린 말과는 다른 진지함이 있었다. 레이는 잭이 걱정됐다. 하지만 잭은 레이가 품고 있는 그 감정의 의미를 알 수 없었다. 걱정받은 적이 없으니 당연했다. 그리고 그런 정체 모를 감정을 받으니 묘하게 마음이 어수선했다. 기분 나빴다.

"……뭐야, 너……. 여기 온 뒤로 묘한 얼굴 하고."

잭은 목구멍에서 치밀어 오르는 것을 참으며 눈을 가늘게 좁히고 레이를 내려다보았다. 그리고 천장을 올려다본 뒤, 작게 숨을 들이마셨다.

"—야, 너. B3층 여자가 했던 말…… 기억해?"

레이는 갑자기 진지한 얼굴이 된 잭의 물음에 고개를 끄덕였다.

"그 여자가 말한 대로라고 생각하면 짜증 나지만, 그거, 틀린 말은 아니야."

캐시가 했던 그 말이 레이의 가슴속에 다시 떠올랐다. 레이는 조용히 고개를 저었다.

"……틀려…… 잭도 나도, 도구가 아니야."

"그 부분 말고. 그딴 건 너한테 한 번 들었으니까 기억하고 있어."

아까부터 레이는 똑같은 말만을 반복하고 있었다. 잭은 어이없다는 얼굴로 말했다.

"나는 **괴물**이야."

잭은 말하고서 입가를 일그러뜨렸다.

괴물— 그 말이 줄곧 미웠을 터였다. 지금까지 남들에게 실컷 그렇게 불리며 경멸받았다. 하지만 지금은 달랐다. 그 말이 오히려 자랑스러웠다. 죽이고 싶다— 그 충동이 샘솟을 때마다 자신을 『괴물』이라고 야유하는 것도 적당하여 좋았다.

"괴물은 그렇게 간단히 돼지지 않아— 안 그래?"

자학적으로 말하면서도 잭은 반쯤 연기하듯 밝은 목소리로 레이에게 물었다.

사실은 괴물이라는 말을 이렇게 달래기 위해 쓰고 싶지는 않다. 하지만 이 이상 그 정체 모를 감정을 받는 것도, 괴로워 보이는 얼굴을 하는 레이도, 슬슬 어떻게든 하고 싶었다. 걱정할 만큼 약하지 않다는 것을 알려 주고 싶었다.

그런데 레이의 얼굴은 여전히 심각했다.

"아? 뭐야, 이상한 얼굴 하지 마. 보통 괴물이라고 하면 그런 거잖아. 그럼 그런 거라고, 나는. 그게 보통이야."

'괴물……'

레이는 어떻게 대답하면 좋을지 알 수 없었다. 자신이 기운 차리도록 한 말임은 레이도 이해할 수 있었다. 이럴 때 평범한 인간이었다면 웃는 걸까. 하지만 레이는 웃을 수 없었다. 잭의 말이 어쩐지 슬펐다.

"어이, 멍하니 있지 마. 어쨌든 약이 없다면 나아갈 수밖에 없잖아. 안 갈 거면 놓고 간다."

끝이 안 나겠다 싶었는지 잭은 혼자 걷기 시작했다.

"……기다려, 같이 갈래."

"그럼 빨리 와."

잭은 여전히 모호한 표정으로 서 있는 레이를 돌아보았다.

"……하지만 말해 두는데, 난 지금 못 뛰어."

순간적으로 입 밖으로 나온 말에 살짝 어색함을 느끼며 잭은 레이를 내려다보았다. 그러나 그 얼굴은 마치 인형처럼 무표정인 채였다.

―아아. 이런 말을 내뱉은 것은 굴욕이라고 잭은 생각했다. 하지만 몸은 생각대로 움직이지 않았다. 그것만큼은 넌더리가 날 만큼 알 수 있었다.

▲
▼

　잭이 다음 방으로 가는 문을 열자 두 사람의 눈앞에 지금까지
의 대성당과는 조금 분위기가 다른, 어둑하고 긴 콘크리트 복도
가 나타났다. 바닥에는 방금 막 떨어진 듯한 선명한 핏자국이 남
아 있었다. 그것은 마치 다음 길을 보여 주고 있는 것 같았다.

　"이거, 대니 선생님의 피일까……?"

　어두운 복도에 섬뜩하게 남은 빨간 흔적을 레이는 빤히 바라보
았다.

　"아마 그렇겠지……. 그 녀석 피투성이였으니까."

　잭은 마치 어린아이로 돌아간 것처럼 필사적인 모습으로 레이
의 눈을 원한다고 외치던 대니의 모습을 떠올렸다. 무엇이 그토
록 레이의 눈에 집착하게 하는지 잭은 이해할 수 없었다. 확실히
레이의 눈은 파랗고 투명하여 예쁘지만 훌륭하리만큼 죽어 있었
다. 레이의 그런 눈을 보고 있으면 기분이 나쁠 정도였다.

　잭은 뒤에서 따라오는 레이의 발소리를 확인하며 어둑한 복도
를 터벅터벅 걸었다.

　두 사람 사이에는 전에 없이 어색한 분위기가 흘렀다.

　레이는 잭의 등을 바라보며 느껴본 적 없는 이상한 감각에 사

로잡혀 있었다.

아까 잭에게 상처를 꿰매자고 했지만 거절당했다. 그리고 그 후 잭이 한 『괴물』이라는 말— 그것을 듣고 레이는 마치 선이 그어진 듯한, 잭이 멀어진 듯한 느낌을 받았다.

하지만 잠시 후 레이는 잭에게 말을 걸었다.

"……저기, 잭."

그 목소리에 잭이 돌아보았다.

"어? 왜?"

"잭은…… 그 단검이 있던 방에서…… 지냈던 거야?"

레이는 어째선지 어른스러워 보이는 잭의 얼굴을 올려다보고서 더듬더듬 물어보았다.

"……그런데, 그게 왜."

"……그냥, 궁금해서."

레이는 확연하게 언짢아진 모습인 잭을 보고 어색한 얼굴로 작게 대답했다.

"……뭐?"

"아까 얘기도…… 그렇지만…… 난 잭에 관해 아무것도 몰라. 그래서…… 왜일까…… 어쩐지, 신경 쓰였어……."

잭의 불온한 목소리에 동요하여 레이는 띄엄띄엄 말을 흘린 뒤, 잭에게서 시선을 돌렸다.

왜 이런 말을 잭에게 하고 있을까.

잭이 지내던 그 방에서 나올 때, 잭에 관해 알고 싶다고 생각한 것은 사실이다. 하지만 어째서 잭을 알고 싶다고 생각했는지 레이는 알 수 없었다.

만약 순수하게 잭을 알고 싶은 것이라면 그 이유가 무엇인지 스스로 생각해 낼 수 있었을지도 모른다─. 하지만 이 알고 싶다는 감정은 그런 단순한 것이 아니었다.

잭은 얼굴을 찡그렸다. 질문에 답해 줘도 딱히 상관없었다. 그러나 어째서 레이가 자신을 조사하는 듯한 질문을 하는지 알 수 없었다.

'이 녀석, 나한테 죽고 싶은 거 아니었나. 나에 관해 알아서 어쩌자는 거야……'

"그게 뭐야. 의미를 모르겠어."

전혀 설득력 없는 레이의 말에 잭은 후드 위로 뒤통수를 긁었다.

기분 나쁘다─ 지금까지와는 다른 레이의 시선이 잭의 마음을 울렁거리게 했다. 잭은 레이가 무슨 생각을 하고 있는지 알 수 없어서 노려보듯 그 얼굴을 들여다보았다. 그러자 레이는 동요한 얼굴이 되어 눈을 피했다.

"저기, 하지만…… 그 방…… 좀 더 청소하는 게 좋을 것 같아."

점점 기분이 나빠지고 있던 잭은 레이의 그 서툰 말을 듣고 단숨에 피가 거꾸로 솟았다.

"시끄러워! 더는 돌아가지 않을 테니 상관없잖아!"

"응……"

레이는 퍼뜩 놀라 후회하는 목소리로 말하며 고개를 끄덕였다. 그런 말을 하려던 것이 아니었다. 하지만 자신도 어떻게 하면 좋을지 알 수 없었다. 잠시간 침묵한 뒤, 레이는 이어서 물었다.

"……잭은 아까 자신을 괴물이라고 했는데, 그건…… 인간이 아니라는 거야?"

괴물― 그렇게 잭이 스스로 일컫은 진짜 의도를 레이는 알고 싶었다. 하지만 그 말은 속절없이 서툴게 울렸다. 레이는 자신이 잭의 말뜻을 제대로 이해하지 못해서 이렇게 불편한 분위기가 된 것이 아닐까 싶어 진지하게 생각하고 있었다.

그러나 그런 레이의 마음이 잭에게 전해질 리도 없었다.

'무슨 소릴 하는 거야.'

잭은 일순 바보 같은 질문이라는 생각과 함께 기가 막혔다.

자신도 스스로를 괴물이라고는 생각했다. 하지만 진짜 몬스터가 아닌 것은 명백했다. 그 정도는 알 수 있을 것이다. 그렇다면 왜 이런 질문을 하는 걸까. 괴물이라는 말이 마음에 안 드는 건가. 아무튼 유쾌한 기분은 아니었다. 그리고 제대로 대답할 마음도 들지 않아서 살짝 짓궂은 기분으로 잭은 질문으로 응수했다.

"……그럼 묻겠는데, 너한테 인간이란 뭐야? 뭘 어떻게 하면 「제대로 된 인간」인데?"

레이는 진지한 얼굴로 생각하고서 툭 대답했다.

"……신이 바라는 자……?"

"아~? 그게 뭐야. 너 신밖에 모르는 바보냐?"

레이의 입에서 『신』이라는 말이 나올 때마다 짜증이 심해졌다. 자신보다 훨씬 머리 좋은 레이가 그 말을 꺼낼 때만큼은 몹시 어리게 보였다. 잭은 약간 짓궂은 얼굴로 레이를 보았다.

"아무튼 난 뭐든 간에 **정상적**이야, **평범**하다고. 아니면 뭐? 네가 말하는 신계서는 **괴물**한테 죽는 건 허락지 않으신대?"

그러자 레이의 표정은 일변했다.

"아니야……! 그런 뜻이 아니야, 그렇지 않아……!"

갑자기 레이가 감정적인 목소리를 내서 잭은 살짝 곤혹스러웠다. 레이의 눈은 기분 나쁠 만큼 진지하게 잭을 바라보고 있었다.

"……뭘 정색하고 대답하는 거야."

―아아, 젠장.

참을 수 없이 거북했다. 딱히 진심으로 물은 것은 아니었다. 그저 잭은 섬세하지 못한 레이의 질문에 살짝 짓궂은 질문으로 응수하려 했을 뿐이었다.

자신을 바라보는 레이의 얼굴은 여전히 무표정했다. 하지만 눈만이 기묘한 열기를 띠고 있었다. 울 것 같은 눈이라고 잭은 생각했다. 그것은 죽기 전의 공포로 눈물 흘리는 눈과는 달랐고, 정체 모를 존재에 대한 불안에 울부짖는 눈과도 달랐다. 그런 인간은 잭을 그야말로 괴물이라도 보듯 차가운 눈으로 보았다.

잭은 이제까지 살면서 지금 레이와 같은 눈길을 다른 사람에게 받은 적이 없었다.

"……아아, 뭔가 시시한 소리를 해 버렸네……. 제기랄, 가자."

잭은 정체 모를 감정을 지우고자 작게 한숨을 쉬었다. 솔직히 지금은 이렇게 이야기하며 걷는 것만으로도 벅찼다. 모든 말에서 도망치듯 잭은 레이에게 등을 돌리고 빠른 걸음으로 긴 복도를 걷기 시작했다.

잠시 후, 뒤따라오고 있을 터인 레이의 발소리가 뚝 멈췄다. 잭이 돌아보니 레이는 벽에 걸린 뱀 그림 앞에 멈춰서 뭔가를 생각하고 있는 것 같았다.

'그림에 흥미라도 있나……?'

꾸물거리고 있을 시간 없는데. 잭이 얼굴을 찌푸린 그때, 갑자기 등 뒤에서 무언가 다가오는 불길한 소리가 울렸다. 레이는 반사적으로 뒤돌았다. 레이를 따라 잭도 어두운 복도에 시선을 집중했다.

눈에 날아든 것은 뱀 대군이었다. 어두운 콘크리트 바닥 위에 몇십 마리나 되는 뱀이 각각 기다란 몸을 꿈틀거리고 있었다.

당황하는 잭과는 대조적으로 레이는 그저 멍하니 선 채, 바닥에 몸을 끌며 이쪽으로 다가오는 뱀 대군을 바라보았다. 이 뱀이 진짜인지 가짜인지 레이는 판단할 수 없었다. 아까 봤던 것은 환상이었을지도 모른다. 하지만 그 공포는 진짜였다—.

위기감 없이 멍한 모습인 레이를 보고 잭은 무심코 외쳤다.

"어이, 레이! 멍하니 있지 마! 이번에는 진짜야! 뛰어! 먼저 가서 출구가 있는지 보고 와!"

그러나 레이는 어째선지 움직이지 않았다. 뱀 앞에서 사고가 멈춘 것처럼 가만히 서 있었다.

머지않아 뱀 한 마리가 레이를 향해 이빨을 드러내며 뛰어올랐다.

'뭐 하고 있는 거야……!'

잭은 레이 곁으로 달려가 순식간에 그 뱀을 단검으로 벴다. 몸에 격통이 퍼졌다. 이런 하찮은 일에 체력을 뺏기고 있을 때가 아닌데, 어째서 레이는 움직이지 않는 걸까.

"어이, 빨리 가라고 하잖아!!"

잭은 멈춰 선 레이를 향해 고함쳤다. 그 충격으로 복부가 욱신 욱신 쑤셨다. 뭘 하려고 해도 생각대로 되지 않아서 짜증만이 심해져 갔다.

그런 잭의 난폭한 고함을 듣고 레이는 마침내 퍼뜩 꿈에서 깬 것처럼 이것이 현실임을 깨달았다.

"……알겠어!"

그리고 즉각 고개를 끄덕이고 속박에서 풀려난 듯 달리기 시작 했다. 곧바로 방 끝에서 문을 발견한 레이는 잭을 향해 외쳤다.

"잭! 여기에 출구가 있어!"

"갈 테니까 기다려!"

잭도 똑같이 외쳤다. 재차 복부가 욱신거렸다.

"……얼른, 잭."

달릴 수 없다— 잭이 그렇게 말한 것도 잊고 레이는 잭을 재촉 했다.

'젠장, 억지 부리기는.'

평소와 같은 레이의 매정한 발언에 잭이 울컥한 그때— 잭의 눈 에 믿고 싶지 않은 광경이 날아들었다.

다음 방으로 가는 문 앞에서 살짝 초조해하며 자신을 기다리고 있는 레이의 머리 위로 거대한 백사가 다가오고 있었다. 엄청난 위압감인데도 레이는 그것을 눈치채지 못한 것 같았다.

'저 녀석……, 웃기지 말라고……!'

잭은 결심하고서 망설임 없이 땅에 끌던 낫을 들었다. 낫을 휘두르를 체력은 더 이상 남아 있지 않았다. 하지만 그런 말을 하고 있을 수는 없었다. 거대한 뱀은 당장에라도 레이의 머리를 꿀꺽할 듯한 거리에 있었다. 단검으로 한 번 찌르는 정도로는 늦을 것이다.

'아아, 진짜…… 못 뛴다고 했는데—!'

잭은 레이 곁까지 전속력으로 달려가 재빨리 낫으로 왕뱀을 벴다. 왕뱀은 샤악 날카롭게 신음하며 쓰러지더니 그대로 숨이 끊어졌다.

"……웃기지, 말라고. 나는…… 지금, 못 뛰고, 낫을 쓰는 것도, 나른하단 말이다. 무리, 시키지 마……."

띄엄띄엄 말하는 잭의 입에서 메스꺼울 만큼 거친 숨이 새어 나왔다. 숨을 들이쉬고 있는지 내쉬고 있는지 알 수 없을 정도로 호흡이 흐트러졌다. 아무튼 더는 힘이 들어가지 않았다. 마치 사후 세계로 인도되듯 시야가 부예졌다. 그리고 복부에서는 피가 자꾸만 흘러나왔다. 무리한 탓에 상처가 살짝 벌어진 모양이었다.

"잭, 피가……."

그와 반비례하여 레이의 얼굴은 창백해져 있었다.

"그런 건 나중에 살펴도 돼. 얼른, 가자······."

잭은 가볍게 한숨을 쉬었다. 이 이상 불평해도 별수 없었다. 이런 이상 사태였다. 레이가 혼란스러워하는 것도 당연했다. 잭은 격통을 견디며 걷기 시작했다.

"······응."

복부에서 뚝뚝 떨어지는 잭의 피는 어둑한 복도 위에 마치 물감처럼 흔적을 남겨 갔다.

▲
▼

다음 문을 열자 의식이 몽롱한 잭의 눈 속에 밝은 빛이 비쳐 들었다.

눈앞에 나타난 회랑은 조금 전까지 있던 어둡고 음침한 복도와는 전혀 달랐다. 벽에는 그레이와 만났던 교회와 마찬가지로, 무지개 같은 그러데이션을 그리는 색색의 스테인드글라스로 만든 큰 창문이 쭉 배치되어 있었다. 마치 호수 위를 걷는 듯한 파란 바닥에 스테인드글라스의 색깔이 반사되어 환상적인 모양을 만들었다.

하지만 그 아름다운 파란 바닥에는 잭의 복부에서 떨어지는 피가 뚝뚝 빨간 비를 내렸다.

비틀비틀 걷는 잭을 레이는 옆에서 지켜보며 보폭을 맞춰 나아갔다.

그러나 잭이 걷는 속도는 점차 느려져 갔다. 남아 있는 것은 여력뿐이라 더는 생각대로 걸을 수 없었다.

─괴물은 죽지 않는다. 그렇게 말은 했지만 살짝 힘든데…….

그렇게 생각한 순간, 갑자기 앞이 보이지 않을 만큼 격렬한 현기증이 엄습하여 잭은 털썩 무릎 꿇으며 바닥에 무너져 내렸다.

"……젠장, 힘이 안 들어가."

일어나려 했지만, 배 위에 묘비라도 올려진 것처럼 몸이 움직이지 않았다. 잭은 입술을 깨물었다.

눈에 비치는 레이는 확연하게 안절부절못하고 있었다.

"잭, 더 이상 움직이면 안 돼. 쉬어. 정말로, 죽어 버릴 거야……."

레이는 희미하게 떨리는 손으로 잭의 등을 부드럽게 쓸어내렸다. 잭은 어떻게든 몸을 일으켜 벽에 기댔다. 머리 위에서는 마치 천국에서 내려오는 빛처럼 스테인드글라스를 통과한 다채로운 빛이 쏟아졌다.

'정말이지…… 진짜 죽을 것 같잖아.'

자신을 바라보는 레이의 표정은 평소처럼 희박했다. 하지만 자신보다 훨씬 더 당황하고 있음을 알 수 있었다. 잭은 띄엄띄엄 중얼거렸다.

"그러니까…… 나는 이런 걸로, 안 죽는다고……."

자신이 불안한 것은 괜찮다. 그러나 레이가 불안한 목소리를 내는 것은 참을 수 없었다. 정말 이대로 죽어 버릴 듯한 기분이 들었다.

"아니야, 안 돼, 안 돼."

호흡이 흐트러져 가는 잭을 레이는 똑바로 바라보았다. 당장에라도 울음을 터뜨릴 것 같은 레이의 그 눈동자를 보았을 때, 잭의 심장이 덜컥했다.

'이 녀석, 나를, **걱정**하고 있는 건가……?'

그렇게 깨닫자 잭 속에 아까부터 자리 잡고 있던 정체 모를 감정이 다시 치솟았다. 동시에 공포 같은 것이 치밀었다.

"……너, ……그 얼굴 뭐야."

잭은 갑자기 레이를 노려보며 그렇게 물었다.

그러나 레이는 잭의 말뜻을 잘 이해할 수 없었다.

"……잭, 아무튼 여기서 쉬고 있어. 이 앞은 나 혼자 갈 수 있어. 이번에야말로 약을 찾아올 테니까……!"

여전히 불쾌한 표정으로 드물게 무언가를 생각하는 모습인 잭을 향해 레이는 열심히 말했다. 하지만 잭은 대답할 마음이 들지 않았다.

그렇게 한동안 무거운 침묵이 흐른 뒤, 잭은 레이에게 불쑥 물어보았다.

"……야, 너 정말로, 아까부터, 뭐야?"

잭은 동요하고 있었다. 지금껏 이렇게나 무거운 시선을 받은 적은 한 번도 없었다. 애초에 왜 레이가 자신을 걱정하는지 이해할 수 없었다. 자신은 걱정받을 만한 존재가 아니었다.

"어?"

레이는 역시 잭이 무슨 소리를 하는지 알 수 없어서 혼란스러워할 수밖에 없었다. 하지만 그것은 잭도 마찬가지였다. 오히려 레이보다 더 당황한 상태였다. 레이가 무슨 생각을 하고 있는지 전혀 알 수 없었다. 무언가를 꾀하고 있다는 생각밖에 안 들었다. 잭은 무심코 언성을 높였다.

"어두운 얼굴 해서는……! 뭔가 켕기는 일이라도 있는 거 아니야?!"

―켕기는 일.

순식간에 흐려지기 시작한 레이의 뇌리에 B4에서 에디가 비웃으며 했던 말이 메아리쳤다.

「다른 사람의 행복 따위 조금도 보고 있지 않아. 그래서 주위도…… 잭도 분명 괴로워하며 끝나 버릴 거야.」

마음 표면을 덮을 듯한 그 말을 지우려는 것처럼 레이는 작게 고개를 흔들었다.

"아니야……. 그보다 정말로 빨리 약을 찾으러 가야 해……."

그래. 지금 그런 것은 어찌 돼도 좋아—. 빨리, 빨리 약을 찾으러 가야 해. 레이는 잭에게서 시선을 돌리고 일어섰다.

"내 질문을 무시하지 마! 그리고, 네가 혼자 가면 죽을 뿐이잖아."

"괜찮아……. 나, 총이 있어. 이게 있으면…… 선생님이 있어도……."

레이는 가방에 숨겨 두었던 총을 꺼내 꽉 쥐었다.

레이의 그 동작을 보고 잭은 더더욱 날카로운 눈초리가 되었다. 그리고 전에 없이 강한 어조로 말했다.

"그럼, 그 총, 이리 줘 봐."

잭의 낮은 목소리에 레이의 몸은 움찔 떨렸다. 잭에게 전부 간파당하고 있는 기분이 들어서 무서웠다. 레이는 잭에겐 줄 수 없다는 것처럼 총을 가슴에 품었다. 그 동작을 보고 잭은 더욱 짜증이 났다. 아까부터 자신을 몰아붙이는 이해할 수 없는 것들 때문에 머리가 돌아 버릴 것 같았다.

"……어이, 내놔!"

답답하고 짜증이 나서 참을 수가 없다—. 잭은 그렇게 외치고 레이의 손에서 강제로 총을 뺏었다.

▲
▼

"—탕."

잭은 얼굴을 찡그리고, 이 어쩔 도리가 없는 거북함을 부수려는 것처럼 레이를 향해 방아쇠를 당겼다.

그때 잭에게는 총알이 없다는 확신에 가까운 예감이 있었다. 하지만 실제로도 그럴지는 알 수 없었다. 그러나 그때는 그때라고 생각했다.

결과적으로, 잭이 고의로 낸 목소리만이 울려 퍼졌다.

예상대로 빈총이었다.

"……아아~ 총알, 없네……. 야, 총알이 안 들어 있는 총을 가지고 뭘 하려고? 어쩔 셈이야?"

레이는 울려 퍼지는 충격음 속에서 핏기가 가시는 것을 느꼈다. 몸이 딱딱하게 굳어 마치 인형이 된 것처럼 움직이지 않았다.

잭은 내 거짓말을 간파하고 밝혀냈어— 그 사실을 레이는 인정하고 싶지 않았다.

"아~ 젠장! 이래서야 너, 그냥 죽고 싶을 뿐이잖아……! 정말로 내 손에 죽을 생각이 있는 거야?!"

쏟아지는 잭의 말을 들으며 레이는 기계가 고장 난 것처럼 입을 다물었다.

"그런데도 너는 내 생사에 필사적이고 말이지. ……내게 뭘 바라는 거야? 무슨 생각을 하는 거야?"

대답 없는 레이를 향해 잭은 이어서 물었다.

—지금까지 했던 모든 행동은 그 약속과 신을 위한 것 아니었나?

잭은 그렇게 생각하고 여기까지 레이와 함께 행동해 왔다.

그렇다면, 내게 살해당하길 바라고 있을 뿐이라면, 걱정이라는 웃기지도 않는 감정을 보내는 건 이상하잖아—.

어둠에 휩싸인 듯한 기분 속에서 레이는 잭과 합류한 뒤 그가 보여 주었던 평소보다 훨씬 짜증이 난 모습을 떠올리고 있었다.

잭이 짜증 내고 있는 이유를 레이는 막연하게 이해할 수 있었다. 분명 자신조차 이해할 수 없는, 잭을 걱정하는 이 마음 때문이다. 이 감정이 잭에게는 불편할 것이다.

하지만 왜 이렇게나 잭이 화내고 있는지 레이는 알 수 없었다. 그리고 걱정하는 것만으로도 잭의 기분이 안 좋아진다면 역시 잭을 도울 자격 따위 없는 게 아닐까.

'다들 불행해져……'

레이의 파란 눈은 안개가 낀 것처럼 탁해졌다.

「……내게 뭘 바라는 거야?」

전에 없이 진지한 잭의 말에 레이는 눈을 꾹 감았다.

—나는 잭에게 뭘 바라고 있지……?

'뭘, 바라고 있는 걸까……'

마음속이 엉망이 되며 아팠다. 그 의문은 레이가 처음으로 느낀 것이었다.

잭에게 무언가를 바라는 기분은 레이 안에 확실히 있었다. 하지만 레이는 그것을 깨닫고 싶지 않았다. 만약 깨닫고 입 밖으로 꺼내 버리면 지금까지 쌓은 모든 것이 맥없이 무너져 사라질 것 같아서 무서웠다.

그래서 레이는 그 답을 알고 싶지 않았다.

"……잭이, 신에게 맹세해 줬으니까."

침묵한 후, 레이는 마침내 입을 열어 조용히 그렇게 대답했다.

B4에서 에디에게 선택을 강요받고 있을 때, 두 사람을 가로막은 벽을 파괴하며 잭은 신의 이름을 외쳐 주었다. 그 순간부터 잭이라는 존재는 레이의 전부가 되었다.

"결국 그거냐……."

하지만 레이의 그 대답을 들은 잭은 한숨을 쉬고서 실망한 얼굴이 되었다.

"넌 괴물 상대로 그딴 걸 착실하게 믿어?"

그리고 잭은 어이없어하며 그렇게 말했다.

"……잭은 거짓말하지 않잖아."

레이는 물었다. 희미하게 목소리가 떨린 것은 잭이 지금부터 무슨 말을 꺼낼지 불안했기 때문이다.

"아아, 그래. 맹세한 건 거짓말이 아니야."

"그럼……."

잭의 그 말에 레이는 살짝 안도했다. 그러나 그것도 잠깐이었다.

"하지만 말이다, 신 같은 건— **이 세상에 없어.**"

딸랑. 잭이 그렇게 단언한 순간, 레이의 귀 안쪽에서 이곳에 왔을 때 들었던 것과 똑같은 높직한 방울 소리가 울렸다.

—신은, 이 세상에, 안 계셔……?

"……아니야."

레이는 작게, 그러나 분명하게 말했다. 그날, 이상하리만큼 큰 보름달 빛만이 방을 비추던 어둑함 속에 놓여 있던 책 한 권. 그 책을 읽기 전, 레이가 살던 세계는 지독히 일그러져 있었다. 그것은 마치 조율되지 않은 피아노가 연주하는 불온한 곡조 같았다.

하지만…… 신을 뵌 뒤로 레이가 사는 세계는 올바른 선율로 연주되기 시작했다. 그런데 신이 안 계신다면…… 그렇게 생각하자 레이의 마음에, 당장에라도 세계가 와르르 무너질 듯한 공포가 소용돌이쳤다.

"아……?"

몹시 동요한 레이를 잭은 의아하게 바라보았다. 레이의 몸은 마치 모든 것을 잃어 가고 있는 인간처럼 잘게 떨리고 있었다.

"신이 안 계시면…… 난…… 난, 어떻게 해야……."

뜨문뜨문 말을 흘리며 레이는 속수무책으로 당황했다. 그러나 잠시 침묵한 후, 어떻게든 기분을 가라앉히며 입을 열었다. 레이에게는 잭에게 전해야만 할 것이 있었다.

"하지만…… 잭의 약속은 신께 맹세해 준 것만이 다가 아니야……. 만약 누군가 신께 맹세해 줬더라도, 그건, 안 돼……."

레이의 그 말은 진지하고 필사적이었으나 떨리고 있었다. 잭은 신묘한 표정으로 레이를 바라보았다.

"그럼 뭔데."

'잭이어야만 하는 이유…….'

"그건…… 몰라. ……모르겠어……. 미안해……."

레이는 띄엄띄엄 말했다.

신을 뵙고 세계가 올바르게 연주되기 시작된 날, 레이는 두 가지 사실을 깨달았다. 이 **세계**에 자신은 존재해선 안 된다는 것. 그리고 그럼에도 스스로 목숨을 끊는 것은 허락되지 않는다는 것—.

하지만 역시 알 수 없었다. 왜 자신을 죽이는 인간은 잭이어야만 할까. 그런 것은 그 책에 적혀 있지 않았다.

레이는 당황하고 있었다. 다른 누군가에게 레이가 살해당하길 바라지 않는 이유를 잭이 모르는 것처럼, 레이 자신도 어째서 이렇게나 잭에게만 살해당하길 바라는지 알 수 없었다.

다만 딱 하나 분명하게 느끼는 것이 있었다. 잭이 레이를 부정도 긍정도 하지 않고 그저 레이로 취급해 왔다는 점이었다. 레이에게 그것은 처음 겪는 놀라움이었다.

'그게 살해당하고 싶은 이유……?'

레이는 자신을 응시하는 잭의 찢어진 눈을 지그시 바라보았다. 언제나 자신을 위장하지 않는 잭. 레이는 그런 잭이 어딘가 부러웠다.

―즉, 이 녀석은 아무것도 모르는 걸지도 모른다.

결국 하나만 아는 바보처럼 자신과 한 약속을 말하는 레이를 보고 잭은 더욱 실망했다. 자신을 어지럽혔던 것은 잭 입장에서는 이해조차 할 수 없는 텅 빈 것이라는 뜻이었다.

"뭐야, 진짜…… 너 말이다……."

갑자기 바보 같아져서 잭은 탈력하며 말했다.

레이가 상처를 꿰매게 해 달라고 말했을 때, 왜 그렇게 무서운 기분이 들었는지도 알 수 없게 되었다. 하지만 되짚어 보면 레이는 줄곧 이상했다. 머리는 좋지만 맹하고, 감정의 기복도 평범하지 않았다.

지금 잭의 길쭉한 눈에 비치는 레이는 울 것 같은 얼굴을 하고 있었다. 자신보다 훨씬 어린 꼬맹이를 이 이상 들쑤실 생각은 들지 않았다.

'아아, 이제 됐어—.'

잭은 작게 한숨을 쉬었다. 약을 찾으러 갈 체력 따위 남아 있지 않다는 사실은 자신이 가장 잘 알았다. 어쩔 수 없으니 여기서 기다려 주자. 마음대로 하게 해 주겠다. 죽으면 말짱 도루묵이다.

'⋯⋯결국 이 녀석이 말하는 대로인가.'

어쩐지 잭은 살짝 분해졌다. 정말이지 이래서는 직성이 안 풀렸다.

"—웃어!"

그래서 잭은 레이를 향해 그렇게 말했다.

"⋯⋯어? 하지만, 지금은⋯⋯ 제대로 웃을 수 있을지 없을지⋯⋯."

그것은 너무나도 갑작스러운 지시였다.

레이는 잭이 이렇게 된 상황 속에서 제대로 웃을 자신 따위 없었다. 그리고 지금 자신이 어떤 얼굴을 하고 있는지도 알 수 없었다. 레이는 허둥거리며 잭을 보았다.

"형편없다는 건 알고 있어! 잔말 말고 웃어!"

하지만 잭은 그렇게 외쳤다.

'……웃는다……'

왜 여기서 웃어야만 하는지 레이는 전혀 이해 수 없었다. 그러나 잭의 얼굴은 진지 그 자체였다.

언제나 잭은 생각나는 대로 행동했다. 화가 나면 분노하고, 웃고 싶을 때는 웃고, 그리고 죽이고 싶을 때는, 아마도 죽인다.

—왜 이렇게나 잭은 잭인 채로 있을 수 있는 걸까…….

레이는 잭과 마주 보고 붕대 틈으로 드러난 맑은 눈동자를 응시했다. 거짓 없는 날카로운 눈. 그 눈에 비친 자신을 바라보니 문득 레이는 이상하게도 웃을 수 있을 것 같았다.

후우 하고 작게 숨을 내쉬고 다음 순간, 레이는 잭을 향해 생긋 미소 지었다.

'……그게 뭐야.'

그러나 잭의 눈에 비친 레이는 우는지 웃는지 알 수 없는 서툰 표정을 짓고 있었다. 잭은 어이가 없어졌다.

하지만— 아마도 이것은 웃으려고 한 것이리라.

여전히 형편없는 미소지만 아주 살짝 인간다워진 것 같기도 했다. 그러나 이런 얼굴이어서야 죽일 마음은 들지 않았다.

하지만 신기하게도 레이의 서툴고 얼빠진 미소를 보고 있으니 조금은 기분이 진정되었다.

몸에서 힘이 빠져나가며 그 순간 맹렬한 졸음과 피로가 몰려들었다. 후우, 숨을 토한 잭은 쓰러지듯 그 자리에 누웠다.

이제 생각하기도 지쳤다. 생각해 봤자 움직일 수도 없었다. 잭은 평온하게 눈을 감았다.

"……난 자겠어. 넌 마음대로 해."

잭이 갑자기 털썩 쓰러지나 싶더니 다시 잠이 들려고 해서 레이는 멈칫했다. 붕대를 감고 있어도 알 수 있는 초췌한 잭의 표정을 보고 레이는 이제 정말로 시간이 남아 있지 않음을 깨달았다. 마음 깊숙한 곳에서 초조라고도 공포라고도 할 수 없는 무언가가 북받쳤다.

'어서, 어서 약을 찾으러 가자…….'

또 따로 떨어지게 된다. 하지만 이제 선택지는 그것뿐이었다. 레이는 결심하고 일어섰다.

"어이."

그 순간 잭은 힘을 쥐어짜 레이의 팔을 잡았다. 사라져 가는 잭
의 온기를 느끼며 레이는 돌아보았다.

"왜……?"

"가져가……. 뭐, 네가 쓰지는…… 못하겠, 지만."

쉰 목소리로 그렇게 말하며 잭은 레이에게 단검을 건넸다. 레이
가 B6에 내려갔을 때 잭의 방에서 발견한 단검이었다. 자신이 가
지 못하는 대신— 이라고 하면 뭐하지만, 무슨 일이 일어났을 때
무기로 쓸 만한 게 아무것도 없는 것보다는 나으리라.

"……응."

레이는 조용히 받아서 단검을 빤히 보았다. 단검의 칼날은 더러
워졌지만 끝은 예리하게 빛났다.

잭의 소중한 물건—.

'맡겨 줬어…….'

아까 움켜쥐었을 때보다도 왠지 훨씬 무겁게 느껴졌다.

이 단검을 능숙하게 다룰 자신은 없었다. 재봉은 특기지만 날
붙이는 그다지 건드린 적이 없었다. 하지만 왜일까. 잭의 이 단검
은 들고 있기만 해도 마치 부적처럼 안심되고 마음이 든든했다.

'잭, 조금만 더 기다려 줘…….'

이번에야말로 확실하게 약을 잭에게 가져다주겠다.

―더는 누구도 방해하게 두지 않겠어.

무지개색으로 반짝이는 스테인드글라스 빛을 받으며 레이는 날카로운 눈으로 복도 끝을 응시했다.

전방에서 또 그 달콤한 냄새가 레이를 유혹하듯 풍겨 왔다. 이 냄새는 맡기만 해도 어지럽고 졸려졌다. 하지만 더는 주저할 시간이 없었다. 레이는 기죽지 않고 그 냄새 속을 달려갔다.

그레이와 함께 B6까지 내려갔을 때와는 달랐다.

이렇게 잭의 단검을 움켜쥐고 있는 것만으로도 레이는 신기하게 마음이 든든했다. 문득문득 옆에 잭의 모습이 보이는 기분조차 들었다.

'좋아, 가자―.'

다음 방 앞에 선 레이는 무거운 문을 열었다. 방에 들어간 순간, 역시 머리가 몽롱해졌다. 천장이 높은 좁은 방 안에는 커다란 저택 앞에 우뚝 서 있을 만한 훌륭한 문이 가로막고 있었다.

레이는 자욱하고 달콤한 냄새에 메스꺼움을 느끼며 살며시 대

문에 손을 얹었다. 역시나라고 할까, 문은 잠겨 있었다. 이것도
그 신부의 소행일까⋯⋯. 레이는 얼굴을 찌푸렸다.

방 양쪽에는 투명한 물이 흐르고 있었다. 얼핏 깨끗해 보이는
그 물에서는 희미하게 자극적인 냄새가 났다.

'⋯⋯뭘까, 이 냄새.'

자극적인 냄새를 풍기는 물 밑바닥에 스위치 같은 것이 보였다.
혹시 문을 열기 위한 스위치일까―.

레이는 물속을 들여다보았다. 그러면서 머리카락 끝이 물에 약
간 잠겼고 치익 하는 소리를 내며 녹았다. 레이는 퍼뜩 놀라 그
위험한 물에서 얼굴을 멀찍이 뗐다.

'이건⋯⋯ 물이 아니야.'

어떤 극약이 섞여 있는 것이 틀림없었다. 하지만 앞으로 가려면
이 스위치를 눌러야 할 것 같았다. 주위를 둘러봐도 따로 문을
열 만한 장치는 없었다.

'어떻게 스위치를 누르면 좋을까⋯⋯.'

물속에 손을 넣는 것은 어떻게 생각해도 너무 위험했다. 분명
머리카락과 마찬가지로 손은 눈 깜짝할 사이에 녹아 버릴 것이
다. 자신의 손을 대신할 막대기 같은 것이 있다면⋯⋯. 그렇게 생
각한 그때, 레이는 손에 쥐고 있는 온기를 알아차렸다.

'어쩌면⋯⋯ 이 단검이라면 물에 담가도 괜찮으려나⋯⋯.'

튼튼한 날붙이라면 분명 손처럼 녹지는 않을 터였다.

레이는 극약이 섞인 물에 조심조심 단검의 칼날을 가져갔다.

잭이 소중히 여기는 단검을 훼손하는 것은 주저되었다. 레이는 망설이며 단검을 바라보았다. 하지만 이 단검 말고 스위치를 누를 만한 것은 없었다.

레이는 후우 하고 숨을 돌린 뒤, 잭의 단검을 물에 담갔다. 예상대로 단검은 그렇게 간단히 녹지 않는 모양이었다.

'다행이다⋯⋯.'

그대로 레이는 잭의 단검으로 재빨리 스위치를 눌렀다. 머지않아 커다란 문은 고오 하고 땅울림 같은 소리를 내며 열렸다. 남자의 신음 같은 그 소리는 마치 레이를 비난하고 있는 것 같았다.

그때 문득 레이의 귀에 B4에서 잭과 했던 대화가 되살아났다.

「있지, 장치인지 아닌지는 모르겠지만 저쪽에 가서 저 스위치 위에 서 있었으면 좋겠어.」

「뭐?! 이 물속에? 내가?」

그때 잭은 약품 냄새가 나는 차가운 물속에 레이의 지시로 장시간 들어가 있었다.

'난 잭을 도구로 썼어⋯⋯?'

―아니야, 달라…….

레이는 작게 고개를 흔들었다. 그렇게 하지 않으면 다음 문은
열리지 않았었다. 그리고 새삼 그런 여자의 말을 신경 쓰고 있을
때는 아니었다.

▲
▼

열린 문 너머로 나아가 눈에 비친 광경을 보고 레이는 기묘한
감각을 느꼈다.

그곳에는 조금 전과 완전히 비슷한 공간이 펼쳐져 있었다. 방 안
쪽에는 커다란 문이 우뚝 서 있었다. 문을 아무리 열어도, 거울을
마주 놓은 것처럼 영원히 이 공간이 계속된다면― 그런 불안이 스
쳤다. 빨리 나아가고 싶은데 그것은 허락되지 않는 모양이었다.

'이것도 달콤한 냄새 탓……?'

레이는 낙담하며 대문에 손을 얹었다. 역시 문은 굳게 닫혀 있
었다. 하지만 이번에는 확인하기 전부터 예상은 됐었다. 문 앞에
당겨 달라는 듯한 커다란 레버가 구비되어 있었기 때문이다.

'이걸 내리면…… 열리는 걸까.'

레이는 양손으로 레버를 잡았다. 하지만 레버는 **빽빽**하여 아무리 힘을 줘도 미동조차 하지 않았다.

레버 옆에는 도중에 끊어진 전기 코드가 놓여 있었다. 전기가 통하면 레버가 움직이는 구조일지도 모른다. 하지만 공구도 없이 이 끊어진 전기 코드를 연결하는 것은 지극히 어려운 일이었다. 뭔가 중간에 이을 만한 것이 있으면 전기가 통할 가능성은 있었다.

─전기가 통하는 물건…….

레이가 퍼뜩 떠올린 것은 역시 바로 옆에 있는 물건이었다.

'단검은 전기가 통해…….'

레이는 즉각 끊어진 전기 코드 사이에 단검을 넣어 연결했다. 그러자 순식간에 파직파직 불꽃 튀는 소리가 방에 크게 울렸다.

'이걸로 분명 전기가 통했을 터.'

천천히 레버에 손을 얹어 보니 아까 그렇게나 무거웠던 레버가 거짓말처럼 간단히 내려갔다. 그와 함께 대문은 아까 그 남자의 신음 같은 땅울림 소리를 내며 열렸다.

그 순간 갑자기 레이의 귓가에 B3에서 잭이 외쳤던 대사가 메아리쳤다.

「……제멋대로, 라고, 너는! 이쪽은, 죽어 가고, 있단 말이다아 아아아!!」

그때— 전기의자에 흐르는 격렬한 전류를 맞고 의식을 잃어 가던 잭에게 레이는 여러 부탁을 했었다.

하지만 그것은 제멋대로 억지를 부린 것이 아니라 전류를 멈추기 위해서였다. 잭을 살리기 위해서였다. 그리고 전기의자에는 잭이 스스로 잘못 앉았다. 레이가 앉으라고 지시한 것이 아니었다.

문이 열린 것을 확인하고 레이는 바로 전기 코드 사이에서 단검을 뺐다. 그 순간 레이의 심장은 크게 뛰었다. 확인하니 전기가 통한 탓에 단검 손잡이가 살짝 녹아 있었다.

'……하지만 단검을 쓴 것도 잭을 살리기 위해……'

그것 말고 이유 따위 없었다. 타이르듯 중얼거리며 레이는 살짝 녹은 손잡이를 꽉 움켜쥐었다.

그리고 문을 지나 다음 방에 들어간 순간이었다.

「적어도 웃어 보라고!! 지금 당장!!」

어째서일까— B3에서 부추겼던 잭의 말이 레이의 귓가에 울렸다. 하지만 레이가 주위를 둘러봐도 잭의 모습은 어디에도 없었다.

'환청……?'

아까부터 머리가 몽롱했다. 이런 상태로는 안 된다. 정신 똑바로 차려야 한다— 레이는 머리를 휙휙 흔들었다.

그건 그렇고 이 방은 음산한 분위기였다. 안쪽 벽에는 언제 어디선가 본 듯한 커다란 거울이 걸려 있었다. 막다른 곳이었고 거울 말고는 아무것도 없었다.

'어쩌지……'

당황하면서도 레이는 이상한 존재감을 내뿜는 거울을 향해 살짝 웃어 보았다. 자신이 봐도 제대로 웃지 못한다는 것을 알 수 있었다.

「형편없어. ……진짜, 너는 눈이 죽어 있다고.」

거울에 비친 시시한 자신의 얼굴을 바라보며 레이는 잭의 반응을 떠올렸다. 힘껏 입꼬리를 올려 봐도 눈이 죽어 있어서야 어쩔 도리가 없었다.

그렇게 생각했을 때, 거울 건너편에서 중후한 음악이 들려왔다. 그것은 어디선가 들은 적 있는 곡조였다.

'……거울 너머에 통로가 있어……?'

그것이 오르간 소리임을 알아차림과 동시에 레이는 퍼뜩 그렇게 깨달았다. 냉정히 생각해 봐도 그것 말고 이 앞으로 나아갈 방법은 분명 없었다.

　거울을 깰 방법…… 맨손으로는 어려울 것이다. 가지고 있는 재봉 도구도 도움이 될 것 같지 않았다.

　레이의 손에는 잭의 단검이 쥐어져 있었다.

　—하지만…… 이건 소중한 잭의 단검. 정신을 잃기 전에 내게 맡겨 줬어.

　"하지만, 부탁이야. 쓰게 해 줘……. 앞으로 가기 위해, 필요해……."

　그렇게 떨리는 목소리로 작게 중얼거리고 레이는 거울을 향해 잭의 단검을 힘껏 찔렀다. 찌른 곳을 축으로 거미줄이 완성되는 것처럼 거울에 금이 갔다.

　레이는 눈앞에서 금이 생겨 가는 거울을 지그시 보았다.

　'……단검이 단검을 ……찌르고 있는 것 같아.'

　그때 레이의 머릿속에 B3에서의 잭이 떠올랐다.

　「하지만— 그게 진짜가 된다면…… 최고야. 그런 너를 죽이는 상상만으로도 나는 누구보다 괜찮은 얼굴이 될 수 있어. 스스로 자신을…… 죽여 버릴 만큼은 말이야!」

그때 잭은 그렇게 말하고 스스로 복부를 벴다.

그 광경은 지금 거울에 비치고 있는 광경과 어쩐지 싱크로되었다.

레이는 돌연 당황했다.

잭이 지금 죽음의 기로에 서 있는 건— 내 것까지 약을 났으니까. 내가 제대로 웃지 못했으니까. 내가 죽여 달라고 부탁했으니까.

「—역시 이 불행의 연쇄는 네가 원인이야. 레이첼 가드너.」

'내가 잭을 불행하게 만들고 있어……?'

아니야…….

—아니야……!

마음 깊숙한 곳에서 솟구치는 충동에 몸을 맡기듯 레이는 거울에서 단검을 뽑아 다시 한번 거울을 향해 힘껏 찔렀다.

그러자 거울은 갑자기 생기를 잃은 것처럼 쨍 소리를 냈고, 다음 순간에는 폭발한 것처럼 무시무시한 기세로 무너져 내렸다. 파편은 언젠가처럼 레이를 피해 흩날렸다. 그리고 추측한 대로 깨진 거울 너머에는 통로가 이어져 있었다.

문득 보니 단검의 칼날에 금이 가 있었다. 레이는 숨을 삼키고 단검을 가방 속에 넣었다. 이렇게 되어 버린 단검을 보는 것이 왠지 무서웠다.

그리고 레이는 작게 심호흡한 후, 깨진 거울 속 통로로 조심조심 발을 들였다.

통로 끝에서는 마치 사후 세계로 인도하는 듯한 웅대한 오르간 소리가 들려왔다.

▲
▼

도착한 곳은 그레이와 만났던 교회였다.

커다란 스테인드글라스 창문으로 들어온 빛이, 저절로 연주 중인 오르간을 비추고 있었다. 대체 이 층은 어떤 구조로 되어 있는 걸까. 첫 번째 때와는 다른 길로 왔는데 어째서 또 이곳에 도착해 버린 것일까.

'모르겠어⋯⋯.'

기분 나쁜 멜로디를 연주하는 오르간 소리에 휩싸이며 레이는 당황했다.

교회 안에는 지금까지와는 비교도 안 될 만큼 숨 막히는 달콤한 냄새가 진동하고 있었다.

'어지러워⋯⋯.'

그 강렬한 냄새를 견디지 못하고 레이는 그 자리에 주저앉았다.

"맹세했다고 해서 그 맹세를 신이 택할까? 만약 신의 뜻이 다르다면 너는 어쩔 거지?"

어디서 들리는 걸까. 그것은 틀림없이 그레이의 목소리였다.

「신 같은 건— 이 세상에 없어.」

그리고 달콤한 냄새 속에서 녹아내리는 것처럼 되살아나는 잭의 말이 레이의 마음 표면을 덮었다.

'……싫어……'

무심코 레이는 귀를 막았다.

"……싫어! 그만해!"

—잭은 그때 날 죽여 주겠다고 맹세해 줬어. 신께 맹세해 줬는데. 신이 없다면 난…… 어떻게 해야…….

신이 안 계시다니, 레이는 믿고 싶지 않았다.

"잭에게 죽고 싶어…… 잭을 죽게 두고 싶지 않아……."

마음속으로 바라는 것이 말로 흘러나왔다. 누군가 움켜잡고 있는 것처럼 심장이 아팠다. 레이는 더 이상 아무것도 생각하고 싶지 않았다.

아아, 아니야— 아무것도 생각할 수 없게 된 상태였다.

사실은 줄곧 혼란에 빠져 있었다. 신 같은 건 이 세상에 없다고 잭이 말한 그 순간부터.

그러나 그때 「신이 없다」고 말한 잭의 말을 부정할 수는 없었다. 왜냐하면 잭이라는 존재가 신은 없다고 말했기 때문이다.

─하지만 신이 안 계신다면…… 그 약속은 의미가 없어지는 거야……?

그렇게 생각하자 레이는 서 있기만 해도 기절할 듯한 오싹함을 느꼈다.

─싫어……. 그 약속, 지키고 싶어. 이루고 싶어.
그렇다면…… 그러려면 역시 신이 필요해.

손끝이 희미하게 떨렸다. 살짝 창백해지며 레이는 온몸에서 무언가 거대한 것이 빠져나가는 감각에 빠졌다. 하지만 역시 지금 그것에 관해 깊이 생각하고 있을 시간은 레이에게 없었다.
"약을, 찾아야 해……."
현기증을 느끼며 레이는 필사적으로 일어섰다. 대니 선생님을 쫓아가 약을 받지 않으면 잭은 그대로 죽어 버릴 것이다.
그러나 얼굴을 들자 눈앞에 그레이가 서 있었다. 그레이는 삐딱하게 웃으며 비아냥거리는 목소리로 레이에게 물었다.

"혼자 뭐 하는 거지? 레이첼 가드너. 잭은 어쨌나? 버리고 왔나?"

"……아니야! 잭이 못 움직여서 내가 약을 찾으러 왔을 뿐!"

레이는 잔뜩 힘이 들어간 목소리로 반응했다.

"대니 선생님이 이 층에 왔다는 것도, 약을 가지고 있다는 것도 알아……. 그러니까……."

"아아, 대니 말인가. 그자는 지금 자기 마음대로 행동하고 있어. 정말이지, 언제부터 그렇게 된 건지……. 하지만 그러고 보니 여기에 널 끌어들인 건 대니였군……."

격렬한 현기증이 엄습하여 레이는 더 이상 아무것도 생각하고 싶지 않아졌다.

"침묵하는 건가?"

그레이는 아무 대답도 하지 않는 레이를 몰아붙이듯 바라보았다.

'여기 왔던 날…….'

—떠올릴 수 없어.

레이는 고개를 숙였다.

어째서일까. 여기 왔던 이유에 관한 기억만은 되찾을 수 없었다. 하지만…… 떠올릴 필요가 있을까. 생각해 내도 분명 슬퍼질 뿐이다. 그런 느낌이 들었다.

"……그보다 여기에 약 없어? 대니 선생님은 약을 가지고 어디 간 거야?"

미미하게 야무진 눈초리를 되찾은 레이가 되물었다.

"대니는 상태가 이상한 것 같더군. 살짝 모습을 보였지만……
글쎄, 지금은 어디 있을까. 다만 방자함이 약간 지나쳤기에 내가
약을 몇 개 압수했지."

레이는 눈을 크게 떴다.

"그럼 약이 어디 있는지 당신은 아는 거야?!"

"그래."

"부탁이야, 약이 필요해."

레이는 그렇게 말하며 그레이에게 바싹 다가가, 한없이 이어진
어둠 같은 깊은 색깔의 그 눈을 간청하듯 올려다보았다.

그러나 그레이는 심술궂게 웃고서 고개를 저었다.

"……그렇게 간단히 손에 넣을 수 있을 것 같나? 레이첼 가드너."

그것은 지극히 도발적인 말투였다. 하지만 레이는 그 파란 눈을
날카롭게 빛내며 어깨에 멘 가방에서 잭의 단검을 재빨리 꺼내
그 끝을 그레이에게 겨눴다.

"호오…… 떨리는 손으로, 자신이 망가뜨린 잭의 단검을 내게
겨누는 건가."

자신을 위협하는 레이의 행동에 주춤하지 않고 그레이는 다시
비웃었다. 그 반응에 레이는 얼굴을 찌푸렸다.

"이게 잭의 단검이라는 걸 어떻게 알고 있는 거야……?"

"물론 알고 있지. 그 아이를 이곳에 데려온 건 나니까."

—이 사람이 잭을……?

어떻게 된 것인지 전혀 이해할 수 없었다. 그런 말은 잭에게 듣지 못했다.

"……하지만 보게. 지금 잭은 만신창이야. 속아 넘어간 거지. 너라는— 악마에게. 너는 마녀야."

그레이는 단정적으로 말했다. 그 순간, 격렬하게 울리기 시작한 오르간 소리가 레이의 머리를 마구 때렸다. 견디지 못하고 레이는 그 자리에 쓰러졌다.

"……아니야……."

창문마저 깰 듯한 커다란 오르간 소리가 교회에 울려 퍼지는 가운데 레이는 목소리를 짜냈다.

그러나 반론할 시간 따위 주지 않고 강렬하고 달콤한 냄새가 레이의 의식을 앗아 갔다.

무슨 일이 일어나고 있는 걸까. 이 냄새는 대체 어디서 나는 걸까.

혼란 속에서 눈을 뜨니 레이는 새까만 세계의 중앙에 서 있었다.

'……여긴, 어디지.'

조금 전까지는 분명 교회였을 터.

"레이첼, 너는 그자들에게 무슨 짓을 했지? 대니는 똑똑하고 사려 깊은 자였어. 그렇기에 그는 가장 이곳을 파악하고 있었고, 방자한 행동 따위 하지 않았지."

언젠가 보았던 검은 그림 안에 먹혀 들어간 듯한 어둠 속에 그레이의 목소리가 울렸다.

—머리가 욱신욱신 아파…….

그 격심한 아픔을 견디고자 레이는 눈을 꾹 감았다.

갑자기 술을 진탕 마시면 이런 느낌일지도 모르겠다고 레이는 생각했다. 아빠는 항상 술을 잔뜩 마셨다. 몽롱한 의식 속에서 레이는 끔찍한 기억의 조각을 떠올렸다.

"그리고 아이작은 어떨까? 그는 매우 단순하고, 바꿔 말하자면 무척 순수한 자야. 그것이 지금, 살해당하고 싶다는 너의 소원 때문에 호된 취급을 받고 지독한 일을 당하고 있어. 그것들 전부 너와 만났기 때문 아닌가?"

—잭…….

그 이름이 다시 그레이의 입에서 튀어나온 순간, 머리가 깨질 듯한 격심한 두통이 레이를 덮쳤다.

확실히 잭이 심한 일을 당하고 있는 것은 사실이었다. 잭은 몸을 혹사하면서도 다양한 장치에 대처했다. 하지만 그것은 전부 앞으로 나아가기 위해. 둘이서 지상으로 올라가기 위해. 잭의 단검을 쓴 것도 전부 약을 찾아내기 위해.

—그리고「약속」했으니까.

그렇게 된 것은 전부 흐름상 어쩔 수 없는 일이었다.

그러니까…….

"나는…… 아무것도 안 했어."

레이는 목소리를 쥐어짜 암흑 속에 내뱉었다. 어둠 속에서 그레이는 한숨을 쉬었다.

"그런가……. 너는 이상한 존재야, 레이첼. 너는 대체 누구지?"

여전히 어둠에 휩싸인 채, 허공에서 그레이의 목소리가 물었다.

「천사인가, 악마인가.」

레이는 B7에서 깨어났을 때, 그렇게 벽에 적혀 있던 것을 떠올렸다. 아아, 그 문장은 역시 전부 내게 쓴 거였어. 문장을 하나하나 되짚어 보면서 레이는 조용히 깨달았다.

"대답하지 않는 건가? 이곳은 신의 앞이라고 했을 텐데. ……아아, 너는 역시 사실은 신 따위 신앙하지 않는 거야."

입을 다문 레이에게 추격타를 가하듯 그레이의 목소리가 쏟아졌다.

"아니야, 신께서 말씀하신 것은 지켜야 한다고 생각해."

신의 말씀이 적혀 있는 책을 읽은 그 밤부터 그 생각이 변한 적은 없었다.

"그렇다면 그것은 왜지? 왜 그렇게 생각하지?"

—왜⋯⋯.

그레이의 목소리가 B7에서 들었던 컴퓨터 음성과 겹쳐졌다.

그때 어째서 자신의 이름을 떠올릴 수 있었는가. 어째서 모든 것을 잊어버리고 있었는가. 어째서 그런 곳에 있었는가. 알 수 없다. 알고 싶지 않다. 떠올리고 싶지 않다. 아무것도.

레이는 다시 침묵했다.

그레이는 엄숙하게 말했다.

"⋯⋯대답하지 않는 게 아니군. 대답할 수 없는 거야."

왜일까, 레이는 아무 말도 할 수 없게 되었다.

"레이첼 가드너. 그대의 마음은 신이 바라는 모습이 되고 싶은 탓에 거짓투성이다. ⋯⋯그리고 나의 천사들을 현혹하는 마녀겠지!"

분노에 찬 목소리를 울리며 그레이는 레이를 향해 단언했다.

"⋯⋯아니야!"

어둠 속에서 레이는 무심코 외쳤다. 하지만 목소리는 어둠 속에 흡수되어 갔다. 눈에는 보이지 않지만 자신을 감싼 이 어둠이 점차 소용돌이치고 있는 듯한, 그런 묘한 감각에 레이는 사로잡혔다.

속절없는 불쾌함 속에서 레이는 저절로 연주를 이어가는 오르간을 바라보았다.

—대체 왜 이렇게 추궁받아야 하는 걸까.

그리고 「나의 천사들을 현혹하는 마녀」라는 건 무슨 뜻일까……. 레이는 천사를 원한 적 따위 한 번도 없었다. 그리고 스스로 타인의 불행을 바란 적도 없었다.

슬픈 일은 잔뜩 있었다.

하지만— 난 그걸 어떻게든 하려고 했을 뿐…….

'그것뿐이야!'

그런데— 이 사람은 왜 나를 마녀라고 단정 짓는 것일까.

화가 부글부글 솟아오르는 한편, 레이의 마음은 자신의 눈처럼 싸늘하게 식기 시작했다.

이곳이 신의 앞이라면, 신이 계시다면……, 나는 절대로 자신을 마녀라고는 생각하지 않아—.

머지않아 지옥에서 울려 퍼지는 듯한 오르간의 굉음이 돌연 레이의 귀를 때렸다. 지상에서 비쳐 드는 것 같은 눈부신 빛이 어둠 속에 내려왔다. 동시에 모든 사고 회로가 닫힐 듯한 강렬하고 달

Zack's
Knife

콤한 냄새가 자욱하게 일었다. 그것은 틀림없이 그레이에게서 나는 냄새였다.

빛의 격류 속에서 눈앞이 아찔해졌다. 문득 기묘하게 웃는 그레이의 옆얼굴이 레이의 머릿속에 유난히 선명하게 떠올랐다. 그리고 굉음 속에서 그레이가 크게 외치는 소리가 레이의 귀청을 찢었다.

"그렇다면!! 지금부터 널 재판하겠다!!"

THE WITCH TRIAL

퍼뜩 정신이 들자 눈부신 스포트라이트가 레이를 비추고 있었다. 하지만 지상으로 이어질 듯 높은 천장을 올려다봐도 어디서 빛이 들어오고 있는지 알 수 없었다.

주위를 둘러보니 레이는 낡은 나무 무대 위 증언대에 서 있었다.

'여긴, 재판소······?'

하지만 대체 무슨 재판을 받는 걸까. 무대 주위에는 지금부터 시작되는 재판을 지켜보듯 전신을 꿰매 붙인 빨간 인형 수백 개가 흔들거리며 방청 중이었다. 시야에 비치는 모든 광경이 악몽처럼 이상하고 기분 나빴다.

그레이는 레이를 앞에 두고 엄숙히 선언했다.

"신은 정결한 자를 바라지."

그리고 날카롭게 안광을 빛내며 레이를 노려보고서 강한 어조로 선고했다.

"그리고 지금, 너는······ 나의 천사들을 현혹한 마녀라는 혐의를 받고 있어. 어쨌든 너는 한번 정화받아야 해."

레이는 증언대에 손을 얹고 조용히 반박했다.

"나는 마녀가 아니야."

그레이는 곤란하다는 얼굴로 엄숙히 고개를 저었다.

"……아니, 너는 아이작과 계약한 마녀이지 않나."

"잭과 한 약속은…… 신께 맹세한 거야."

"호오, 너는 신조차 방패로 삼는 건가."

레이의 대답을 비웃으며 그레이는 소리 높여 말했다.

"그렇다면 더더욱 잊어서는 안 되지. 결정하는 것은 네가 아니
라 신이라는 것을!"

레이는 작게 반론했다.

"아니야."

"호오…… 그럼 시험해 보자꾸나! 자, 재판을 시작하자!"

그레이는 붙잡힌 레이를 내려다보며 이 재판의 행방을 깨달은
것처럼 미소 짓고서 다시 크게 외쳤다. 그 목소리는 자신감으로
가득 차 있었다. 재판소에는 그레이의 외침과 함께 밤이 왔음을
알리는 듯한 큰 종소리가 울렸다. 그레이는 허공을 향해 소리쳤다.

"자, 이자에 관해 증언할 자는 있는가?"

갑자기 레이의 좌측에서 연기가 피어오르더니 순식간에 사라지고 그 속에서 낯익은 여자가 나타났다. 여자는 반쯤 망가진 스피커에서 울리는 듯한, 귀가 먹먹해질 정도로 날카로운 목소리를 냈다.

"하~이, 제가 증인이에요!"

그리고 또각또각 하이힐 소리를 울리며 패션모델처럼 몸을 빙 돌려 관객석을 향해 윙크하더니 이어서 소리 높여 말했다.

"이 훌륭한 죄인이 얼마나 지독한 여자인지 증언하겠습니다~!"

금속이 스칠 때 날 법한 거슬리는 목소리가 무대 위에 울려 퍼지는 것을 듣고 레이는 의아한 표정을 지었다. 예전보다 더, 듣고 있기만 해도 머리가 깨질 듯한 특징적인 목소리가 되어 있었다.

'하지만 그 여자는 죽었을 텐데…….'

그렇다. 틀림없이 그 목소리의 주인은 B3에서 잭이 목숨을 끊었을 터인 캐시였다. 하지만 어째서인지 몸 전체가 보랏빛이었다. 그러고 보니 그레이와 함께 B3에 내렸을 때도 그런 색으로 온몸을 물들인 캐시와 만났던 것을 레이는 떠올렸다. 대니처럼 살아 있었던 걸까. 하지만 캐시는 팔도 절단됐었다. 절명한 것은 의심할 여지가 없었다.

그러나 레이의 눈에는 잘렸을 터인 팔조차 보라색으로 물든 캐시가 무대 위에서 요염하게 포즈를 취하고 있는 모습이 비쳤다. 그 모습은 꼭두각시 인형처럼 어딘가 어색했다.

레이는 모든 것에 위화감이 드는 이상한 공간에 내던져져 무엇이 현실이고 무엇이 환상인지 판별할 수 없게 되었다.

그때 천장 쪽에서 아직 변성기가 오지 않은 남자아이의 목소리가 내려왔다.

"기다려!"

재차 무대 위에 연기가 피어올랐다. 그 연기 속에서 폴짝폴짝 뛰며 무대에 등장한 것은 에디였다. 하지만 에디의 몸 역시 아까 B4에서 만났을 때처럼 이끼가 자란 듯 온몸을 초록색으로 물들이고 있었다.

에디는 캐시에게 대항하여 아직 소년다움이 남은 순진한 목소리로 신나게 말하기 시작했다.

"나도 레이첼의 멋진 점을 잔뜩 증언할 수 있어!"

에디의 그 목소리는 기묘하리만큼 무기질적이었고 장난감 인형이 말하는 듯한 느낌을 주었다. 에디는 한 박자 쉬고서 살짝 목소리 톤을 낮추어 짐짓 못된 목소리를 냈다.

"하지만 그녀는 완고하니까 살짝 심술도 부리고 싶은 기분이야."

레이는 당황하면서, 목소리가 나오는 장난감처럼 「히히히.」 하고 기계적으로 웃는 에디를 응시했다. 왜 잭과 함께 처리했을 터인 층 주인이 차례차례 눈앞에 나타나는 것일까. 자신을 내버려 둔 채 진행되어 가는 사태에 레이는 살짝 어이가 없어졌다. 재판장석에 있는 그레이를 보니 그는 미동 없이 무표정으로 회의장을 바라보고 있었다.

그때 또다시 회의장에 오랜만에 듣는 듯한 목소리가, 이번에는 다정하게 울려 퍼졌다.

"진짜 그녀를 증언할 수 있는 건 나밖에 없어."

등 뒤로 기척을 느낀 순간, 레이의 뒤에서 또 커다란 연기가 피어올랐다.

돌아보니 그곳에는 대니가 서 있었다. 얼굴은 몹시 새파랗고 핏기가 없었다. 그 모습은 흡사 망령 같았다.

—하지만…… 이상해. 다른 두 사람과 달리 선생님은 죽지 않았을 터. 나는 약을 가져간 선생님을 쫓아 여기까지 온 건데…….

당황하는 레이를 향해 대니는 여전히 창백한 얼굴로 상냥하게 미소 지었다.

"아아, 레이첼, 이제 안심하렴! 널 대변할 증언은 내게 맡겨 줘. 난 네 편이란다."

그렇게 속삭이는 대니의 목소리는 캐시나 에디와 달리 평소처럼 부드러웠다. 그리고 동작도 장난감이나 인형처럼 부자연스럽지 않고 인간다움이 느껴졌다. 하지만 레이에게는 보랏빛 캐시나 부식한 듯 초록색으로 물든 에디와 마찬가지로 대니가 망령처럼 창백하게 보였다.

대니는 눈구멍 속에 박힌, 플라스틱으로 만든 두 가지 색 안구로 레이를 지그시 바라보았다. 그 기분 나쁜 눈동자를 마주 보자 대니에게 카운슬링 받던 때의 광경이 레이의 뇌리에 어렴풋이 되살아났다.

레이가 대니에게 카운슬링 받으러 다니게 된 것은 그 살인 사건이 일어난 뒤부터였다. 무기질적인 상담실에서 레이는 대니가 묻는 말에 매일같이 계속 대답했다. 하지만 그것은— 질문받았기에 이야기했다. 그저 그뿐이었다.

'선생님은 나에 관해 **알고 있어**…….'

레이는 눈앞의 몹시 새파란 대니의 얼굴을 시야에 담으며 기억 속 대니와 비교했다.

그러자 마음을 읽은 것처럼 대니는 레이에게 그 무렵과 똑같은 미소를 보냈다. 레이는 그 미소를 보니 어쩐지 오싹했다. 정체 모를 공포 같은 것을 느꼈다.

그렇게 무대 위에 모인 세 사람의 얼굴을 그레이는 마치 처음부터 이렇게 될 것을 알고 있던 것처럼 만족스럽게 바라보고 있었다.

그리고 세 사람의 말이 얼추 끝난 것을 확인하고 큰 목소리로 말했다.

"흠…… 좋다. 그럼 한 명씩 증언하도록. 처음 증언할 사람은 누구지."

앞다투어 캐시가 손을 들었다.

"네, 신부님! 저부터 하겠어요."

고막이 닳을 듯한 새된 목소리가 회의장에 울려 퍼졌다. 커다란 눈을 번뜩이는 캐시를 보며, 초록색으로 변색된 에디의 둥근 복면의 뺨 부분이 부풀었다.

"치사해! 내가 먼저 할래."

"미안해, 에디. 그럴 순 없어. 내가 제일 처음이야!"

"어째서, 어째서? 이유가 없잖아!"

"그치만 이 여자가 저지른 악행의 가장 큰 피해자는 나인걸! 이 여자에게 처음부터 정신이 나갔던 너희와는 달라!"

잔뜩 아니꼽게 반론하며 캐시는 반쯤 경멸하는 매서운 눈초리로 에디와 대니를 노려보았다.

레이는 두 사람이 아이처럼 말싸움하는 모습을 무표정으로 바라보고 있었다. 자신을 내버려 둔 채 나아가는 묘한 재판에 질려서 뭔가를 말할 생각도 들지 않았다.

"아~ 정말! 금방 히스테리 부린다니까!"

에디의 그 말투에 캐시는 고양이처럼 생긴 매서운 눈매를 더욱 치켜세웠다. 그런 둘 사이에 이번에는 대니가 끼어들었다.

"나는 마지막이어도 상관없어. 캐시, 네 증언이 기대되는데."

대니는 어른의 여유를 보이며 캐시의 어깨를 툭 두드렸다.

"빨리 정하게. 증언할 사람은 결정됐나?"

그레이는 못 말린다는 얼굴로 그런 세 사람을 지켜보면서도 재촉하는 말을 던졌다. 익숙한 광경을 대하는 모습이었다. 그 질문에 캐시는 더욱 눈을 번뜩이며 손을 쭉 뻗었다.

"예, 신부님! 제가 제일 처음 증언하겠어요!"

"진짜~! 제멋대로라니까!"

"그럼 에디, 우리는 잠시 퇴장할까."

대니가 그렇게 말하자 에디는 마지못해 고개를 끄덕이더니 레이의 앞에서 순식간에 모습을 감췄다. 두 사람이 단상에서 사라진 것을 가늠하여 그레이는 캐시에게 지시했다.

"그럼 캐서린 워드. 증언을 시작하게."

"예, 맡겨 주세요."

캐시는 의기양양하게 히죽 웃었다. 긴 속눈썹 그림자가 드리워진 그 시야 속에는 증언대 테두리 속에서 불안하게 선 레이가 선명하게 비치고 있었다.

▲
▼

온몸을 보라색으로 물들인 캐시는 또각또각 하이힐 소리를 내며 우아하게 무대 위를 걸었다. 쌓이고 쌓인 울분을 푸는 듯한 난폭한 발소리였다.

무대 중앙에 선 캐시는 바닥을 탕 밟았다. 그리고 그로테스크할 정도로 새빨갛게 물든 관중을 향해 외치기 시작했다.

"여러분, 들어 주세요~! 이 악마는 겉보기엔 평범하고 얌전한 여자 같지만……. 속은 새까매요! 틀림없는―."

거기서 갑자기 캐시는 착 소리를 내며 들고 있던 채찍을 레이의 안면에 아슬아슬하게 날리고서 소리 높여 단언했다.

"마녀입니다!"

캐시의 표정은 밝고 환했다. 하지만 캐시 입장에서 레이의 반응은 무척 시시했다. 눈앞까지 날아온 채찍을 보고 동요하지도 않고서 레이는 가득 찬 것이 흘러나오는 것처럼 무기질적으로 중얼거렸다.

"……마녀 아니야."

캐시는 무심코 「이익.」 하고 입술을 깨물었다. 일부러 그런 것은 아니지만 계속 도발적인 태도를 취하는 레이를 보니 캐시는 짜증을 숨길 수가 없었다.

"보세요, 이 얼마나 뻔뻔한가요! 태연한 얼굴로 능숙하게 거짓말한다고요!"

능숙하게 거짓말한다는 말에 레이는 순간 움찔했다. 그러나 곧 평소와 같은 냉정함을 되찾았다. 왜냐하면 레이는 거짓말한 적이 없었다— 이 여자 앞에서는.

탕탕탕탕, 나무망치 소리가 세차게 울렸다. 두 사람의 대화에 그레이가 개입했다.

"흠…… 그럼 레이첼이 마녀라는 증거가 될 증언은 있는가?"

"예, 물론이죠!"

그레이가 질문하자 캐시는 입술에 손가락을 대고 씩 미소 짓고서 과장되게 고개를 끄덕였다. 그리고 살짝 흥분한 목소리로 말하기 시작했다.

"저는 이 여자의 마수에 걸려 단죄인 자리에서 끌어내려졌어요!

그때 저는 높은 곳에서 단죄 모습을 바라보고 있었죠. 그런데 이 여자에게 무슨 말을 들었는지 잭은 자신을 벴다고요!"

잭이 자기 배를 가른 그 광경은 레이의 기억에도 선명하게 남아 있었다. 하지만 그 행위에 눈을 의심한 것은 레이도 마찬가지였다. 그런 광경은 레이도 보고 싶지 않았다. 되살아나는 그 광경을 차단하고자 눈을 내리뜨는 레이의 귀에 캐시의 새된 목소리가 가차 없이 울렸다.

"아아…… 아이작 포스터도 이 여자에게 죄인으로서의 이빨을 뽑혀 버린 거예요! 너무나도 한심한 모습을 보여 주길래 열받아서 저는 거기까지 내려가 줬어요! 그랬더니 이 여자가 천연덕스러운 얼굴로 무슨 짓을 한 줄 알아요?!"

캐시는 깊이 숨을 토하고 눈을 번쩍 떴다. 그리고 이상하게 흥분한 표정이 되어서, 미친 듯이 침을 튀기며 아우성치기 시작했다.

"……날 쐈어! 죄인에게 추월당해 단죄인이 총에 맞다니, 있어선 안 될 일이야! 얌전한 죄인의 탈을 쓴 터무니없이 교활한 여자라고! 나를 그런, 그런, 그런 곳으로 떨어뜨리다니…… 악마가 아니면 뭐겠어!"

잇따라 캐시의 입에서 넘쳐 나오는, 진실로도 허언으로도 받아들일 수 있는 증언에 살짝 고개를 갸웃하면서도 레이는 변함없는 무표정으로 담담히 응수했다.

"……딱히 당신을 추월한 적은 없어."

아니, 응수한 것도 아니었다. 그저 그때 자신의 행동을 되돌아 보았을 뿐이었다.

그런 레이의 말투를 듣고 캐시는 짜증스럽게 절규했다.

"무슨 소릴 하는 거야, 이 악마!"

그리고 다음 순간, 캐시의 눈동자에 지금껏 본 적 없는 황홀함 이 희미하게 떠올랐다.

"그리고 내가 가장 분했던 게 뭔지 알아?! 그건……."

레이는 그 물음에 답할 수 없었다. 캐시는 레이의 무표정을 확 인하고 평소의 자신을 되찾은 것처럼 만족스럽게 미소 지었다. 그 리고 숨을 들이쉬더니 눈부신 보석이 박힌 듯한 그 커다란 눈을 치켜세우며 연극조로 말했다.

"네가 쏜 총에 맞았을 때, 기뻐해 버렸다는 점이야!"

단숨에 말을 끝내고 캐시는 미친 것처럼 아하하 웃었다.

레이는 그 광경에 아연해졌다. 대체 이 여자는 왜 웃고 있는 걸 까. 그녀의 심리를 상상해 봐도 뭐가 뭔지 알 수 없었다.

한편 캐시는 조금 전의 소름 끼치는 흥분이 갑자기 식은 모습 이 되더니, 멍한 레이를 내버려 두고서 장난스러운 어조로 처형을 선고했다.

"아무튼…… 이 여자는 틀림없이 마녀입니다~ 물고문 형벌을 희망합니다~."

그 순간 레이는 발끝에 차가운 액체가 닿는 것을 느꼈다. 발밑을 보니 그곳에는 마치 바다에서 밀려드는 파도같이, 대량의 물이 살아 있는 것처럼 넘실거리고 있었다. 레이의 머리는 그 광경을 이해할 수 없었다. 그러나 반론할 유예도 없이 레이가 선 무대 위에는 빗물 같은 탁한 물이 어디선가 콸콸 쏟아져 갔다. 그리고 10초도 채 되지 않아 수위는 레이의 허리 부근까지 상승했다.

그런 이상한 광경을 앞에 두고도 레이는 어째선지 기묘하리만큼 침착했다. 허리까지 오는 머리카락 끝이 물에 젖었음을 알 수 있었다. 하지만 그게 어쨌다는 걸까. 레이는 넘쳐 나는 물을 관찰하듯 냉정하게 바라보았다.

"자, 발버둥 치고 몸부림쳐! 부탁이니 그때 이상의 흥분을 느끼게 해 줘!"

어느새 무대 옆으로 피했는지 캐시는 재판의 행방을 지켜보는 기분 나쁜 빨간 관중과 함께, 레이의 몸이 물에 잠겨 가는 모습을 히죽히죽 응시했다.

그러나 그 직후 레이가 한 말은 순식간에 그 자리의 공기를 얼어붙게 했다.

"……그렇게 보고 싶어?"

유쾌해 보이는 캐시를 내려다보며, 레이는 넘실넘실 파도치는 물을 전혀 무서워하지 않는 모습으로 입을 열었다.

"뭐?"

상상과 동떨어진 레이의 반응에 캐시는 드물게도 얼떨떨한 표정을 지었다. 그리고 이어서 레이가 물어본 말을 듣고 더더욱 멍해졌다.

"그렇게나 내게 바라는 게 있는 거야?"

정상이 아니다― 잘 이해할 수 없는 요구를 들이대는 캐시를 레이는 그렇게 느끼고 있었다. 이런 상황에서는 어떤 기대를 받든 아무것도 할 수 없었다. 아니, 애초에 자신처럼 이 세계에 살아선 안 되는 인간이 **누군가에게 기대받을 가치** 따위 없었다. 레이는 그저 그 사실을 냉정하게 물어보려 했을 뿐이었다.

캐시는 어이없는 사태에 한순간 곤혹스러워하는 것 같았다. 레이의 말에는 죄인으로서의 의식이 너무나도 결여되어 있어서 경악을 억누를 수 없다는 모습이었다. 그리고 캐시는 무언가를 알아차린 표정이 되더니 갑자기 격렬한 분노에 사로잡혔다.

그러나 캐시의 그 노여움은 위에서 내려온 엄숙한 목소리에 뚝 진정되었다.

"여기까지다."

상황을 지켜보던 그레이는 의미심장하게 고개를 끄덕이고 통제했다. 그 말이 회의장에 울려 퍼짐과 동시에 레이의 몸을 에워싸던 대량의 물은 무대 위에서 순식간에 사라졌다.

"……신부님?! 아직 형벌은 끝나지 않았어요!"

어린 딸이 아빠에게 혼난 것처럼 당황하는 캐시에게 그레이는 엄격한 표정으로 단언했다.

"형벌을 내리는 건 네가 아니야, 캐서린 워드. 그리고 마녀에게 무엇을 바라는 거지."

그레이가 냉정하게 지적하자 캐시는 얼굴을 붉히고 고개를 숙였다. 레이와 만난 뒤로 자기 자신을 잃고 있던 단죄인로서의 스스로를 부끄럽게 여기는 것 같았다.

"물러나게."

그레이가 말하자 캐시의 발밑에서 연기가 훅 올라왔고 캐시는 놀라울 만큼 얌전히 그 자리에서 사라졌다.

"다음은 에드워드 메이슨. 너는 이자에 관해 증언할 수 있는가?"

그레이가 레이의 오른쪽 허공을 향해 그렇게 물어보자 아까 등장했을 때와 마찬가지로 연기를 내며 에디가 모습을 나타냈다.

"신부님, 나 할 수 있어! 좋아하는 부분도 싫어하는 부분도 말할 수 있어."

에디는 레이와 비슷하게 작고 날씬한 몸을 폴짝거리며 대답했다.

"그럼 시작하도록."

그레이가 그렇게 신호하자 에디는 복면 속에서 생긋 미소 지었다. 그리고 마치 피에로처럼 회의장을 뛰어다니며 들뜬 목소리로 말을 쏟아내듯 증언을 시작했다.

"응! 있지, 레이첼은 엄청 예뻐. 특히 목소리가 꾀꼬리 같아. 내가 가장 좋아하는 목소리를 내. 그리고 살짝 나랑 닮았어. 원하는 것을 분명히 알고 행동하는 점이라든가! 내가 레이첼에게 한눈에 반한 건 네가 나와 닮은 일을 했기 때문이야……. 레이첼, 나 알고 있어. B6의 새를 네가 묻었지?"

그리고서 에디는 레이 쪽으로 몸을 빙 돌렸다.

그 순간 레이의 머릿속에 둘로 찢긴 새의 영상이 선명하게 되살아났다. 확실히 새는 고쳐 준 다음 땅에 묻었다. 하지만 그것이 어쨌다는 걸까.

"……응."

무표정을 유지한 채 레이는 고개를 끄덕였다. 에디는 레이가 그러든 말든 다시 뛰어다니며 시라도 낭독하듯 이야기를 계속했다.

"그래서 난 반드시 마음이 맞을 거라고 생각했어. 그리고 넌 죽

고 싶다고 하니까…… 소원이 딱 일치하잖아. 하지만 레이첼
은…… 살짝 완고했어. 전혀 내 말에 귀 기울여 주지 않았어. 난
여러 어프로치를 했단 말이야! 전~부, 전~부, 레이첼을 위해서!"

에디의 어조는 점차 열기를 띠어 갔다.

"하지만 안 됐어. 난 네가 YES라고 답하길 참을성 있게 기다렸
는데! 불도 들어오지 않는 캄캄한 어둠 속에 마중도 나가 줬는
데! 끝내 난 잭에게 베여서 홀로 무덤 속!"

에디는 언성을 높이며 몸짓을 섞어 잭에게 절명당했을 때의 상
황을 재현했다. 그러자 갑자기 철퍽 소리가 나더니 에디는 난데없
이 바닥 위에 나타난 무덤 밑에 깔려 버렸다. 그리고 묘비 밑에서
불분명한 목소리로 에디가 내뱉는 원망의 말이 회의장에 울려 퍼
졌다.

"무덤은 좋아하지만 그런 전개는 전혀 바라지 않아!"

그 묘한 광경을 싸늘한 눈으로 바라보며 레이는 생각했다. 레이
는 에디에게 스스로 무언가를 부탁한 적 따위 없었다. 뭔가를 바
란 적도 없었다. 죽여 주겠다며 에디가 몰아붙였을 때도 그가 죽
여 줬으면 좋겠다는 느낌은 받지 못했다.

한편 무덤 밑에 깔린 채 에디의 장광설은 끝에 다다라 있었다.

"하지만 거기서 마침내 나와 레이첼의 가장 큰 차이를 깨달았
어……. 난 레이첼을 원했지만 분명하게 레이첼을 위해 행동했어.

······하지만 레이첼은 달랐어."

그리고 갑자기 묘비가 소멸했고, 에디는 다시 폴짝폴짝 뛰면서 재판관인 그레이를 향해 모든 마음을 주장하듯 외쳤다.

"레이첼의 행동은 전~부 자신을 위해서였어!"

한순간 회의장이 쥐 죽은 듯 고요해졌다. 그러나 레이의 표정은 꿈쩍도 하지 않았다. 하지만 에디는 그런 차가운 레이의 반응에 아랑곳없이 낭랑히 말을 이었다.

"너무해. 죽여 달라며 달콤한 말을 속삭이고서 그건 전부 자신을 위해! 정말로 이기적이야! 왜 잭이 아니면 안 되는지도 전혀 모르겠어. 아마 이것도 레이첼의 이기적인 억지일 거야!"

그리고 에디는 괴로워하며 덧붙였다.

"그녀는 모든 행복을 무시하고 있어. 이런 건 마녀 아닐까······? 나는 그렇게 생각했어."

증언을 모두 마치자 에디는 레이를 응시하고서, 아직 천진난만한 목소리를 열심히 키워 힘 있게 단언했다.

"그래서 전 희망해요. 부디 레이첼을 바늘 형벌에 처해 주세요!! 단숨에 떨어져 버려!! 그러면 내가 이번에야말로 행복하게 해 줄게!"

—그 직후, 아무런 감각도 없이 레이의 몸에 두꺼운 밧줄이 감기더니 허공에 매달아 올려졌다.

'뭐야……?'

레이는 놀라면서 천천히 아래를 보았다. 무대 바닥에 어느새 뾰족한 바늘이 무수히 나 있었다. B3에서 봤던 것과 많이 닮은 광경이었다. 잭이 혼자서는 넘어가지 못했던 바늘 길.

만약 이 밧줄이 끊어져 바늘로 떨어져 버린다면 이 몸은 잠시도 버티지 못할 것이다. 하지만 레이는 이상하게 무섭지 않았다. 떨어져도 상관없었다. 그런 생각조차 들었다.

그리고 아무 반응도 할 기분이 안 생길 만큼 레이는 에디의 말을 불쾌하게 느끼고 있었다.

에디는 레이첼을 위해서라고 말했다. 레이는 그것을 이해할 수 없었다. 레이를 죽이고 싶다는 것은 에디의 소원이니, 에디의 말이야말로 자신을 위한 것이었다. 그 생각은 틀리지 않다는 기분이 들었다.

밧줄에 매달린 상태로 레이는 평소처럼 무표정하게, 자신을 올려다보며 폴짝폴짝 뛰는 에디를 싸늘한 눈으로 바라보았다.

복면 속 에디의 표정은 순식간에 딱딱해져 갔다.

"호, 혹시 화났어? 미, 미안? 하지만 레이첼 잘못이야!"

레이의 그 냉혹한 시선에 에디는 동요를 숨기지 못하고 허둥거렸다. 그리고 비통하게 목소리를 짜냈다.

"……뭐라고 말해 줘."

그러나 레이의 파란 눈동자는 차갑게 에디를 응시한 채였다.

—에디는 레이의 소망을 이루어 줄 수 없다. 레이의 소망을 이루어 주는 것은 에디가 아니다.

하지만 그것을 전해도 분명 에디는 레이의 마음을 이해해 주지 않을 것이다. B4에서 만났을 때처럼 이상과 소원만을 강요하리라. 그렇다면 전할 의미 따위 없었다. 그렇게 생각하자 레이는 아무 대답도 할 생각이 들지 않았다.

레이가 무언을 관철하니 에디는 애원하는 모습이 되어 외치기 시작했다.

"날 무시하지 말아 줘!"

"여기까지다."

그 상황을 정리한 것은 역시 그레이였다.

에디는 퍼뜩 제정신으로 돌아와 어린아이가 떼쓰듯 발로 땅을 굴렀다.

"잠깐, 아직 레이첼이 내게 아무것도, 아무것도 대답해 주지 않앉어요!"

그러나 그레이는 어리석은 아이를 가르치듯 에디의 요구를 즉각 일축했다.

"마녀에게 마음이 현혹되었군. 에드워드 메이슨. 마녀를 받아들이려는 마음, 마녀를 두려워하는 마음이 훤히 보여."

에디는 단숨에 입을 다물었다.

"물러나게."

그레이가 그렇게 고한 순간, 연기에 휩싸인 에디는 애달픈 표정을 지으며 사라졌다.

그로부터 얼마 지나지 않아 정적이 지배한 회의장에 마지막 남은 증인, 대니의 목소리가 울려 퍼졌다.

"시시한 증언은 끝났으려나?"

무대 위에 연기가 피어오름과 동시에 생긋 미소 지으며 레이 앞에 대니가 나타났다. 그레이는 대니의 무례한 발언에 불신감을 품고 있음을 숨기지 않았다.

"다니엘 디킨스. 네게는 증언할 의지가 있나?"

대니는 증인 중에서 유일하게 온화한 표정을 지은 채 거침없이 말하기 시작했다.

"아아, 신부님, 물론이죠. 아무도 레이첼에 관해 제대로 증언하지 못했으니까요. 제가 그녀의 매력을 확실하게 이야기해야죠. 레이첼. 내가 너를 틀리게 말하지 않으리란 걸 알지?"

레이는 긍정도 부정도 하지 않고 대니를 응시했다. 선생님은 나에 관해 **알고 있다**— 그것은 분명했다.

그레이는 두 사람의 모습을 한동안 바라보다가 표정 없는 험한 얼굴을 무너뜨리지 않은 채 대니에게 명령했다.

"그럼 시작하도록."

그리고 마지막 증언이 시작되었다.

"……정말이지, 이렇게 뻔히 알고 있는 내용을 증언해야 하다니 바보 같아. 그만큼 다들 레이첼을 몰랐다는 거지."

대니는 득의양양하게 말하며, 마치 교실을 돌아다니는 교사처럼 레이 주위를 천천히 걷기 시작했다. 대니의 어조는 매우 자상했다. 하지만 말하는 내용은 광기 그 자체였다.

"그래— 모든 건 그녀와 만난 상담실에서 시작됐어. 나는 그 무렵 줄곧 이상적인 눈동자를 찾고 있었지……. 살아 있으면서 영원히 죽어 버린 눈을……. 물론 정말로 죽은 눈도 좋지만 역시 탁해져 버리니까. 하지만 찾을 수 없었어. 결국 평범한 인간의 눈은 감정과 기분에 따라 금방 바뀌어. 절망이 희망으로, 실의가 악의로. ……뭐, 내 직업상 어쩔 수 없지만."

대니는 카운슬러로 일하기 시작하고 얼마간 보냈던 허무한 생활과, 레이를 만난 후의 멋진 나날을 황홀한 얼굴로 증언했다.

"그러던 때, 내가 그녀의 카운슬링을 담당하게 됐어. ……지금 다시 떠올려도 행복해져……. 이렇게 멋지고 마음을 매료하는 눈은 어디에도 없어. 암흑 속 고요한 호수처럼 파랗고 어두운 눈동자는 내 마음을 앗아 가기 충분했지."

마치 첫사랑을 이야기하는 듯한 말투였다. 하지만 대니의 말은 어딘가 일그러져 있었다. 대니가 깊은 흥미를 가지고 있는 것은 언제나 레이의 눈뿐이었기 때문이다.

황홀한 얼굴로 눈에 관해 이야기하기 시작하는 대니를 보고 레이는 불길한 예감을 느꼈다. 이 재판은 레이가 마녀인지 아닌지를 결정하기 위한 것이었을 터. 레이는 마음 한편으로, 모든 것을 아는 대니가 레이첼은 마녀가 아니라고 증언해 주지는 않을까 살짝 기대하고 있었다. 하지만 대니는 레이의 눈동자에 관해 선정적으로 말하고 있었다. 레이에게 그것은 그저 자신에 관해 밝히는 일일 뿐이었다.

"……카운슬링 하면서 나는 깨달았어. 그녀의 눈야말로 내가 바라던, 살아 있으면서 영원히 죽어 버린 눈이라는 것을!!"

레이의 그런 기대를 배신하며 대니는 단정한 얼굴을 삽시간에 추하게 무너뜨리고서 열광적으로 외치기 시작했다.

"왜냐하면 그녀는, 그녀의 마음은 틀림없이— 이상하니까!! 어쩔 도리가 없이, 구원받지 못할 영혼이니까!"

"다니엘."

그레이는 미친 것처럼 외치는 대니를 보며 의심스러운 표정을 지으면서도 정숙함을 바라며 담담히 그 이름을 불렀다.

"그치만 그렇잖아?! 그녀의 영혼이 구원받을 리가 없어!"

그러나 정신 나간 눈으로 갑자기 소리치기 시작한 대니의 말은 멈추지 않았다.

"왜냐하면!!"

"다니엘!"

그레이는 재차 대니의 이름을 불러 멈추려고 했다. 그러나 환희에 찬 대니의 외침은 멈추지 않았다.

"왜냐하면 그녀의 영혼은—"

그레이의 표정에 일순 분노가 보였을 때, 생각지 못한 인물이 목소리를 냈다. 회의장에 있던 온갖 관계자의 주목이 그 목소리의 주인에게, 지금껏 잠자코 있던 레이에게 모였다.

"그만해."

그때까지 이어지던 광란적인 분위기는 회의장 한가운데 선 소녀의 작은 한마디에 마치 꿈에서 깬 것처럼 고요해졌다.

살았는지 죽었는지 알 수 없는 그 이질적인 공간에 흐르는 침묵 속에서 소녀, 레이의 얼굴은 몹시 창백했다. 눈조차 깜박이지 못하고 그 말을 조용히 중얼거리는 것이 고작이었다.

한편 레이의 마음은 대니라는 존재로 인해 처음으로 어지럽혀져 있었다. 지금껏 아군이라고 생각한 적도 없지만 위협이라고 느낀 적도 없었다.

카운슬링 받던 때, 레이는 대니의 질문에 솔직하게 대답했다. **질문받았기에 대답했다.** 그저 그뿐이었다. 그리고 그때 거짓말한 적도 없었다. 거짓말할 필요 따위 느끼지 못했다. 이렇게 될 줄은 생각도 못 했다―.

속절없는 초조함을 느끼는 가운데, 그래도 레이는 어떻게든 태연함을 가장하며 대니를 응시했다.

'……대니 선생님은 날 알고 있어.'

―그래. 내가 숨기고 싶어 하는 것을.

가능하다면 레이는 이어질 대니의 말을 듣고 싶지 않았다. 하지만 대니는 침묵을 깨며, 조금 전까지의 광기가 거짓말이었던 것처럼 조용히 고했다.

"그녀의 영혼은 구원받지 못해."

회의장은 얼어붙어 정적에 휩싸여 있었다. 대니의 표정은 무서우리만큼 차가웠다. 대니는 적어도 레이 앞에서 그런 표정을 보인 적이 없었다. 그리고 죽음을 앞둔 환자에게 그 사실을 알리듯 담담히, 대니는 감정을 보이지 않으며 말을 이었다.

"왜냐하면…… 그녀의 영혼은, 빼앗는 쪽이니까."

그 말에 레이는 깜짝 놀라 창백해진 얼굴로 눈을 번쩍 떴다. 그레이는 위에서 미동도 없이 그 모습을 바라보고 있었다. 그리고 대니는 결론 내리며 증언을 맺었다.

"자비 없이, 가차 없이, 채워지지 않는 그릇을 채우고자 빼앗을 뿐인 영혼이야."

그렇게 말을 마친 대니는 갑자기 빙그레 웃었다. 대니는 전에 없이 다정한 표정으로 레이를 바라보았다.

이 세상의 끝을 비추는 레이의 파란 눈은 깊은 절망의 색을 되찾은 상태였다. 그 눈을 보고 대니는 만족스럽게 레이를 향해 미소 지었다.

"레이첼. 아아, 멋진 눈이구나……. 보고 있어도 될까?"

그리고 조금 전의 냉혹한 모습과는 딴판인 행복에 찬 표정으로 레이를 응시했다.

"B5에서 재회했을 때는 살짝 이상한 얼굴을 하고 있었고, 지금도 묘한 마음을 먹고 있지만, 그래도, ……괜찮아. 내가 말했지? 진짜 너는— 빼앗길 영혼이 아니라고."

말하며 대니는 그 망령 같은 창백한 손으로, 약간 젖은 레이의 머리카락을 살며시 건드렸다.

"내가 있으면 전부 괜찮아. 함께 살자. 응?"

대니의 말은 여전히 상냥했다. 하지만 길게 혀를 빼고서 미친 듯한 눈으로 속삭이는 모습은 완전히 정상이 아니었다.

그레이는 폭주해 가는 대니에게 불쾌감을 나타내며 소리쳤다.

"대니!"

"……이거 ……실례."

그 목소리를 듣고 대니는 제정신을 차렸다. 아니, 냉정함을 되찾았다. 짐짓 헛기침하고서 대니는 천천히 무대 뒤로 물러났다.

그때 눈에 비친 광경에 레이는 아연실색했다. 조명 탓일지도 모르지만 대니의 몹시 새파란 안색이, 분명하게 생기가 감도는 평상시 안색으로 돌아왔기 때문이다.

"증인은 퇴장하게. 이 이상 들을 필요는 없겠지. 결정적인 증언이었으니까."

그레이는 입꼬리를 올렸다.

"레이첼, 괜찮아. 내가 있으면 괜찮아. 너는 빼앗길 영혼이 아니니까."

그리고 대니는 다시 그렇게 말하고서 성큼성큼 걸어 무대 옆으로 빠졌다. 증인이 바뀔 때, 캐시와 에디는 마치 매직쇼처럼 무대에서 사라졌었다. 하지만 대니는 사라지지 않고 무대 밖으로 빠져나갔다.

대니가 퇴장하는 뒷모습을 바라보고서 레이는 살짝 혼란스러워하면서도 그레이 쪽으로 얼굴을 돌렸다.

그 순간 그레이는 의기양양한 표정을 짓고 선고했다.

"—레이첼 가드너. 너에 대한 판결이 났다."

그레이는 단상에서 레이를 내려다보고 말했다.

"너도 그자들의 증언을 들었겠지. 특히 대니는 알기 쉬워. 애초에 너의 신원을 가장 잘 알고 있는 게 그 녀석이야. 확실히 대니는 이 자리에 있는 누구보다도 너를 오랫동안 보고 있었지. 그리고 대니는 너의 진실을 말하면서도 결코 너를 부정하지 않았어. 마녀인 너에게 심취해 있는 거겠지."

"……그런 거, 내 탓이 아니야. 대니 선생님이 혼자 멋대로……."

레이는 아이처럼 떠듬떠듬 말을 자아냈다.

대니가 어떤 의도로 그런 발언을 했는지는 모른다. 하지만 그 집요한 발언 때문에 자신이 불리한 처지에 놓였음은 알 수 있었다.

레이는 대니가 살짝 원망스러웠다.

그러나 역시— 레이는 자신이 잘못했다고는, 마녀라고는 생각할 수 없었다. 설령 자신이 이기적이었더라도— 세 사람의 증언은 그 이기심에 각자의 이기심을 부딪친 것이었다. 이곳은 그런 불합리함이 버젓이 통용되는 공간이니까 올바른 판결 따위 내려질 리가 없었다.

"진정으로 제멋대로인 사람은 자신이라고 생각조차 않는 건가? 레이첼 가드너."

하지만 그레이는 그런 레이의 피해자인 척하는 사고 회로를 꿰뚫어 본 것처럼 엄격한 표정으로 고했다. 그 모습은 이형의 존재를 앞에 두고 평정심을 잃은 것처럼도 보였다.

"에디는 그런 너를 증언했어. 자신의 목적과 상관없다면 돌아보지 않는 너를 말이야. 그리고 캐시는…… 가엾게도…… 네게 현혹된 끝에 매료되어 버렸지! 자부심 강한 그녀까지 그렇게 되어 버리다니…… 너무나도 끔찍하군."

그레이는 기막혀하며 과장스럽게 한숨을 쉬더니 레이를 똑바로 응시하고 판결을 내렸다.

"너는— 마녀다."

레이는 그 파란 눈을 크게 뜨고서 무심코 크게 외쳤다.

"……아니야!"

재판 중에 모두가 자신의 감정만을 말했다. 그리고 자신을 향한 각층 주인들의 감정은 전부 레이가 바란 것이 아니었다. 그저 일방적으로 강요받고 있는 것에 불과했다. 그렇기에 그들의 주장도 엉망진창이었다. 그런 엉터리 재판의 판결 따위 올바를 리가 없었다.

"틀렸는가. 실제로 너는 어떤 증언에도 반론하지 못하지 않았나."

"아니야……."

레이는 작게 중얼거렸다. 반론하지 않은 것이 아니었다. 부정해 봤자 아무도 들어 주지 않는다. 그리고 결국에는 마음대로 나를 단정한다. 언제나 그랬다. 레이의 마음은 되살아나는 과거에 짓눌릴 것 같아졌다.

"마녀의 입에서 나오는 말 따위 누가 믿을까. 자, 마녀여! 깨끗하게 정화되어라! 지금부터 마녀를 화형에 처한다!"

역시 레이의 말을 들어 주지 않고 그레이는 소리 높여 선언했다.

부정할 새도 없이 레이의 몸이 공중에 떠오르더니 순식간에 커다란 십자가에 고정되었다. 손도 발도 십자가에 구속되어 더는 움직일 수조차 없었다. 귓가에서 타닥타닥 불꽃 튀는 소리가 났다. 발밑을 보니 아까까지 있던 빨간 인형들은 사라지고 대신 지옥처럼 활활 타오르는 불바다가 펼쳐져 있었다.

십자가에 고정된 상태로 레이는 언성을 높였다.

"나는 마녀가 아니야!"

하지만 그 말은 허공에 울려 퍼질 뿐이었다. 손발의 자유를 빼앗는 이 구속구를 어떻게든 풀고 싶었다. 그러나 풀어 봤자 불바다에 떨어지리라는 것도 쉽게 상상이 갔다. 어쨌든 이 상태로는 불에 타서 죽어 버릴 것이다.

"……여기서 내보내 줘."

다가오는 불길을 겁내며 레이는 목소리를 짜냈다.

"호오, 그 증언을 듣고 아직도 그런 말을 하는가. 너는— **그자들**…… 그래, **천사**의 마음을 죽였어. 마음을 농락하고 빼앗았지……. 무자비한 짓을 했어."

그레이는 조용히, 그러나 엄격한 어조로 그렇게 레이를 질책했다.

"그리고 지금 너는— 아이작 포스터조차 똑같이 할 생각 아닌가? 그를…… 자신을 위해 제물로 삼을 생각인 거야."

그레이의 말에는 레이에 대한 혐오가 섞여 있었다. 그레이에게 레이라는 존재는 아끼던 천사들을 현혹하고 무참히 죽인 마녀일 뿐이었다. 그의 안에서 그렇게 결론이 내려졌다는 것을 똑똑히 알 수 있었다.

"그만해…… 아니야."

하지만 레이 자신도 무엇이 아니라는 것인지 알 수 없었다. 그저 엄습하는 불쾌함을 되새기듯 레이는 눈을 꾹 감았다.

어둠 속에서 여전히 십자가에 고정된 채인 레이의 몸에 가차 없이 열기가 밀어닥쳤다. 타닥타닥 소리를 내며 불길은 점점 타올랐다.

―뜨거워, 뜨거워……!

견딜 수 없는 시련에 레이는 마음속으로 한탄하면서 움직이지 않는 몸을 살짝 비틀었다.

"자, 자신이 마녀임을 고백하는 거다! 자신의 정체를 자백하라. 그리고 신성한 불길 속에서 신에게 그 몸을 바쳐라!"

그레이의 목소리에 맞춰 불길은 자꾸만 다가왔다. 몸이 녹아 버릴 듯한 열기가 바싹바싹 접근했고 점차 시야는 불꽃색으로 뒤덮여 갔다. 조금 전까지의 물고문 형벌과 바늘 형벌과는 달리 기절할 것 같은 공포가 레이를 덮쳤다.

불길에서 생기는 무시무시한 연기를 들이마시며 레이는 어떻게든 입을 열었다.

"나는, 마녀가 아니야……. 그리고, 이런 건 성서에 적혀 있지 않았어……."

처음 성서를 접했던 밤, 레이는 달빛 아래에서 정신없이 신의 말씀을 읽었다. 그리하여 전부 읽은 후, 자신은 살아 있어선 안 된다고 강하게 느꼈다. 레이는 한없는 고통 속에서 그때 일을 떠올렸다.

"그건 당연해. 레이첼 가드너. 왜냐하면 네가 말하는 신 같은 건 존재하지 않으니까."

"하지만 당신은 아까부터 신의 이름을 입에 담고 있어."

그레이는 비웃으며 말했다.

"아아, 왜냐하면 그건, 내가 신이기 때문이지."

"……뭐?"

생각지도 못한 발언에 레이는 눈을 크게 떴다.

"나는 신의 눈높이에 선 자—. 나라는 신은 여기에 존재하고 있어."

전혀 의미를 알 수 없었다. 레이는 심한 현기증을 느끼며 물었다.

"그럼 당신이 신이라는 거야……?"

"그래, 맞아. 이곳에서 나는 그것과 가장 가까운 존재야."

"……그런 거, ……그런 거, 몰라, 나는, 몰라."

레이는 확연하게 평정심을 잃은 상태였다. 갑자기 신이라고 해도 이해할 수 없었다. 아니, 이해하고 싶지 않았다.

레이 속에서 신은 실체가 없는 존재였다. 그래서 **딱 좋았다.**

나의 신으로 계속 있어 주길 원했다. 그런데 만약 그레이가 신이라면— 그것은 레이의 바람이 무너져 사라짐을 의미했다.

"신앙하는 마음, 그것이야말로 신의 존재 의의지. 레이첼. 네게는 처음부터 그것이 없었어."

신의 존재를 잃고 착란 상태에 빠진 레이를 바보 취급하며 그레이는 담담히 말했다.

'……잭도, 이 신부를 신앙해서 이 빌딩에 있는 거야……?'

혼돈한 레이의 마음에 문득 그런 생각도 스쳤다. 하지만 애초에 잭은 신 같은 건 없다고 말했다. 그리고 잭은 죽이고 싶어서 여기 왔을 뿐이라고 했다. 그것은 분명 거짓말이 아닐 터였다. 잭은 거짓말 따위 하지 않기 때문이다.

—잭은 거짓말을 싫어하니까…….

레이의 사고는 이제 혼란의 극치에 달해 있었다.

그 순간, 레이는 십자가에 고정된 상태로 떨어지는 감각을 느꼈다. 그리고 정신 차리고 보니 시야는 어둠에 삼켜져 있었다. 타닥타닥 불길이 타오르는 소리만이 귀에 울렸다. 불길이 온몸을 핥아서 욱신욱신 아팠다. 불에 타는 것은 이렇게나 아픈 일인가.

'……싫어, 싫어……!'

레이는 십자가에 붙들린 채 손발을 살짝 흔들었다. 하지만 역시 구속구는 풀릴 것 같지 않았다. 레이는 힘이 빠져서 십자가에 몸을 맡기듯 고개를 숙였다.

　—신이 안 계셔? 어째서…….

　분노라고도 절망이라고도 할 수 없는 감정 덩어리가 레이의 마음을 가득 메워 갔다.

　'그런 거, 싫어…….'

　신이 안 계시다니 그럴 순 없다. 허락할 수 없었다. 그 신부는 자기가 신 같은 존재라고 했다. 하지만 그런 것을 간단히 인정할 수 있을 리가 없었다. 그 신부가 신이라니, 레이는 그런 현실은 받아들일 수 없었다.

　—나는 그 신에게 살해당하고 싶지 않은걸…….

　"하지만 나의 신은 없어……."

　레이의 마음속에서 잭과 약속한 뒤로 줄곧 그리던 이상이 와르르 소리를 내며 무너져 갔다. 아니, 이미 무너져 있었다.

그때 뜨겁게 타오르는 불길 속에서 레이는 문득 자신의 손에 차가운 감촉이 있는 것을 알아차렸다. 퍼뜩 놀라 레이는 그 차가운 것을 꽉 움켜쥐었다.

"이건…… 뭐지? 뭐였지……."

차가운데도 이렇게 쥐고 있으면 뜨거운 무언가가 가슴속에 북받쳤다.

"이건 분명…… 누군가의 소중한……, 소중한 것……?"

─그때.

"어이, 뭐 하고 있는 거야."

짜증 난 듯한 잭의 목소리가 레이의 고막에 울렸다.

활활 타는 불길 속에 잭의 모습이 어렴풋이 떠올랐다. 그것은 레이가 항상 보았던, 자신 앞을 걷는 잭의 뒷모습이었다.

"빨리 안 오면 두고 간다."

하지만 잭은 불길 속으로 멀어져 갔다. 그것은 마치 잭이 죽음과 가까워지고 있음을 시사하고 있는 것 같아서 참을 수 없는 공포를 느낀 레이는 무심코 그 등을 향해 외쳤다.

"잭, 기다려……! 지금 생각해 낼 테니까."

당장에라도 울음을 터뜨릴 듯 필사적인 그 목소리에 잭이 뒤돌았다. 그리고 어쩔 수 없다는 표정으로 레이에게 다가오더니 말없이 십자가에 구속된 레이의 손목을 덥석 잡았다.

그 확실한 감촉에 레이는 퍼뜩 놀랐고, 몽롱한 의식 속에서 여기 오기 전에 잭에게 들었던 말이 선명하게 떠올랐다.

"……어이, 가져가……. 뭐, 네가 쓰지는…… 못하겠, 지만……."

그리하여 확실하게 알았다.

—이건 잭에게 소중한…… 소중한 것…….

이곳에 오기까지 내가 훼손하고, 망가뜨리고……, 그래도 나를 줄곧 지켜보며 도와준 것…….

"……잭의…… 단검……."

그렇게 깨달은 순간, 레이의 손바닥에서 단검이 눈부시게 빛났다.

▲
▼

십자가에 구속되어 있던 레이의 몸은 공중으로 해방되어 타오르는 불길 속에 떨어졌다. 하지만 이상하게도 몇 미터 높이에서 낙하했는데 아프지 않았다. 꿈틀거리는 불길 속에 서 있는데 뜨겁지도 않았다. 조금 전까지 그렇게나 느껴졌던 괴로움은 이제 조금도 없었다.

그리고 전방 바닥에는 마치 달처럼 빛나는 잭의 단검이 꽂혀 있었다. 레이는 불길 속을 걸어가서 바닥에 웅크려 앉아 천천히 잭의 단검을 뽑았다. 그리고 살짝 녹아 버린 단검 손잡이를 꽉 움켜쥐고 단검 끝을 손가락에 댔다.

'아파……'

레이는 눈을 감고 손가락에서 느껴지는 아픔을 음미했다. 단검이 닿은 손가락에서는 선명한 피가 뚝뚝 방울져 떨어졌다. 그 피는 미지근했다. 레이는 숨을 들이마셨다.

'이가 빠져 버렸는데…… 아직 이렇게나 잘 들어……'

아아, 이 단검은 마치 잭 같아—. 레이는 단검을 꽉 쥐었다.

아무리 상처 입었어도 언제나 내 곁에 있으며 도와줘…….

단검을 가슴에 끌어안고 눈을 감자 득의양양한 잭의 얼굴이 떠올랐다. 잭은 그때 스스로 신께 맹세해 주었다. 나를 죽여 주겠다고.

하지만…… 신은 안 계신다.

그레이가 했던 가차 없는 말이 레이의 마음에 꽂혔다.

하지만 레이의 머릿속에 곧장 한 가지 생각이 떠올랐다.

신이 안 계신다면…… 직접 찾을 수밖에 없다. 그것도 잃어버리지 않을 만한 신을—.

레이는 엉망이 된 단검을 바라보았다. 일순 쓸쓸한 기분을 느꼈다. 동시에 레이의 손에 서늘한 감촉이 느껴졌다. 그 확실한 차가움에 레이는 퍼뜩 놀랐고, 이 층에서 일어났던 모든 기묘한 현상이 무엇이었는지 이해했다. 손안에 있는 단검의 차가움이 그것을 가르쳐 주었다—.

그 순간 속수무책으로 안심하여 레이는 무의식중에 미소 지었다.

'……아아, 뭐야.'

"나의 신은 여기 있잖아."

잃어버렸던 것을 되찾은 것처럼 레이는 편안히 중얼거렸다. 그래— 나의 신은 이렇게나 가까이 있었어. 이 신이라면 분명 나는 더 이상 헤매거나 틀리지 않아. 무엇이든 할 수 있어—.

그리고 레이는 늠름한 얼굴이 되어 잭의 단검을 들었다.

그 순간, 레이를 에워싸고 있던 불길은 순식간에 소멸했다.

▲
▼

"왜, 깨어났지……?!"

그레이는 당황하여 외쳤다.

그 이상한 공간은 사라지고 주위는 원래 있던 교회 모습으로 돌아와 있었다. 레이가 희미하게 서늘한 눈으로 바라보자 그레이는 깜짝 놀라서 한 걸음 물러났다.

─틀림없이 마녀인 레이가 그 마녀재판의 세계에서 깨어날 수 있을 리가 없다. 그레이는 그렇게 얕보고 있었다.

"이 층에서 일어나는 이상한 일은 전부 환각……. 당신이 내 마음에 보여준 거야……."

레이는 평온하게 미소 짓고서 자랑스럽게 말했다.

"나의 신이 깨어나게 해 줬어."

들고 있는 잭의 단검이 반짝 빛났다. 무언가를 굳게 믿는 모습인 레이를 보고 그레이는 모든 것을 깨달았다. 그리고 낙담하여 깊이 숨을 토했다.

"……아아, 네 안에 있는 마녀를 정화하지 못한 거군."

하지만 그레이의 그 말은 더 이상 레이의 마음을 동요시키지 않았다. 레이는 샘솟는 힘을 느끼며 단검을 꽉 움켜쥐고 당당히 단언했다.

"나는 마녀가 아니야. 왜냐하면 계약 따위 하지 않았는걸. 맹세했어. 그건 나의 신이 해 준 맹세야."

"그런가……. 너라는 마녀는 그렇게 생각하기를 선택하고 말았는가."

동요한 표정을 지으며 그레이가 말했다. 그레이의 목소리는 낙담을 숨기지 못하고 있었다.

"그것이 틀렸더라도, 거짓으로 점철된 것이더라도 너는 상관하지 않는 거군……."

그레이는 레이가 환상 세계에서 깨어나 버린 것을 애석히 여기며 입가를 일그러뜨렸다. 분명 지금 레이의 마음은 그 환상 세계를 부술 정도로, 스스로 만들어 낸 강한 마음에 사로잡혀 있을 것이다—. 그레이는 그것을 훤히 알 수 있었다.

하지만 더 이상 레이의 마음에 그레이의 말이 박히는 일은 없었다. 가짜 신의 말을 들을 필요 따위 없기 때문이다.

레이는 서늘한 눈을 하고서, 들고 있는 잭의 단검을 양손으로 더욱 세게 쥐고 칼끝으로 그레이의 왼쪽 가슴을 겨눴다.

"그보다……."

단검을 들이댄 채 레이는 조용히 말했다.

"빨리 약을 줘."

망설이지도 않고 자신에게 단검을 들이대는 소녀의 냉혹한 눈을 보고 그레이는 전율을 느꼈다. 조금만 힘을 줘도 간단히 부러질 듯한 가냘픈 손에 쥐어진 단검은 미동도 하지 않았다.

언제 무슨 짓을 당해도 이상하지 않은 이 상황에서 자신을 협박하면서까지 잭을 위해 약을 원하는 레이의 무시무시한 기백이

전해졌다.

그러나 이 광경은 너무나도 이상했다.

"……자신밖에 사랑하지 못하는 불쌍한 마녀여……."

그레이는 천장을 올려다보았다. 그리고 천천히 교회 왼쪽 끝에 놓인 키 큰 책장 앞에 서더니 레이의 기백에 진 것처럼 말했다.

"……따라오게, 이 안쪽에 있어."

"그럼 앞장서."

레이는 단검을 들이댄 채 그레이의 등 뒤에 서서 서늘한 얼굴로 그렇게 재촉했다.

"왜지?"

"잭은 자고 있으니까. 당신이 무슨 짓을 할지 알 수 없는걸."

얼음장처럼 차가운 눈으로 레이는 그레이를 보았다.

"……그런가."

레이에게 등을 돌린 그레이는 기막혀하며 웃었다. 그레이가 손으로 무언가를 조작하자 쿠궁 하는 소리를 내며 책장이 옆으로 밀렸다.

마치 자동문처럼 열린 책장 안쪽에는 다른 방이 이어져 있었다. 교회나 잭이 기다리는 그 회랑과 마찬가지로 무지갯빛 스테인드글라스가 창문같이 늘어서 있고 다채로운 빛이 비쳐 들고 있었다.

레이는 이번엔 정말로 약을 손에 넣을 수 있을까 의심하면서도 그레이 뒤를 빠른 걸음으로 따라갔다.

"……이 선반에 약을 놓아뒀네."

그레이는 어떤 선반 앞에서 멈췄다. 선반에는 소독액, 지혈제, 조혈제 등의 약품이 놓여 있었다.

그것을 보고 레이는 겨우 안도했다.

―아아, 약이 손에 들어와. 잭의 도움이 됐어.

레이의 마음은 부지불식간에 크게 뛰었다. 그건 그렇고, 이렇게 약을 입수하기까지 터무니없이 긴 여정이었던 것 같다. 레이는 마침내 약까지 도달한 것에 안심하며 그것들을 대강 가방 안에 넣었다.

"……고마워. 난 잭에게 돌아갈게."

이제 용건은 없다는 것처럼 레이는 담담히 그레이에게 말하고서 등을 휙 돌렸다. 한시라도 빨리 잭에게 돌아가야 했다. 아니, 아니다. 잭에게 돌아가고 싶었다. 그러자 그레이가 등 뒤에서 동요한 목소리로 물어보았다.

"기다리게! 자네는 날 죽이지 않고 가는 건가?"

레이는 어리둥절한 얼굴이 되었다. 그 질문의 의도 자체를 이해하지 못한 모습이었다.

"……어째서?"

질문받은 그레이는 곤혹스러워하며 설명했다.

"자네에게는 새로운 신이 있지 않나. 여러 신의 존재는 분쟁을 낳아. 그리고 자네에게는— 자비 따위 없을 텐데."

그것은 레이의 과거를 전부 알고 있는 듯한 어조였다. 그것을 알아차리면서도 레이는 물었다.

"당신은 날 방해할 거야?"

그레이는 한순간 입을 다물었다. 방해할 필요는 없을지도 모른다. 아니, 없을 것이다. 재판은 이미 끝났다.

그레이가 살짝 주춤하는 모습을 보이자 레이는 차갑게 단언했다.

"그렇지 않다면 그럴 필요 없어. 왜냐하면…… 당신은 필요 없으니까."

그리고 누군가를 죽이고 있을 여유 따위 없고— 필요 없는 것을 죽이지는 않는다.

하지만 기묘하게도 그레이는 레이의 그 말을 듣고서 갑자기 태도가 바뀌었다. 표정에는 다시 비웃음이 떠올랐다.

"……그런가. 그렇다면 마지막으로 딱 하나 충고해 두지. 신은 거짓말쟁이나 부정한 것을 싫어해."

그레이는 완전히 원래의 엄격한 표정으로 돌아와 있었다.

"하긴, 네가 말하는 그것이 진짜 신일 때 얘기지만. 레이첼 가드너…… 금방 탄로 날 거야."

레이는 그레이를 힐끗 보고서 아무 대답도 하지 않은 채, 마치 흥미 없는 선물을 받은 소녀처럼 발길을 돌려 잭에게 달려갔다.

'잭…… 기다려 줘.'

어깨에 멘 가방 속에서 약병이 서로 부딪혀 달그락달그락 소리를 냈다. 그것은 무엇과도 바꿀 수 없는 기쁜 울림이었다. 달콤한 냄새는 이제 없었다. 잭 곁으로 돌아가는 길에는 깨진 거울도, 커다란 문도 사라진 상태였다. 그것이 있던 방조차 소멸해 있었다. 역시 그것들은 전부 그 달콤한 냄새가— 그레이가 보여 준 환각이었던 것이다.

잭 곁으로 돌아가는 것이 벌써 몇 번째일까. 몇 번이나 레이는 잭 곁으로 돌아갔다. 그리고 그때마다 절망적인 기분이었다. 하지만 지금은 달랐다. 레이의 수중에는 잭을 구할 약이 있었다.

아름다운 스테인드글라스가 늘어선 회랑에 잭이 몹시 창백한 얼굴로 누워 있었다.

"잭……?"

레이는 완전히 초췌해진 그 모습에 불안을 느끼며 천천히 다가갔다. 잭은 새액새액 작게 숨을 내쉬고 있었다. 그 표정은 괴로움을 넘어 무표정이 되어 있었다.

그래도 잭이 살아 있다는 것에 레이는 속절없이 안심했다.

상처가 곪지 않도록 먼저 약만이라도 발라 두자. 그렇게 생각하여 레이는 잭의 옷을 살며시 걷어 올렸다. 그리고 복부에 약을 바르기 위해, 피로 더러워져 축축해진 붕대를 푸니 피부에는 화상 자국이 애처롭게 남아 있었다.

'……이 화상 자국은…… 원래부터 있던 거겠지…….'

―그러고 보니 화상에 관해 아무것도 몰라.

잭이 화상을 입은 원인을 전혀 모른다고 생각하자 레이는 왠지 애달파졌다. 하지만 지금까지 의문으로 여긴 적조차 없었다. 잭은 언제 이 화상을 입은 걸까……. 레이는 신묘한 얼굴로 애처로운 화상 자국을 바라보며 피가 배어나는 상처에 약을 발랐다. 상처는 크지만 피는 꽤 멈춘 상태였다.

'이제 꿰매고, 잭의 방에서 찾은 붕대를 감으면 나을 것 같아…….'

안도하여 가슴을 쓸어내리면서 레이는 손에 익은 재봉 도구를 가방에서 꺼냈다. 잭이 자는 동안 꿰매는 편이 좋을 터였다. 분명 일어나면 잭은 가만히 있지 않을 것이다.

하지만 그때 복부에 위화감을 느끼고 잭이 번쩍 눈을 떴다. 시선을 돌리니 옷이 말려 올라가 있었다.

"……어?"

잭은 잠이 덜 깬 목소리를 냈다. 상당히 오래 잔 탓에 머리는 약간 개운해져 있었다. 몸의 통증도 살짝 나아진 것 같았다.

"잭! 깨어났어?"

드물게도 레이가 들뜬 목소리를 냈다.

"……아~ 그보다…… 너 뭐 하고 있는 거야……."

"약을 가져와서 지금 잭한테 바르고 있었어."

레이는 잭을 올려다보고 대답했다.

"……너, 무사했던 거냐."

잭이 퉁명스럽게 말했다.

"……응."

그리고서 두 사람은 서로를 확인하듯 한동안 마주 보았다. 레이가 돌아온 것에 잭은 안도하고 있었다. 하지만 잭의 눈에 비친 레이는 무사한 것 같지 않았다.

"……뭐가 「응.」이야. 상처투성이잖아……."

레이는 자신의 몸을 보았다. 재판할 때 입은 화상이나 상처는
사라졌지만 여기저기에 새로 생긴 상처가 있었다. 약을 얻는 데
너무 집중해 있었기에 알아차리지 못했다. 뱀에게 쫓겼을 때라든
가 넘어졌을 때, 줄곧 쥐고 있던 단검에 어느새 베였을 것이다.

"그보다 대니는 있었어? 어떻게 약을 가져온 거야?"

"대니 선생님은 없었어……. 하지만 약은 이 층의 신부님한테
받았어."

레이는 지혈제가 든 병을 들고 말했다. 잭의 뇌리에 그레이의
얼굴이 떠올랐다.

"……그 녀석인가."

잭은 칫, 혀를 차고 무의식중에 일어나려 했다. 그 무모한 행동
을 본 레이는 순간적으로 잭에게 손을 뻗어 그것을 제지했다.

"앗, ……너무 움직이면 안 돼."

"……아아, 이래선 또 상처가 벌어지겠지."

한심하다는 생각에 저도 모르게 한숨이 흘러나왔다. 잭은 그
자리에 다시 앉았다. 통증은 가라앉았지만 상처가 아물지 않아서
야 역시 생각대로 움직일 수 없었다.

"상처, 내가 꿰맬게. 나 바느질 잘하니까."

레이는 재봉 도구에서 바늘과 실을 꺼냈다. 하지만 잭은 레이의
손을 탁 뿌리쳤다.

"그만둬, 내가 하겠어."

"잭도 재봉이 특기야?"

레이가 묻자 잭은 의아한 얼굴을 보였다. 바느질 따위 해 본 적 없었다. 물론 손재주가 있는 편도 아니었다. 직접 하겠다고 말은 했지만 몽롱한 지금, 제대로 바늘구멍에 실을 넣을 수 있을지조차 의심스러웠다.

"특기일 리가 없잖아……."

"그럼…… 역시 내가 꿰맬게. 그리고 잭의 배, 내가 꿰매고 싶어."

레이는 잭을 똑바로 바라보고 말했다.

"……그럼 맘대로 해. 기분 나빠도 난 모른다."

솔직히 상처를 꿰맬 기력 따위 더는 남아 있지 않았다. 잭은 반쯤 포기하여 말했다.

이해할 수 없었다. 어째서 이렇게까지, 엉망이 되면서까지 자신을 도우려 하는 걸까. 하지만 자신도 똑같았다. 어째서 이렇게나 레이를 죽이고 싶은 건지 알 수 없었다. 하지만 죽이고 싶다는 감정에 이유 따위 없을지도 모른다. 지금까지도 없었다.

"응. 기다려 줘. 실을 자르고 준비할 테니까."

레이는 아까 꺼낸 빨간 실을 손에 감고 필요한 길이가 될 때까지 빙빙 늘려 갔다. 그 손이 시야에 들어왔을 때, 잭은 순간적으로 레이의 손을 덥석 잡았다. 투명하게 새하얬던 레이의 손에 무

수한 생채기와, 미미하지만 화상 자국이 남아 있는 것이 보였기
때문이다.

"……손, 상처투성이잖아."

"응…… 하지만 괜찮아. 이 상처는 아프지 않은걸."

레이는 태연하게 단언했다. 지금 자신의 몸은 신경 쓰이지 않았
다. 그보다도 자신을 붙잡은 잭의 손에 약간 온기가 돌아온 것이
느껴져서 기뻤다.

"진짜 넌 뭐야. 이런 엉망진창인 배를 만져도 아무렇지도 않다
는 얼굴이고. 약해 빠진 네가 약을 갖고 돌아온 건…… 칭찬해 주
지. 하지만…… 이렇게까지 할 필요도 없잖아. 야, 레이. 이렇게까
지 하는 이유가 뭐야."

잭은 그렇게 따지며 레이의 얼굴을 들여다보았다. 레이는 살짝
고개를 숙였다.

—이렇게까지 하는 이유……. 그런 건 단 하나밖에 없다.

'하지만 말해도 될까…….'

그것을 입에 담을지 망설이며 레이는 작업을 진행했다. 정말로
중요한 것은 말해 버리면 잭이 화낼 것 같았고, 부정되면 거기서
전부 끝나 버릴 것 같아서 무서웠다.

"있지, 잭이 빌려준 단검으로 실 잘라도 돼? 이 단검, 굉장히 잘
들어."

레이가 얼버무리며 다른 이야기를 꺼내서 잭은 짜증 내지 않을 수 없었다.

"어이! 아무리 내가 멍청해도 그런 말로 얼버무릴 수는 없거든?! 대답해……."

잭은 언성을 높이며 레이의 어깨를 잡고 자신을 보게 했다. 대답할 때까지 놓지 않을 생각이었다. 레이는 단념하고 한숨을 쉬었다. 싸늘한 복도에서 숨은 하얗게 흐려졌다.

말로 꺼내는 것은 조금 망설여졌다. 하지만 알리고 싶다는 기분이 웃돌았다.

"……그치만 잭은 ……나의 신이니까."

예상 밖의 그 대답에 잭은 깜짝 놀란 나머지 입을 쩍 벌리고 무심코 레이의 어깨에서 손을 뗐다. 자신을 바라보는 레이의 얼굴은 평소처럼 무표정했지만 그곳에 거짓은 없어 보였다.

—신이라고?

"무, 무슨, 기분 나쁜 소리를 하는 거야, 너는!"

속절없는 불쾌함에 잭은 크게 소리쳤다. 항상 레이의 말을 자기 나름대로 어떻게든 이해해 왔다. 하지만 이 발언만큼은 도저히 이해할 수 없었다. 깊이 생각하면 더욱 기분 나빠질 것 같아서 머리가 아팠다.

그때 문득 잭의 시야에 원래 상태보다 더 엉망이 된 단검이 비쳤다.

"그보다 내 단검……."

살짝 멈칫하며 이번에는 잭이 화제를 바꾸었다.

"……아아, 살짝 이가 빠져 버렸어. 정말로 미안해……. 하지만 이 단검, 정말 잘 들어서 많은 도움을 받았어."

나의 신이라든가— 영문 모를 발언을 진지한 얼굴로 한 주제에, 그렇게 단검을 칭찬하는 레이의 표정은 평범한 열세 살 소녀 같았다.

"뭐? 넌 무슨 짓을 하는 거야!"

반사적으로 그렇게 화냈지만 잭은 속절없는 불쾌함이 빠져나간 기분을 느꼈다. 신이라고 한 것은 이해할 수 없지만, 이렇게 칭찬하는 것은 나쁘지 않았다. 그리고 단검이 도움이 됐다면 그저 소유하고 있는 것보다도 가치가 있었다.

"……뭐, 상관없지만."

잭은 뒤통수를 벅벅 긁었다.

"응…… 고마워."

그 동작을 보고 안심하여 레이는 부드럽게 그리 말한 후, 단검을 사용해 실을 끊었다. 잭에게 단검을 맡은 뒤로 이렇게 단검답게 쓴 것은 처음이었다. 레이는 가느다란 바늘에 능숙하게 실을 꿰었다.

"상처, 슬슬 제대로 꿰매야 해. 잭, 잠시만 가만히 있어 줘."

그리고 뭐라 대답하기도 전에 잭의 상처에 바늘을 댔다.

―신이라…….

레이가 한창 바늘에 실을 꿰고 있을 때, 잭의 머릿속에서는 역시 그 영문 모를 말이 메아리치고 있었다. 잭은 그 말에 씁쓸함을 느끼지 않을 수 없었다. 당연히 자신은 신 따위가 아니었다. 그런 식으로 자신을 생각하는 것은 기분 나빴다.

「그만둬.」 —그렇게 말하는 것은 간단하다.

하지만 잭은 왜 그렇게 여겨지는 것이 기분 나쁜지 잘 알 수 없었다. 그런데 지금 그렇게 말해 버리는 건— 눈앞에서 필사적으로 자신을 살리려 하는 레이를 보니, 몹시 어린애 같다는 느낌이 들었다.

신 따위에, 보고 있는 이쪽이 짜증 날 만큼 평정심을 잃는 레이니까 지금은 일단 그런 것으로 해 줘도 상관없다—.

잭은 그렇게 생각하기 시작했다.

레이의 손에 들린 바늘이 콕 닿은 순간, 잭의 몸에 전류가 흐르듯 아픔이 퍼졌다.

"윽……!!"

참지 못하고 잭은 목소리를 흘렸다.

"어이, 너! 아프다고! 멍청아!"

"아파?"

평범한 인간 같은 잭의 반응에 레이는 어리둥절하여 이상하다는 표정을 지었다.

"당연하지!"

"잭이라면 아무렇지도 않을 줄 알았어."

"너 바보냐! 난 마조가 아니라고! 정말이지……. 신이라고 할 거면 극진히 대해!"

신이라는 말을 듣고 이쪽은 당황했는데 이 녀석은 뭐야. 이쪽을 전혀 생각하지 않는 레이를 보고 잭은 무심코 화냈다.

—신······.

"응, 알겠어······!"
잭이 그렇게 내뱉자 레이는 기쁨을 나타내며 크게 고개를 끄덕였다.
"······저기, 잭."
"왜."
"이 화상은······ 안 아파?"
상처를 꿰매기 위해 푼 붕대 안쪽에는 방금 입은 듯한, 보기만 해도 애처로운 화상 자국이 남아 있었다. 레이는 깨지기 쉬운 물건을 다루듯 살며시 그 자국을 만졌다.
"······아? 이건, 딱히······ 이젠 안 아파."
그렇다기보다 만지는 것 정도로는 그다지 감각이 없었다. 지금 레이가 만지고 있다는 것조차 알 수 없었다. 이미 피부가 상당히 두꺼워진 상태인 것 같았다.
"그렇구나······. 그럼 계속 꿰맬게."
캐시가 쏜 총에 맞은 다음 잭이 스스로 깊이 벤 복부를 레이는 전에 없이 정중하게 꿰매 갔다. 그러고 보니 항상 꿰매는 것은 인형뿐이었고, 살아 있는 것을 꿰매는 것은 처음이었다.

"……끝나면 바로 갈 거니까."

간혹 따끔따끔 느껴지는 통증을 참으며 잭이 중얼거렸다. 아프지 않다고 하면 거짓말이었다. 하지만 아프다고 너무 난리 치는 것은 성인 남성으로서 꼴사나웠다. 그리고 전기의자나 가스실과 비교하면, 이런 것은 익숙해지면 아픔 축에도 들지 않았다.

"응, 이제 곧 끝나."

그리고 자그마한 레이의 손이 상처를 깨끗하게 봉합해 가는 그 모습에 살짝 매료되어 있었다.

▲
▼

"저기, 잭은…… 아직도 여기서 나가고 싶어?"

상처를 다 꿰매고 대성당으로 향하며 레이는 나란히 걷는 잭의 얼굴을 올려다보았다. 단검을 가지고 있을 때도 생각했지만, 옆에 잭이 있으면 어째서 이렇게나 든든한 걸까. 레이는 잭의 얼굴을 올려다보고 평소처럼 고개를 끄덕였다.

"뭐? 당연한 질문 하지 마. 안 그러면 이렇게 필사적으로 행동할 리가 없잖아."

그 물음에 잭은 무심코 얼굴을 찌푸렸다.

"그래. 그럼 됐어."

"진짜 이상한 녀석이네. 말해 두는데, 내 말에 거짓말 따위— 하나도 없어!"

그 말을 듣고 레이는 고개를 숙였다.

—거짓말…….

잭은 거짓말을 싫어한다. 그것은 레이가 잭에 관해 확실히 알고 있는 단 하나의 사실이었다.

'그런데…… 나는…….'

마음이 수런수런 요동치기 시작했다. 레이는 살짝 가슴을 눌렀다.

그로부터 머지않아 두 사람은 대성당에 도착했다. 그레이의 모습은 어디에도 없었다. 잭은 태평한 표정으로 교회의 높은 천장을 올려다보았다. 마치 지상에까지 이어져 있는 것 같았다.

"……커다란 교회네……."

'잭은 여기에 처음 온 걸까……?'

하지만 그레이는 잭을 데려온 것은 자신이라고 했다.

'이 빌딩의 구조는 잘 모르겠어…….'

레이는 의문스럽게 여기면서도 잭과 마찬가지로 천장까지 늘어선 스테인드글라스를 빤히 바라보았다. 이렇게 훌륭한 교회가 빌딩 안에 있다니 신기했다.

생각에 잠긴 듯한, 혹은 넋을 잃은 듯한 표정으로 천장을 올려다보는 레이에게 잭이 말을 걸었다.

"……근데 그 녀석, 잘도 너한테 약을 줬네."

"살짝, 큰일이었어. 하지만……."

레이는 마녀재판의 자초지종을 떠올리며, 그레이와 만난 뒤로 줄곧 품고 있던 생각을 입에 담았다.

"그 사람, 아마도 잭에게는 살짝 무르지 않을까……."

그 순간 잭은 「우웨에엑.」 하고 헛구역질했다. 이 불쾌함이 무엇인지는 모른다. 하지만 그런 익숙하지 않은 말을 들으니 뭔가 정체 모를 것이 치밀어 올라와서 참을 수 없이 토하고 싶어졌다.

"잭, 더는 토하지 말아 줘……!"

레이는 안절부절못하며 그 모습을 지켜보았다.

"시끄러워. 기분 나쁜 소릴 하니까 그렇지!"

얼굴을 찌푸리고 말하면서 잭은 치미는 불쾌감을 어떻게든 삼켰다.

▲
▼

그레이에게 약을 받았던 장소에서 더 안쪽으로 걸어가니 B1으로 올라가는 엘리베이터는 맥 빠질 만큼 쉽게 발견되었다. 지금까지 거친 층과는 달리 장치 같은 것은 없었고, 문을 여는 레버를 당기면 바로 탈 수 있는 것 같았다.

"다음은 B1인가……."

B1 표기를 보고 잭은 진지하게 중얼거렸다. 바깥 경치는 볼 수 없지만 점점 지상과 가까워지고 있는 것이 피부로 느껴졌다.

엘리베이터 문 오른쪽에 B1이라고 표기된 오렌지색 버튼이 당장에라도 꺼질 듯 깜박이고 있었다. 잭은 그것을 누르고 이 이상 서로 탐색하는 것도 시간 낭비라는 것처럼 혼자 빠른 걸음으로 엘리베이터에 올라탔다.

"……응."

고개를 끄덕이긴 했지만 레이는 좀처럼 걸음을 뗄 수가 없었다. 왠지 이 엘리베이터에 타는 것이 무서워서 발이 떨어지지 않았다. 어서 지상으로 나가 잭에게 살해당하고 싶은데, 자신도 이유는 알 수 없지만 B1에 올라가는 것을 본능적으로 거부하고 있었다.

"어이, 빨리 와."

엘리베이터 안에서 짜증 난 잭의 목소리가 들려왔다.

"응……."

레이는 오싹하고 불길한 예감을 느끼면서도 잭을 따라 어슴푸
레한 엘리베이터에 올라탔다.

▲
▼

"……저기, 잭. 뭐 물어봐도 돼?"

전에 없이 편안한 분위기가 감도는 엘리베이터 안에서 레이는
입을 열었다.

"물어봐도 되냐니, 그게 뭐야. 물어보지 않으면 몰라."

잭은 레이의 머리를 가볍게 쿡 찔렀다. 이 녀석은 항상 그랬다.
늘 갑작스러웠다.

"그러네. ……잭의 화상은 어떻게 생긴 거야?"

레이는 잠시 간격을 두고 물었다. 붕대를 풀었을 때, 잭의 복부
에는 화상 자국이 생생히 남아 있었다. 그것을 본 순간부터 그
화상을 언제 어디서 입었는지 신경 쓰였다. 아니, 알고 싶었다. 잭
의 과거를.

"······그딴 걸 알아서 어쩌려고."

"딱히 어쩌진 않을 거지만······ 그냥 잭에 관해 궁금했을 뿐······."

레이는 무표정으로 중얼거렸다. 어째서 잭이 이렇게 신경 쓰이는지 알 수 없었다. 어째서 공연히 묻고 싶어지는지도.

'하지만 알고 싶어······. 잭에 관해, 알고 싶어.'

레이는 잭의 얼굴을 빤히 올려다보았다. 레이의 그 눈은 B4에서 이력서를 보고 「그 이상도 그 이하도 아니야.」라고 말했을 때의 레이와는 전혀 달랐다.

"······하나도 재미없는 이야기야."

잭은 한숨 섞인 목소리를 내며 입을 열었다. 이렇게 목숨 걸어 자신을 살려 준 지금, 레이가 궁금하다면 말해야 한다는 기분이 들었다.

"응, 딱히 재밌지 않아도 돼."

레이는 말했다. 재미있는 이야기를 원하는 것이 아니었다. 그저 공연히 잭에 관해 알고 싶을 뿐이었다.

잭은 레이에게서 눈을 돌리고 기억 속의 과거 자신을 떠올리듯 눈을 감았다. 어렸기에 모든 장면을 선명히 기억하지는 못했다. 하지만 잊을 수는 없었다.

"······어릴 때, 집에 있던 남자가 불을 붙였어. 그다지 기억나지 않지만······ 날 낳은 여자가······ 데려온 남자이지 않았을까?"

레이의 끈기에 졌다는 듯, 잭은 나직나직 이야기하기 시작했다. 모친도, 그 남자도, 이제 얼굴조차 잘 떠오르지 않았다. 다만 더럽고 최악인 어른들이라고 느꼈던 감정만큼은 분명하게 생각났다.

"불……?"

레이는 눈을 크게 떴다. 재판에서 화형에 처했던 기억이 뇌리에 되살아났다. 동시에 어쩐지 피부가 다시 뜨거워졌다.

"그래. 기억나는 건 그 녀석의 살을 물어뜯어 줬다는 것 정도야. 남자는 나를 죽일 셈이었겠지만 공교롭게도 난 좀처럼 죽지 않은 모양이라 말이지, 엄청 쫄았을 거야……? 결국 날 낳은 여자가 천으로 나를 둘둘 감아서…… 거지 같은 고아원에 돈 주고 버렸어."

이야기를 끝내고 잭은 반쯤 자학적으로 웃었다.

—언제 떠올려도 구역질이 날 만큼 끔찍한 기억이었다. 이런 일, 지금껏 누구에게도 이야기한 적 없었다.

'왜 나는 이런 얘기를 한 거지…….'

이야기하지 않아도 딱히 비난받지는 않았을 것이다. 이야기할 의무도 없었다. 하지만 잭은 레이에게 이야기한 것을 신기하게도 후회하지 않았다.

"……그렇구나."

"그런 거지. 어때, 만족했어?"

모처럼 이야기했는데 레이가 퉁명스러워 보여서 잭은 약간 불만스럽게 말하고 코를 긁었다.

"……응."

레이는 무뚝뚝하게 고개를 끄덕였다.

"뭐야, 재밌었어?"

"아니, 딱히 재밌지 않지만."

레이는 살짝 고개를 기울이며 솔직하게 대답했다. 레이에게 그것은 어느 부분을 떼 놓고 봐도 재미있는 이야기는 아니었다. 하지만 레이는 재미있는 이야기를 원한 것이 아니었다. 그저 알고 싶었을 뿐이다.

그러나 잭은 레이의 반응에 무심코 의아한 표정을 보였다.

"……뭐?!"

"하지만 화상에 관해 알았으니까 난 만족했어. 왜일까…… 잭에 관해 알고 싶었어. 그러니까 듣게 돼서 다행이야……."

믿지 못하는 것 같은 잭을 올려다보고 레이는 입꼬리만 올려 미소 지었다. 생각지도 못한 레이의 말에 잭은 깜짝 놀란 얼굴을 했다.

"진심으로 하는 소리야……?"

"……응."

"……그러냐, 그럼 알게 돼서 다행이네……."

어째서 자신을 알고 싶다고 생각하는지 전혀 이해할 수 없었다. 하지만 알게 돼서 다행이라고 생각한다면 이야기한 보람도 있었다. 잭은 혼란스러워하면서도 살짝 편안한 기분이 되었다.

▲
▼

잭의 과거를 알았다ㅡ. 레이 속에서는 이상한 만족감이 생겨나 있었다. 그리고 잭의 과거를 안 지금, 문득 자신에 관해서도 이야기해야 할 것 같아서 레이는 입을 열었다.

"……응. 있지, 잭."

"……아?"

"그게, 실은…… 나……."

"뭐야."

"나……."

하지만 갑자기 레이는 그러는 것이 무서워졌다.

ㅡ난 무슨 말을 하려는 걸까.

ㅡ잭에게 미움받을 것이 뻔한데.

손끝이 작게 떨리기 시작했다. 마치 그날 밤, 살인 현장을 봤을 때처럼 심장이 세차게 뛰어서 아팠다.

"아무것도 아니야······."

레이는 고개 숙이고 말을 흐렸다.

"어이?! 그게 뭐야!"

잭은 무심코 짜증스럽게 소리쳤다. 레이에 관해 아무것도 모른다고 해도 과언이 아니었다. 궁금하지 않다면 거짓말이었다. 그리고 자신의 과거는 거짓 없이 이야기했으니 레이에 관해 조금쯤은 알아도 되지 않나.

"무슨 말을 하려던 거야?"

"······미안해. 뭘 말하고 싶었는지 잊어버렸어······."

말을 흐린 것 때문에 잭은 확연하게 기분이 상해 있었다. 하지만 냉정하게 생각해 보면 말할 수 있을 리가 없었다. 물론 그날 일을 잊지는 않았다. 잊을 수 있다면 얼마나 좋을까. 아무것도 떠올리지 못한 채 잭에게 살해당한다면······.

레이는 모든 일에서 눈을 돌리듯 일순 눈을 감았다. 잭은 그 표정 변화를 알아차리지 못하고 가볍게 레이의 머리를 찔렀다.

"뭐?! 정신 똑바로 차려! 아직 층은 하나 남았다고. 정신 놓고 있지 마!"

평소처럼 그렇게 호통치는 잭의 목소리가 엘리베이터 안에 메아리쳤다.

"응, ……괜찮아."

레이는 파란 눈을 탁하게 흐리며 발밑으로 시선을 떨어뜨리고 힘없이 고개를 끄덕였다.

B1을 향해 엘리베이터가 움직이기 시작했다. 엘리베이터가 상승함을 따라 레이는 끔찍한 과거에 먹혀 가는 감각을 느꼈다.

'……말할 수 없어.'

—진실을, 잭에게는…… 말할 수 없다.

잭은 거짓말쟁이를 싫어하고, 신은 부정한 자를 싫어하니까.

레이의 눈에 주마등처럼 과거가 스쳤다.

—내 손이 더럽고, 줄곧 그걸 숨기고 있었다는 걸 알면…….

'분명 잭은 날 싫어하게 될 거야…….'

레이는 살짝 몸을 떨며, 붕대 틈으로 보이는 달 조각 같은 잭의 노란 눈동자를 올려다보았다. 그리고 모든 거짓말을 묻어 버리듯 소원했다.

"있지, 잭……. 여기서 나가면 날 죽여 줘."

"어이, 몇 번이고 말하지 않아도 알고 있어."

잭은 질렸다는 얼굴로 대꾸하고 레이를 내려다보았다. 그 표정
은 어딘가 자상했다.

—잭에게 미움받고 싶지 않다. 어째서 이다지도 그렇게 생각하
는지 알 수 없었다.

하지만 그 감정은 지금 레이의 마음 전체를 지배하고 있었다.
레이는 넌더리가 날 만큼 더러워진 손바닥을 꽉 움켜쥐고 세계의
끝을 비추는 그 파란 눈으로, 앞을 보는 잭을 다시 한번 올려다
보았다.

그 옆얼굴이 왠지 멀어서 레이는 막연히, 이제— 예전의 두 사
람으로는 되돌아갈 수 없다고 느꼈다. 하지만 그것을 슬프다고 여
기고 있음은 깨닫지 못했다.

그저 모든 것이 알려지기 전에 잭에게 살해당하는 것만을 바라
고 있었다.

다음 권에 계속

EDDIE'S MEMORY

"다녀왔습니다."

평소처럼 묘지 청소를 끝내고 집에 돌아온 나는 살짝 두근거리는 마음으로 현관을 열었다. 오늘은 크리스마스였다. 열 살이나됐으니 산타클로스가 오지 않는다는 것쯤은 알았다.

'그래도 오늘 밤은 분명 선물을 받을 수 있어!'

매년 크리스마스에는 가족끼리 조촐한 파티를 열었다. 케이크를먹은 다음, 부모님은 늘 내가 원하는 것을 하나 선물해 주었다.

희미한 기대가 가슴속에서 뛰놀았다.

"아아아아아아악―!"

하지만 그 기대는 눈 깜짝할 사이에 산산이 부서졌다.

거실에서 들려온 것은 즐거운 크리스마스 송이 아니라, 귀를 막고 싶어지는 형의 괴성이었다. 어릴 때부터 정신 상태가 조금 이상했던 형은 몇 달 전부터 급격히 미치기 시작했다.

학교에도 가지 않고 매일 집에 틀어박혀서 자거나, 게임을 하거나, 때때로 이렇게 미쳐 버린 자신을 과시하듯 괴성을 질렀다.

"용서 못 해, 용서 못 해, 절대로 용서 못 해, 아아아아아아악―!"

공허한 눈으로 누군가를 향한 원망을 병적일 만큼 중얼거리며 형은 힘이 다할 때까지 계속 괴성을 질렀다. 분명 오늘 밤도 아침까지 그치지 않을 것이다.

나는 분노를 느끼면서 거실에 발을 들였다. 거실은 엉망진창이라 파티를 할 만한 분위기가 아니었다.

"아아아아아아아악—!"

낙담하며 괴성이 나는 곳으로 시선을 돌린 순간, 너무나도 끔찍한 광경이 날아들어서 내 심장은 멎을 뻔했다.

'너무해……!'

형이 괴성을 지르면서, 창가에 매달린 새장을 샌드백처럼 수없이 때리고 있었기 때문이다.

그 새장에는 작은 새 한 마리를 기르고 있었다. 흔들리는 새장 속에서 새는 삐이삐이 울고 있었다. 하지만 그것은 평상시의 귀여운 울음소리가 아니었다. 공포에 질린 나머지 내고 있는 소리임은 싫어도 알 수 있었다.

나는 새가 지저귀는 소리를 좋아했다. 내가 집에 돌아오면 모이를 달라고 삐이삐이 울었다. 그 목소리를 듣고 있으면 나라는 존재가 필요한 것 같아서 기뻤다.

"시끄러워, 울지 마!"

하지만 새의 울음소리에 더욱 화가 난 형은 새가 든 새장을 집요하리만큼 계속 바닥에 내동댕이쳤다.

―그만해, 그만해!

나는 마음속으로 수없이 외쳤다. 하지만 형은 그만두려고 하지 않았다. 머지않아 새는 목뼈가 부러져서 죽어 버렸다.

"빨리 눈앞에서 사라져, 보고 싶지 않아."

새가 죽었음을 알자 형은 손으로 얼굴을 덮고 울기 시작했다.

"알겠어."

그 모습에 아연해 하면서도 나는 고개를 끄덕이고, 다시는 지저귀지 않을 새를 새장에서 꺼내 양 손바닥 위에 올렸다. 아직 희미하게 따뜻했다. 조금 전까지 살아 있었으니 당연했다. 나를 향해 새가 귀엽게 지저귀는 모습을 떠올리자 분해서 눈물이 주르륵 흘렀다.

'아아…… 어쩜 이렇게 심한 짓을…….'

이 새는 형만의 것이 아닌데 멋대로 죽이다니.

나는 분노와 슬픔에 떨며, 그 작은 몸을 따뜻하게 품듯 양손으로 감싸서 묘지로 돌아갔다.

한밤중 묘지는 무서우리만큼 잠잠하여 마치 사후 세계 같았다.

토한 숨이 하얗게 변할 정도로 얼어붙은 하늘 아래, 해가 뜨기 시작할 때까지 나는 무덤을 만들었고, 완성되었을 무렵에는 완전히 차가워져 버린 새의 몸을 묻었다.

―하지만 왜일까……. 그때, 늘 느꼈던 것처럼 **마지막은 내 것**이

라는 기쁨을 얻을 수는 없었다.

▲
▼

　그 소녀와 만난 것은 그로부터 1년 후였다.

　밤이 되려 하는 하늘에는 앞으로 며칠이면 가득 찰 달이 반짝이기 시작하고 있었다.

　어둑한 묘지에서 넝마 같은 하얀 원피스를 걸친 소녀가 신발도 신지 않고 헤매는 모습은 흡사 유령처럼도 보였다. 하지만 죽은 자의 장소를 관리하는 집안에서 태어난 탓에 그런 종류는 자주 보았다. 분명하게 보이는 것은 아니지만, 갑자기 시야를 차단하거나 기척을 느끼는 일은 일상적이었다.

　그래서 소녀가 유령이 아니라 살아 있는 인간이라는 것을 나는 알 수 있었다. 그러나 이런 밤중 묘지에 소녀가 혼자 있는 것은 어떻게 생각해도 이상했다.

　'어딘가에서 도망치기라도 한 걸까……?'

　"이런 데서 무슨 일이야?"

　나는 묘지 청소를 중단하고 살며시 속삭이듯 소녀에게 말을 걸었다. 내 쪽으로 빙 뒤돈 소녀는 맑고 아름다운 갈색 눈을 가지고 있었다.

하지만 그 얼굴은 창백했고, 뺨도 홀쭉했으며, 온몸이 심하게 야윈 것처럼 보였다. 뼈가 튀어나온 양발에는 붕대가 감겨 있고, 얼굴과 팔에는 무수한 멍이 애처롭게 남아 있었다. 넘어져서 생길 만한 멍이 아니었다. 누군가 상처 입힌 흔적이라고 생각하는 편이 자연스러웠다.

그러나 그런 꾀죄죄한 차림을 하고 있어도 소녀는 매우 가련했다.

"미아가, 됐어."

가냘픈 목소리로 소녀는 말했다.

소녀의 목소리를 듣고, 태어난 뒤로 움직이는지 멈췄는지도 알 수 없었던 심장이 두근거리며 크게 뛰는 것을 느꼈다. 그렇다……. 그때 내 마음은 방금 막 만난 소녀에게 눈 깜짝할 사이에 빠져 버린 상태였다.

소녀의 목소리는 내가 아끼던 새소리와 아주 비슷했다.

'좀 더 이 애의 목소리를 듣고 싶어…….'

그렇게 바라며 나는 소녀의 얼굴을 들여다보고 물었다.

"미아?"

"응, 돌아가야 하는데."

소녀는 살짝 눈물을 글썽이며 대답하고서 휙 시선을 돌렸다. 어딘가를 보는 것도 아닌 그 겁먹은 표정은 이 세계의 모든 것을 두려워하는 것처럼 보였다.

나는 소녀의 마음속에 있는 두려움을 없애고자 폴짝 뛰어 보였다.

"있지, 혹시 우는 거야? 만약 뭔가 고민이 있다면 들어 줄게. 우리, 나이도 비슷할 것 같고."

그렇게 말은 했지만 어쩌면 소녀가 몇 살 위였을지도 모른다. 자세히 보니 키는 나보다 소녀 쪽이 10센티미터쯤 컸다.

"아니야, 고민 같은 거 없어. 눈에 먼지가 들어가서 그래."

소녀는 눈물을 묻어 버리듯 몇 번 눈을 깜박인 후, 고개를 작게 휘휘 가로저었다.

"그보다 그 복면, 정말 재밌다. 마치 할로윈 같아."

그리고 마대로 만든 내 복면을 가리키더니 즐겁게 쿡쿡 웃기 시작했다. 그 사랑스러운 소녀의 웃음소리에 더더욱 심장 안쪽이 뜨거워지는 것을 느꼈다. 동시에 굉장히 부끄러워져서 나는 순간적으로 얼버무렸다.

"이, 이건…… 묘지기 집안의 관습이라……!"

천성적으로 구불구불한 빨간 머리와 뺨 가득 퍼진 주근깨가 어릴 때부터 싫었다. 학교에서는 여자 같다며 놀림당했다. 그래서 묘지에서 작업할 때는 누군가에게 비웃음받지 않도록 항상 이 마대를 쓰고 있었다.

"어머, 그래? 묘지기 집안의 관습이라니?"

소녀는 의아한 얼굴로 고개를 갸웃하고서 마대 속에 숨은 내 눈을 지그시 바라보았다. 마치 진짜 모습을 꿰뚫어 보고 있는 것처럼 시선이 딱 마주쳤다.

"어, 그게, 여긴 우리 집이 경영하는 묘지야. 나는 늘 여기서 청소하고."

이런 걸 방금 막 만난 소녀에게 설명할 필요는 분명 없었다. 하지만 소녀와 좀 더 이렇게 이야기하고 싶었다. 그 마음이 내 입을 움직였다.

"와, 그랬구나. 무덤은 무섭다고 생각했는데 여긴 깨끗하고 마음이 차분해져. 네가 매일 깨끗하게 청소하고 있기 때문이었구나."

주변을 둘러보며 소녀가 말했다. 아무리 열심히 묘지를 정비해도 이렇게 누군가에게 칭찬받은 적 따위 없었다. 그런데 그 단 한마디를 듣자 지금까지 했던 노력이 전부 보답받은 기분이 들었다.

말을 나눌 때마다 소녀의 표정이 점점 부드러워졌다. 나는 소녀를 더욱 즐겁게 해 주려고 폴짝폴짝 뛰면서 말했다.

"무덤은 전혀 무섭지 않아! 나는 무덤을 보고 있는 게 좋아."

묘비에는 여러 디자인이 있고, 각기 장식된 꽃도, 공양된 물건도, 새겨진 이름도 다들 달랐다. 그래서 이 세상에는 무엇 하나 똑같은 무덤은 없었다. 때때로 묘비를 바라보고 있으면 그 돌 밑

에 잠든 사람이 어떤 인물이고, 어떻게 태어나 살고 죽어 갔는지, 막연하게 전해질 때가 있었다.

"그러네. 이 묘지를 보고 있으면 그런 생각이 들어. 그래서 잘못 들어와 버린 걸까."

근심 어린 표정으로 소녀는 고개를 끄덕였다. 그 애달픈 옆얼굴을 바라보며 나는 신경 쓰이던 점을 물었다.

"……그보다 넌 어디서 왔어?"

"……옆, 마을. 심부름 왔다가 길을 잃었어."

잠시간의 정적 후, 소녀는 확연하게 어두운 목소리가 되어 대답했다. 목소리 톤으로 그것이 소녀의 거짓말임을 알았다. 분명 처음 만난 내게 사실을 이야기하고 싶지 않았을 것이다.

조금 슬펐지만 어쩔 수 없었다. 누구든 아무에게도 알리고 싶지 않은 것 정도는 있는 게 보통이었다. 나는 마침 소녀의 발밑에 우뚝 솟은, 내가 만들어 준 동물들의 무덤을 바라보며 고개 숙인 소녀에게 물어보았다.

"미아인가……. 벌써 밤도 늦었는데 옆 마을까지 혼자 돌아갈 수 있어?"

소녀는 고개를 끄덕이고 생긋 웃었다.

"응, 괜찮아. 하지만 조금만 더 얘기하고 싶어. 맞다! 네 이름이 궁금해. 알려 줄래?"

"난 에드워드 메이슨. 다들 에디라고 불러!"

"멋진 이름이다! 저기, 나도 에디라고 불러도 돼?"

소녀는 나를 흉내 내듯, 프릴이 달린 흰 원피스를 밤바람에 펄럭이며 폴짝 뛰었다.

"무, 물론이야!"

스스로도 야단스럽다고 생각할 만큼 나는 끄덕끄덕 크게 고개를 움직였다.

"기뻐! 고마워, 에디."

소녀가 그렇게 부르자 얼굴이 새빨갛게 물드는 것이 피부로 느껴졌다. 이름을 불렸을 뿐인데 왜 이렇게나 가슴이 뛰는 걸까. 그 이유를 나는 아직 몰랐다.

"저기, 내일 또 여기 와도 돼?"

매일 아침이 올 때마다 하늘은 시시각각 밤이 될 준비를 시작한다. 그것은 태어나면 반드시 죽음이 찾아오는 것과 매우 비슷했다.

그리고 그렇게 물어보는 소녀의 눈동자에서는 세계가 밤이 되기를 진심으로 바라는 것이 전해졌다.

"응, 기다릴게!"

"그럼 약속이야."

소녀는 미소 짓고 내 눈앞에 새끼손가락을 슬쩍 내밀었다. 그것은 뼈에 얇은 피부가 덮여 있을 뿐인, 당장에라도 부러져 버릴 듯한 가느다란 손가락이었다.

"약속."

나는 끼고 있던 장갑을 벗고 그 가느다란 손가락에 자신의 새끼손가락을 살짝 감았다. 상처 입은 소녀의 손가락에서는 소녀가 살아 있음을 증명하듯 희미한 온기가 전해졌다.

'얼른 그 애를 또 만나고 싶어⋯⋯!'

소녀와 헤어진 뒤, 내 마음에는 바로 그런 생각이 흘러넘쳤다. 오늘 처음 만났다고는 생각할 수 없었다. 나는 훨씬 전부터 소녀를 알고 있었던 것 같은 기분을 느끼고 있었다.

자연스럽게 폴짝폴짝 뛰며, 12월의 차가운 바람이 몰아치는 귀갓길을 나아갔다.

하늘을 올려다보니 아직 가득 차지 않은 달이 내 등을 어디까지나 쫓아오고 있었다.

"⋯⋯이름, 못 물어봤네."

나는 달을 올려다보며 나직이 중얼거렸다. 하지만 사실은 물어보지 않았다고 하는 편이 옳았다. 소녀는 자신에 관해 그다지 이야기하고 싶지 않은 기색이었으니까.

「저기, 내일 또 여기 와도 돼?」

하지만 소녀는 헤어질 때 그렇게 물었다. 그러니 이름 따위 몰라도, 분명 내일도 그 소녀를 만날 수 있다. 그렇게 생각하자 마음이 견딜 수 없이 들떴다. 더욱 이야기하고 싶었다. 더욱더, 새가 지저귀는 듯한 소녀의 그 목소리를 듣고 싶었다.

'그 애를 알고 싶어⋯⋯.'

더욱, 더욱―.

"아아아아아아악―!"

달과 술래잡기하며 집에 돌아오니 거실에서 1년 전과 비슷한 괴성이 들려왔다. 아마도 또 형의 정서가 불안정해졌을 것이다. 이래서야 모처럼 즐거운 기분이 엉망이다.

"하아⋯⋯."

나는 한숨을 쉬고 현관문을 열려던 손을 멈췄다.

아직 형이 이렇게 되기 전에 우리 집에서는 여러 종류의 생물을 키웠었다. 생물들은 어느 아이든지 가족 중에서 나를 가장 잘 따랐다. 내가 먹이를 주거나 놀아 주거나 산책시킬 때가 많았으니 당연했다.

그렇다고 생물이 내 것이 되지는 않았다. 가족 모두의 것이었다. 하지만 그걸로 좋았다. 왜냐하면 생물은 물건처럼 물려주는 일이 없었다.

하지만 어느 날, 귀여워하던 햄스터가 죽어 버렸다.

생물은 언젠가 죽어 버린다. 무덤을 매일 보고 있으므로 그런 것은 알고 있었다.

그러나 무덤에 잠들어 있는 사람은 이미 죽어 버린 사람들이었기에, 살아 있지 않은 것에 위화감을 느낀 적은 없었다.

하지만 그때 나는 당연하게 살아 있던 것이 언젠가 죽어 버린다는 것을, 그리고 다시는 살아 돌아오지 않는다는 것을, 몹시 슬프다고 생각했다.

술렁이는 마음을 가라앉히며 나는 그날 밤, 햄스터에게 딱 맞는 크기의 구멍을 파고 딱 맞는 묘석을 찾아서 비바람에도 지지 않을 만한 튼튼한 무덤을 만들었고, 그 묘석에 어울릴 예쁜 꽃을 따러 갔다.

그리고 마지막으로 그 아이를 무덤에 묻은 후, 따 온 꽃을 공양했을 때였다. 문득 나는 생각했다.

—아아, 이 아이는 내 거야.

내가 마지막으로, 사랑하는 이 아이의 무덤을 만들어서 묻어줬어.

그러니 이 아이는……, 마지막을 만들어 준 내 거야!

그런 생각이 들었을 때, 기뻤다. 처음으로 나만의 것이 생겼기 때문이다.

그 이후로 생물이 죽어서 매장할 때마다 나는 더더욱 강하게 그런 느낌을 받게 되었다. 마지막을 만들어 준 이 아이는 **내 것**이라고.

나는 죽어 버린 아이들을 위해 더욱 멋진 무덤을 만들어 주고자 공부 삼아 여러 무덤을 보러 다녔다. 가끔은 어떤 구조인지 궁금해서 몰래 무덤을 열어 파헤친 적도 있었다.

그런 일을 반복하는 사이에, 왜일까…… 나는 언제부터인가 생물들의 **죽음을 고대하게** 되었다. 사랑하는 생물들이 내가 만든 무덤 속에서 잠들어 영원히 나의 것이 된다. 그것은 심장이 떨릴 만큼 기쁜 일이었다.

하지만— 그날, 형이 죽인 새만큼은 이미 **빼앗긴** 것이었다.

'누군가에게 마지막을 빼앗겼기에 내 것은 되지 않아…….'

1년 전 그날 새를 매장한 후, 나는 확실히 그렇게 깨달았다.

▲
▼

밤이 깊어지는 가운데, 나는 묘지로 되돌아갔다. 형이 계속 발광 중인 집에 돌아갈 바에야 밤새 묘지를 청소하는 편이 얼마간 기분 좋았다. 그리고 소녀가 제대로 집에 돌아갔는지도 신경 쓰였다.

한밤중 쥐 죽은 듯 고요한 묘지 안을 걷고 있으니 왜일까, 마치 이끌린 것처럼 나는 자연스럽게 새를 묻은 무덤 앞에 도착했다.

그리고 그 무덤 앞에 서니 새가 배고파 먹이를 조르던 귀여운 울음소리가 들리는 것 같았다.

—삐이삐이…….

그 슬픈 환청이 들릴 때마다 내 마음에는 1년 전의 분노가 부글부글 솟아났다.

'가엾게도……. 이 아이는 내 것이 될 터였는데…….'

형이 저지른 죄를 용서하는 날은 영원히 오지 않으리라.

—아아…… 이렇게 될 거였으면 형한테 당하기 전에 내가 죽여

줬어야 했는데…… 아프지 않도록 상냥하게 죽여 줬어야 했는데.

나는 그날의 형을 원망하며 새가 잠든 무덤에 합장하고 눈을 감았다.

그때였다. 바로 근처에서 새액…… 새액…… 사랑스러운 숨소리가 들렸다.

'……혹시.'

그 순간 고조되는 기분을 억누르며 나는 그 작은 숨소리의 정체를 찾았다. 소리를 더듬어 가니, 몇 달 전 키우던 고양이를 묻은 무덤 뒤편에서 들리는 것 같았다. 나는 천천히 무덤 뒤편을 들여다보았다.

그러자 그곳에 역시 그 소녀가 자고 있었다. 마치 죽은 듯이 매우 편안하고 예쁜 얼굴이었다. 혈색 나쁜 작은 입술에서는 정기적으로 하얀 숨이 흘러나왔다.

'역시 돌아갈 곳이 없는 걸까……'

아니면 걷다 지쳐 여기서 잠들어 버린 걸까. 어느 쪽이든 이렇게 추운 날씨에 밖에서 자면 얼어 죽을 것이다.

'잠잘 곳을 만들어 줘야겠어……'

나는 창고로 달려가 두꺼운 모포를 가지고 돌아와서 그것으로 소녀의 몸을 살며시 감쌌다. 소녀의 몸은 깜짝 놀랄 만큼 가늘었다. 그리고 마치 죽은 뒤처럼 싸늘해져 있었다. 나는 얼음같이 차가워진 소녀의 손을 따뜻하게 품듯 상냥하게 쥐었다.

　그러자 소녀가 천사처럼 빙그레 미소 지은 것 같았다.

▲
▼

　다음 날, 소녀는 어제와 마찬가지로 묘지 안을 방황하고 있었다.

　해 질 녘 하늘에는 우중충한 회색 구름이 펼쳐져 있었다. 비가 내릴 듯한 냄새를 맡으며 나는 소녀에게 달려갔다. 우울하게 고개 숙이고 있던 소녀의 표정은 날 보자마자 환하게 밝아졌다.

　"있지, 이거 줄게!"

　나는 학교에서 돌아오는 길에 산 초콜릿과 우유를 소녀에게 건넸다.

　"나 주려고 사 온 거야? 기뻐. 나, 초콜릿 정말 좋아해."

　소녀는 눈을 동그랗게 뜨고 감탄했다.

　"괜찮으면 내 것도 줄게!"

　"아니야, 이걸로 충분해. 난 많이 못 먹으니까……. 고마워, 에디."

　작은 새가 모이를 쪼듯 초콜릿을 먹으며 소녀는 눈을 가늘게 좁혔다. 그것은 굉장히 의미심장한 말이었다. 하지만 나는 소녀에게 무언가를 물어보지는 않았다.

—분명 때가 되면 소녀가 말해 줄 것이다. 그 **때**를 기다리자고 생각했다.

"아, 맞다. 널 위해 만들고 싶은 게 있어!"

"······날 위해?"

"응, 그러니까 네 이름을 가르쳐 줘! 네 이름을 새기고 싶어."

어제 소녀의 자는 얼굴을 보며 생각했다. —내가 따뜻한 잠들 곳을 만들어 줘야 한다고.

완성하면 분명 소녀는 초콜릿을 받았을 때보다도 훨씬 기뻐해 줄 것이다. 하지만 소녀는 내 말에 당황한 표정을 짓더니 어둠 속으로 떨어지듯 고개를 숙였다.

회색 구름에 뒤덮인 하늘에서 눈물 같은 빗방울이 뚝 떨어졌다. 몹시 차가운 비였다.

"······미안해. 내 이름은······ 잊어버렸어."

그리고 잠시 침묵한 후, 작은 빗방울이 묘비를 적시는 가운데, 소녀는 이야기하기 시작했다.

"어? 정말······?"

"······미안해. 거짓말했어. 사실은 잊어버리지 않았어. 하지만······ 아무것도 떠올리고 싶지 않아. 이름도, 이것저것 전부······. 그러니까, 잊어버린 걸로 하면 안 될까?"

"이름을, 잊어버리고 싶어……?"

나는 물었다. 뚝, 뚝, 빗방울이 점점 굵어졌다. 하지만 비에 젖어도 딱히 상관없었다.

"응……. 그리고 이미 몇 년이나 아무도 이름을 불러 주지 않았으니까……. 그러니 새삼 이름을 불려도 이젠 내 게 아닌 것 같아서……."

아아, 이게 어찌 된 일일까. 소녀의 그 고백은 내 마음을 더더욱 앗아 갔다.

"……우린 닮았구나!"

그렇게 느꼈기 때문이다.

"왜 그렇게 생각해?"

"나도 내 것이 없어."

"그래?"

"응. 나한테는 형이랑 남동생이 있어서 항상 형한테 물려받기만 하고, 내 건 전부 동생한테 줘야 해. 그래서 무엇 하나 내 것은 되지 않아."

이런 말을 털어놓는 것은 처음이었다. 나는 소녀가 나에 관해 알아주길 원했던 것일지도 모른다. 하지만 왜 그렇게 생각했는지 나는 아직 알지 못했다.

소녀는 동그란 유리구슬이 박힌 듯한 갈색 눈을 깜빡였다.

"그렇구나……. 우린 정말로 닮았네. 나한테도 남동생이 있어.

동생은 여러 선물을 받고 맛있는 밥도 먹지만, 나는······."

소녀는 무언가를 말하려다 말았다.

"······혹시 집에서 학대받는 거야?"

참지 못하고 물어본 순간, 소녀의 눈 색이 바뀌었다.

"아, 아니야. 그렇지 않아. 그보다 에디가 날 위해 만들어 주고 싶다는 게 뭐야?"

하지만 소녀는 아무 일도 없었던 것처럼 이야기를 되돌렸다. 그러나 괴로운 일을 억지로 이야기할 필요는 없었다.

"그건 완성될 때까지 비밀이야!"

나는 일어나 폴짝 뛰었다. 이렇게 하면 소녀의 표정이 부드럽게 풀렸다.

"와아, 기대된다! 나 있지, 여기 오면 마음이 무척 차분해져. 너무 편안해서 어제는 나도 모르게 잠들어 버렸나 봐······. 혹시 에디가 모포를 덮어 준 거야?"

"응, 맞아! 밤에는 쌀쌀하니까 그대로 자면 죽을 것 같았거든."

"그러네······. 미안해. 나는 가끔 줄곧 꿈속에 있고 싶을 때가 있어. 꿈속에는 슬픈 일 따위 없으니까. 하지만 여기 오면 마치 꿈속 같아서 즐거워!"

―죽고 싶다.

혹은 쭉 잠든 채로 있고 싶다. 그때 내게는 소녀가 그렇게 말하는 것처럼 들렸다.

"나도 여기가 제일 편해. 그리고 여기엔 내 소중한 것들이 잔뜩 잠들어 있으니까……. 그러니까 너도 언제든 여기 와서 자도 돼!"

나는 마대 속에서 생긋 웃었다.

"고마워. 에디랑 만나서 다행이야. 내일도 여기 와도 돼?"

"물론이야! 난 언제나 여기 있어."

"다행이다. 그럼 비 내리기 시작했으니 돌아갈게. 내일 또 에디를 만나러 여기 올 테니까, 약속!"

"응!"

내가 고개를 끄덕이자 소녀는 손을 흔들고 묘지 안쪽으로 달려갔다. 묘지 안쪽은 숲으로 이어져 있었다. 그것은 소녀가 더는 집으로 돌아갈 수 없음을 시사하고 있는 것 같았다.

분명 나와 만난 그 날, 소녀는 스스로 미아가 되었으리라.

—영원한 미아가.

그날 한밤중, 나는 또 묘지로 나갔다.

쥐 죽은 듯 고요한 묘지 중앙에서는 어제와 비슷한 색색거리는 숨소리가 들려왔다. 목소리 쪽으로 나아가니 역시 소녀는 어제와 똑같은 장소, 고양이를 묻은 무덤 뒤에서 잠들어 있었다. 계속 꿈을 꾸고 싶다는 소녀의 말이 내 귀에 메아리쳤다.

나는 차가워진 소녀의 몸에 살며시 모포를 덮었다.

—이대로 죽어 버리면 내 것은 되지 않으니까…….

소녀가 어디서 왔는지 나는 모른다. 이름도, 몇 살인지도, 아무것도 몰랐다. 하지만 소녀의 흰 피부에 퍼진 멍은, 누군가— 아마 가족에게 맞아서 생겼으리라.

만약 소녀가 무사히 집에 돌아가더라도 분명 언젠가 살해당할 것이다. 그리고— 내가 모르는 무덤에 들어간다.

'그런 건 절대로 싫어…….'

소녀도 그런 것은 바라지 않을 터였다.

시린 밤중에 나는 소녀를 위해 무덤을 만들기 시작했다. 소녀가 이 세상에서 가장 안심하고 잘 수 있는 최고의 장소가 되도록.

▲
▼

"있지, 이 작은 무덤은 뭐야?"

다음 날, 소녀는 약속대로 묘지에 나타났다. 그리고 소녀가 늘 자는 장소에 있는 작은 묘석을 가리키며 물었다.

"이건 기르던 고양이의 무덤이야."

나는 살짝 미소 지었다. 어젯밤은 자는 것도 잊고 계속 무덤을 만들었다. 하지만 어째서일까. 한숨도 못 잤는데 이상하리만큼 졸리지는 않았다.

"고양이를 길렀어……?"

소녀는 사랑스럽게 고개를 갸웃했다.

"……응. 하지만 병으로 죽어 버렸어."

잠긴 목소리로 나는 대답했다.

몇 달 전 일이다. 귀여워하던 고양이의 용태가 갑자기 악화했다. 고양이는 매일 몹시 괴로워 보였고, 점차 먹이도 먹지 않게 되었다. 병원에 데려가니 의사 선생님은 차가운 눈으로 병은 이제 고칠 수 없다고 했다.

"병, 고칠 수 없대……."

집에 돌아와 가족에게 그렇게 보고하자 엄마는 내 무릎 위에서 지쳐 잠든 고양이를 쓰다듬으며 말했다.

"이대로는 불쌍하구나……. 마지막은……, 안락사시키는 게 어떨까."

—마지막…….

어릴 때부터 줄곧 귀여워했는데 또 누군가 죽여 버린다. 그러면 사랑하는 이 아이는 더 이상 내 것은 되지 않는다.

'……그런 건 절대로 싫어…….'

그래서 그날 밤, 나는 힘들게 숨을 몰아쉬는 고양이를 안고 뒷마당으로 데려가서 내 손으로 최후를 빼앗았다.

그리고 마침내 고통에서 풀려나 편안히 잠든 고양이를 끌어안고 묘지로 향했다.

그 후 평소처럼 무덤을 만들고 그 몸을 묻어 주었을 때…… 나는 슬픔과 동시에 심장이 떨리는 기쁨을 느꼈다.

사랑하는 고양이의 모든 것이 **내 것**이 되었기 때문이다.

"그렇구나……. 에디…… 나 있지, 사실은 집에서 도망쳤어……. 널 만난 뒤로 줄곧 집에 돌아가지 않았어."

내가 최후를 빼앗은 고양이의 무덤을 바라보며 소녀는 떨리는 목소리로 이야기하기 시작했다.

아아, 마침내 이때가 왔다고 나는 생각했다.

그것이 기쁘기도 했고 슬프기도 했다. 왜냐하면 그것은 이제 소녀와 이렇게 이야기할 수 없게 됨을 의미했기 때문이다.

"집에 돌아가기 싫어……?"

점차 눈물이 차오르는 소녀의 눈을 나는 지그시 바라보았다.

"응. 나…… 집에서는 없는 것 취급이야. 벌써 며칠이나 밥도 못 먹었어."

아아— 역시 그랬다. 소녀는 가족에게 살해당하려 하고 있었다.

새장 속에서 저항도 하지 못하고 형이 휘두르는 폭력을 계속 당하던 새처럼.

그리고 그날, 소녀는 분명 필사적으로 비참한 새장 속에서 뛰쳐나왔을 것이 틀림없다. 나는 그렇게 생각했다.

"없는 것 취급?"

"응, 동생이 태어나서 나는 필요 없어졌어……."

"어째서?"

"나는…… 친자식이 아니니까. 부모님이 돌아가시고 고모네 집에 맡겨졌어. 고모는 아이가 없어서 처음에는 무척 귀여워해 주셨어. 마치 친자식처럼. 하지만 진짜 아이가 태어나고 나는 필요 없어졌어……."

"너무해. 그런 거, 너무해!"

"그렇지. 하지만 난……, 다시 한번 사랑받으려고 노력했어. 하지만 전부 통하지 않았어. 고모는 내 목소리를 듣기만 해도 혐오감이 든다고……. 그래서 내가 말할 때마다 때려. 너 같은 건 맡지 말았어야 했다고. 이름도 불러 주지 않게 됐어. 마치 다른 사람처럼 변했어. 그래서 이제 나한테는 돌아갈 곳 따위 없어……!"

슬픈 말을 자아내며 흐느끼는 소녀는 그날 밤의 고양이처럼 살아 있는 것만으로도 몹시 괴로워 보였다.

"그럼…… 나, 알고 있어. 네가 행복해질 수 있는 곳."

나는 말했다.

언제 누군가에게 빼앗길지 모르고, 기다려 봤자 내 것이 되리라고 장담할 수는 없다.

형이 새를 죽였을 때, 그리고 고양이를 묻었을 때 나는 깨달았다. 내 것으로 만들고 싶다면 당장 최후를 빼앗고 무덤을 만들어 줘야 한다고.

—빼앗긴 뒤에는 늦으니까.

그 사실을 알아차린 뒤로 나는 원하는 것을 발견할 때마다 이 세상에서 매장하여 무덤을 만들고 묻었다. 기르던 고양이를 죽인 후로는 그런 일을 되풀이하고 있었다.

그렇게 하면 발견한 순간부터 마지막까지 내 것이었고, 물려줄 일도 없고, 무덤이 있는 한 그것은 쭉 내 것이 되었다.

소녀와 만난 순간, 나는 소녀에게 빠졌다. 그 목소리에, 그 모든 것에. 좀 더 소녀와 이야기하고 싶었다. 내일도 모레도 소녀의 목소리를 듣고 싶었다. 하지만 그래선 소녀는 영원히 행복해질 수 없다. 게다가 **내 것**도 되지 않는다.

그리고 나는 소녀를 불행한 세계에서 해방해 주고 싶었다.

"······어?"

"그곳에 데려가 줄게. 그러면 집에 돌아가지 않아도 되지?"

"응······, 그런 곳이 있다면."

마지막 희망에 매달리듯 내 눈을 똑바로 바라보며 소녀는 고개를 끄덕였다. 그때 소녀의 눈동자는 섬뜩할 정도로 커다란 보름달을 비추고 있었다.

'좀 더 얘기하고 싶었어.'

좀 더, 소녀가 웃는 얼굴을 보고 싶었다.

하지만 그보다 더, 나는 누구에게도 이 아이를 빼앗기고 싶지 않아—.

'그러니까······ 빼앗긴 다음에는, 늦어······!'

나는 늘 무덤구덩이를 파는 데 쓰는 커다란 삽을 소녀의 머리 위로 치켜들었다.

"그럼······ 지금 당장 데려가 줄게. 새롭게 잠들 곳으로."

그리고 나는 휘황하게 빛나는 보름달 아래에서 소녀의 최후를 빼앗았다. 그때 나를 바라보던 소녀의 얼굴은 잘 기억나지 않는다. 하지만 분명 절망한 표정 따위 짓지 않았을 것이다.

그 후 나는 모든 불행에서 풀려난 소녀를 안아 올리고 마을이 내려다보이는 묘지 언덕으로 옮겼다.

"자, 여기야."

눈앞에는 소녀를 위해 만든 반짝반짝 빛나는 무덤이 우뚝 솟아 있었다. 어제 급하게 완성한 그 무덤은 가련한 소녀에게 어울리는 최고의 잠들 곳이었다.

나는 살며시 소녀를 내려서 부드러운 흙 속에 그 시체를 눕혔다.

―멋진 장소를 마련해 줘서 고마워, 에디.

소녀가 지금 깨어난다면 예쁘게 웃는 얼굴로 분명 그렇게 말해 주리라.

돌아가는 길, 밤하늘에서 굵은 눈송이가 내리기 시작했다. 그 것은 마치 소녀의 무덤에 공양한 흰 꽃의 꽃잎이 내리는 것처럼 보였다.

'맞아, 내일은 크리스마스야……'

분명 올해도 크리스마스 선물은 받지 못할 것이다. 받더라도 언젠가 내 것이 아니게 된다. 하지만 크리스마스 선물은 이제 필요 없었다. 가장 원하던 것은 내 것이 되었으니까.

소녀는 앞으로도 쭉 내가 만든 무덤 속에서 잠을 이어간다.

슬픔 없는 세계에서 편안하게 영원히, 행복한 꿈을 계속 꿀 것이다.

하지만 왜 이렇게나 가슴이 아픈 걸까.

문득 시야가 흐려졌고 그때의 비처럼 눈물이 한 방울 뺨으로 흘렀다.

"어째서……."

나는 멈춰 서서, 마치 사후 세계처럼 새하얗게 물들어 가는 밤하늘을 올려다보았다.

―삐이삐이…….

어디선가 들려오는 새의 울음소리가 귀에 메아리쳤다. 눈을 감으니 소녀가 즐겁게 웃는 목소리가 울음소리에 겹쳐 들렸다.

HER MEMORY OF CATHY

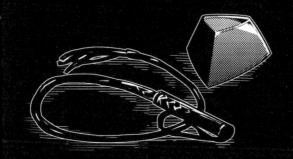

그날, **기타 등등**의 면면이 모여 축하했던 너의 생일 파티에서 돌아오는 길— 웅성거리는 역의 플랫폼에는 굵은 눈송이가 내리고 있었다. 솜 같은 눈은 마치 떠도는 영혼처럼 선로 위에 떨어져, 태어난 의미 따위 없다는 듯이 녹아 갔다. 한겨울 밤은 이렇게 네 뒤에 서 있는 것만으로도 온몸이 얼어붙을 것처럼 춥다.

술 취한 너는 치장만을 의식하여 어깨를 내놓은 경박한 복장에 독한 향수를 휘감고서, 선로에 녹아내리는 눈을 남의 일처럼 바라보고 있었다.

"그거 위험했지."

"응, 위험했어."

그렇게 너와 마찬가지로 잔뜩 취한 동료의 소란을 들으며 완전히 안심하고 있었다.

이대로 내일도 태연한 얼굴을 하고 지금까지 그랬던 것처럼 인생을 살 수 있으리라 생각하고 있었다.

영원히 이어질 듯한 허울뿐인 즐거움 속에서, 아직 익숙하지 않은 술의 힘을 빌려 「앞으로도 괜찮아, 난 잘못하지 않았어.」 하고 믿으려 하고 있었다.

하지만 너는 확실히 봤잖아.

네가 범한 죄를, 단죄하는 그녀의 눈동자를—.

그때— 그 아름다우면서도 냉혹한 눈동자 속에 비친 너는 립글로스를 처바른 입술 안쪽에 예쁘게 늘어선 이를 딱딱 부딪치고 있었다.

나는 알고 있다. 너는 그날부터 그녀의 선언을 얼버무리는 데 필사적이었다.

'—이미 늦었는데.'

너의 죄는 심판받는다.

이제 막 18세가 된 너는 불안한 발걸음으로 비틀비틀 플랫폼 가장자리를 걷고 있었다. 의미 없는 웅성거림 속에서 지금 유행 중인 시시한 노래를 흥얼거리며 태평하게 내일을 생각하고 있었다. 너는 이제 내일을 생각할 의미 따위 없는데.

인파에 섞인 내가 그 등을 가볍게 밀기만 하면 너는 처형장으로 향하는데.

선로 저편에서 고오오오오 하고 굉음을 내며 눈부신 빛과 함께 전철이 오는 것이 보였다.

나는 적당한 시기를 가늠하여, 몇 년이나 전부터 입고 있는 수수한 검은 코트에서 손가락을 뻗었다.

'캐시, 보고 있어 줘—.'

그리고 찬 날씨 속에서 하얀 숨을 토한 뒤, 스쳐 지나가는 척하며 너의 등을 밀었다.

이제 정지 버튼을 눌러도 소용없다. 가차 없이 플랫폼으로 들어오는 전철의 강한 라이트가, 마치 의지 없는 마네킹처럼 선로로 떨어지는 너의 모습을 비추었다.

'아아······.'

그녀는 봐 주었을까. 나의 첫 처형을. 나는 그녀— 캐시가 바라는 처형을 완수했을까.

환한 조명과 함께라니, 어쩌면 너무 훌륭한 처형장이었을지도 모른다. 게다가 예쁘게 꾸민 채로 처형하다니, 죄인치고는 너무 사치스러웠다.

하지만 순식간에 빛에 삼켜진 네가 한순간 보인 공포로 일그러진 얼굴은 정말로 죄인에 걸맞은 표정이었다.

그리고 선로에 튀는 너의 잔해와, 차바퀴에 찢기고 검은 오일에 더러워진 드레스와 목걸이를 보니 그것은 새 죄수복보다도 훨씬 죄인다운 차림이라는 생각이 들었다.

머지않아 무의미한 웅성거림이 사라지고, 눈 깜짝할 사이에 처형장으로 변한 플랫폼은 조금 전과 전혀 다른 소란에 휩싸였다.

"꺄악—!!"

너와 마찬가지로 치장한 **기타 등등**의 면면은 사방으로 튄 너의 파편을 보고, 그 그로테스크한 광경에 바들바들 떨며 경쟁하듯 새된 비명을 질렀다.

하지만 그런 반응은 이 처형장에 부적합했다. 박수 치고 축하하는 것이 어울렸다.

왜냐하면 이 죄인은 훌륭한 단죄인인 캐시에게 선택받았으니까.

언제나 교실에 들어가면, 나방이 빛에 이끌리는 것처럼 내 눈에는 곧장 캐시의 모습만이 날아들었다. **기타 등등들처럼** 요란하게 꾸민 것도 아닌데 어째서 저렇게나 고상한 걸까. 나는 마음속으로 감탄의 한숨을 흘렸다.

"안녕, 캐시."

그리고 내가 언제나 이 여학교에서 가장 먼저 꺼내는 말은 그녀에게 하는 인사였다. 이것으로 내 하루가 마침내 시작된다고 해도 과언이 아니었다.

그녀와 똑같이 이 학교에 다닐 수 있다는 사실에 나는 매일 아침 과도할 정도로 기쁨을 느꼈다.

우리 집은 중류 계급보다 약간 밑이어서 그다지 사치스러운 생활은 하지 못했다. 그래서 그녀와 똑같이 부잣집 아가씨들만이 가득한 이 학교에 다니려면 경제적으로 다소 무리해야 했다. 그리고 내 학력이라면 더 수준 높은 학교에 다닐 수도 있었다. 그래서 부모님은 처음에 이곳에 입학하는 것을 반대했다.

그러나 나는 매일매일 계속 호소했다.

「꼭 이 학교에 다니고 싶어! 안 그러면 죽어 버릴 거야.」라고―.

그런 내 강한 소원에 부모님은 마침내 꺾였다. 아니, 당황했다. 언제나 「네.」 하고 고개를 끄덕이기만 했던 내가 그렇게나 강하게 무언가를 바란 적 따위 없었기 때문이다.

경제적으로 무리하게 만든 것에 죄악감은 들었지만 그녀가 없는 학교에 다닐 의미를 나는 찾을 수 없었다.

그날 아침도 캐시는 노예처럼 그녀를 모시는 많은 여학생― **기타 등등**에게 둘러싸여 있었다. **기타 등등**은 그녀에게 말을 건 나를 돌아보더니 「어째서 너 따위가 캐시에게 말을 거는 거야?」라고 말하고 싶다는 표정으로 노려보았다.

나는 학급 안에서도 최하위를 다툴 만큼 밋밋하고 시원찮았다.

친구라고 부를 존재도 없어서 어릴 때부터 책만 읽었다. 작은 빛 아래에서 항상 자기 직전까지 책을 읽은 탓에 시력은 착실하게 나빠졌다. 주니어 스쿨 시절에 부모님이 사 주신 빨간 둥근 테

안경은 마음에 들지만, 유행에 민감한 **기타 등등**들이 보기에는 분명 촌스러울 것이다.

그리고 천성적으로 회색이 섞인 흑발은 늘 하나로 모아 땋았다. 이렇게 묶는 것이 공부에 가장 방해가 안 됐고 아침에 준비하는 시간도 걸리지 않았다.

학교에 가는 차림은 청결하기만 하면 된다.

『나야말로 그녀와 어울려.』 ―그렇게 과시하듯 교칙을 어기면서까지 자신을 화려하게 꾸미는 **기타 등등**들처럼 되고 싶지는 않았다.

어차피 캐시를 앞에 두면 **기타 등등**들과 나는 다를 바가 없었다.

아무리 꾸며도 캐시에게 **기타 등등**들은 이른바 노예에 불과했다.

하지만 **기타 등등**들은 그런 것도 눈치채지 못하고 밋밋한 나를 평가하듯 발끝에서 머리끝까지 훑어보았다. 그러나 시선은 최종적으로 **기타 등등**들이 나를 올려다보는 형태가 되었다. 학급 안에서도 내 키가 독보적으로 큰 탓이다. 하지만 **기타 등등**들은 그것조차 불쾌한지 압력은 더더욱 거세졌다.

경멸을 담은 매서운 시선에 나는 그저 난처한 얼굴로 꼼지락거릴 수밖에 없었다.

'나는 캐시에게 말을 걸었을 뿐인데……'

"방해돼, 비켜 주지 않을래?"

내가 위축되어 다음 말을 꺼내지 못하고 있으니 캐시의 요염하고 아름다운 목소리가 울렸다.

한순간 당황했지만, 그것은 내가 아니라 그녀를 둘러싼 **기타 등등**에게 한 말이었다. 조용한 음색인데도 위압감을 주기 충분하여 내 앞을 막고 있던 **기타 등등**들은 황급히 몸을 뺐다.

"안녕, 오늘도 일찍 왔네."

아아, 이게 어떻게 된 일일까. 조금 전 내 인사에 그녀가 대답해 주었다. 흠잡을 데 없는 완벽한 금발을 흔들며, 싱그러운 녹색 눈동자가 나를 똑바로 보았다. 나는 영광스러워서 무심코 뺨을 붉혔다.

그리고 그녀는 『오늘도』라고 말했다.

—그녀는 나를 인식하고 있어.

'아아……'

그 사실에 내 몸은 떨렸다. 눈앞이 아찔해지는 기쁨이 발끝에서 치밀어 올랐다.

기타 등등들은 생각지도 못한 이 상황을 어떻게 이해해야 할지 몰라 곤혹스러워하며 이리저리 시선을 옮기고 있었다. 이런 촌스러운 내게, **기타 등등**들에게는 이야기할 가치도 없는 내게, 스쿨 카스트의 정점에 군림 중인 캐시가 굳이 대답해 준 것을 믿을 수 없다는 모습이었다.

"……저기, 캐시. 캐시의 사물함 모서리에 살짝 먼지가 묻어 있었어."

캐시가 나를 보고 있다. 당장에라도 쓰러져 버릴 듯한 기쁨을 음미하며 나는 떨리는 목소리로 말했다.

"어머, 싫어라."

"그래서 그 먼지를 내가 청소했어."

"아~, 그렇구나. 그래서?"

"깨끗해졌다고 생각하는데……."

"흐응, 그럼 나중에 한번 볼게."

캐시는 그 말을 남기고서 더 이상 시선을 주지 않고 내 옆을 지나 교실 밖 어딘가로 떠나갔다. 그녀가 스쳐 지나가는 순간, 그녀가 뿌린 향수 냄새가 났다. 나는 그 뒤를 따라가고 싶다고 느꼈다. 좀 더 나를 봐 주길 원했다. 하지만 이 이상 내게 관심이 없는 그녀를 붙잡을 수는 없었다.

어릴 때부터 그녀를 알고 있는 나는 자신이 그런 입장이 아니라는 것을 확실하게 분별하고 있었다. 게다가 조금 전 대화는 내게 충분하고도 넘칠 정도였다.

내가 멋대로 한 행위를 캐시가 나중에 봐 준다고 했으니까.

―아아, 그것만으로도 기뻐.

기타 등등들은 허둥지둥 캐시 뒤를 따라갔다. 힘이 빠져 교실 벽에 기대어 고양감에 잠긴 나를 보고 안심한 듯한, 불쌍히 여기

는 듯한 미소를 지으며 휙 지나갔다.

"자기 분수도 모르는 줄 알았어."

지나가던 **기타 등등** 중 한 명이 내 앞에 멈추더니 그렇게 말했다. 어딜 어떻게 봐도 시원찮은 내 모습에 무심코 흘러나온 말일 것이다. 분명 그렇게 보였으리라. 나는 그것을 받아들여야 했다.

'맞아, 조심하지 않으면 우쭐해질 거야……'

하지만 눈앞에 서서 나를 비웃는 **기타 등등**에게서는 캐시와 똑같은 향수 냄새가 났다.

'―분수도 모르는 건 너야.'

캐시가 그 향을 휘감은 것과는 천지차이였다. **기타 등등**에게서 나는 불쾌한 향에 나는 무심코 **기타 등등**을 지그시 내려다보고 말았다. 그 시선에는 악의가 담겨 버렸을 것이다.

그것을 눈치챘는지 **기타 등등**은 눈썹을 치켜세우고 분노한 형상으로 나를 노려보았다.

나는 그 시선에 몸을 덜덜 떨고 말았다. 내가 당장에라도 빈혈을 일으킬 듯 겁먹은 모습을 보이자 **기타 등등**은 여전히 불쾌한 표정으로 캐시를 쫓아 눈앞에서 떠났다.

'정말이지 무서워.'

하지만 나도 잘못했다. 더러운 것을 보는 눈으로 깔보듯 **기타 등등**을 봐 버렸으니까.

그치만 **기타 등등**과 비교하여 내 어디가 뒤떨어진다는 걸까.

캐시 앞에서는 누구나 그녀를 따라야 할 입장일 뿐이었다.

그녀는 선인(善人) 따위보다도 훨씬 위, 정점에 서야 할 존재. 그녀 앞에서는 모두가 평등하게 심판받는 측 인간일 뿐이었다.

유행하는 것으로 치장하면, 혹은 캐시를 흉내 내면 그녀와 어울릴 수 있다고 생각하는 **기타 등등**들은 그것을 깨닫지 못하고 있었다.

'아아, 무서워.'

분수도 모르는 자는 이 얼마나 무서운가. 나는 저렇게 되고 싶지 않았다.

—하지만 그럼 난 그녀의 뭐가 되고 싶은 걸까……?

그렇게 생각하고 유난히 선명하게 떠오른 대답에 나는 다시 몸을 떨고 말았다.

'……나는 어쩌면 터무니없이 주제넘은 걸지도 몰라……'

분수도 모르는 자가 되고 싶지 않다고 방금 막 바란 참인데. 이대로는 정말 그렇게 될지도 모른다는 두려움이 몸의 절반을 지배했다.

그런데도 끝없이 솟구치는 기묘한 두근거림을 나는 억누를 수 없었다.

▲
▼

—그로부터 몇 달이 흘렀을 무렵, 캐시의 부모님이 돌아가셨다.

심지어 살해당했다. 캐시의 부모님은 두 분 모두 전국적으로 유명한 의사셨다. 하지만 의료 사고를 일으키고 말았다. 그에 앙심을 품고 미쳐 버린 환자의 가족이 끔찍한 짓을 저질렀다고 한다. 그 사건은 TV 뉴스에서도 대대적으로 보도되었다.

'아아, 그녀와 어울리지 않는 불합리한 불행이야……'

그 뉴스를 들었을 때, 불안이 내 마음을 가득 메웠다.

설령 캐시더라도 부모님이 갑자기 사망, 그것도 살해당했다면 역시 상처받지 않았을까……. 그렇게 약해진 캐시를 두 눈으로 보게 된다면 나는 어쩌면 좋을까…….

내 안에서 절대적 존재인 캐시가 무너져 내리기라도 한다면 분명 우리 가족이 몰살당하는 것보다도 절망하고 말리라.

그렇다…… 나는 처음엔 그렇게 생각해서 무섭고 불안하여 견딜 수가 없었을 터였다.

하지만 지금은 이상한 흥분이 가슴속에 소용돌이치고 있었다.

곰곰이 생각해 보면, 혹 상처 입은 모습을 보게 되더라도 캐시에게 환멸감을 느낀다니 말도 안 되는 일이니까.

'그러니 분명 괜찮아……'

설령 내 뼈를 깎더라도 나는 캐시를 위해서라면 뭐든 할 수 있었다. 나야말로 그녀를 지탱해 줄 수 있을 터였다.

'하지만 캐시는 그런 나를 어떻게 볼까……'

그렇게 생각하기 시작하자 그때 내 마음 한구석에 깃들었던 흥분이 재차 온몸에 슬금슬금 퍼져 가는 것이 느껴졌다. 그것은 결국 어슴푸레한 기쁨으로 가득 찬 망상이었다.

'정말이지 주제넘은 생각이야……'

그런 망상이 현실이 될 리가 없음을 알고 있는데도, 내가 할 수 있는 일은 흥분으로 거칠어지는 숨을 양손으로 막는 것뿐이었다.

하지만 그 흥분은 곧장 산산이 부서지게 되었다.

사건이 일어나고 며칠 후 열린 캐시네 부모님 장례식 때 일이다.

그녀는 자그마한 검은색 진주 목걸이를 차고 검은 원피스를 입고 있었다. 그런 그녀를 **기타 등등**들은 걱정스러운 표정을 짓고서 잇달아 에워쌌다.

하지만 왜일까. 그 분위기에는 위화감밖에 안 들었다. 이 장례식을 슬퍼하고 있는 것은 **기타 등등**들이었다. 슬퍼해야 할 당사자인 캐시에게서는 전혀 그런 분위기가 느껴지지 않았다.

그녀의 아름다운 등은 언제나처럼 곧게 펴져 있었고, 쓰고 있는 고급스러운 토크에 달린 레이스 너머의 표정도 결코 무너지지 않았다. 평소와 똑같이 고결한 표정은 때때로 미소조차 짓고 있었다. 그것은 오히려 무표정으로도 보였다.

'안 어울려……'

그녀를 보고 그런 말을 떠올렸다는 것에 나는 깜짝 놀랐다. 하지만 그렇게 생각하지 않을 수 없었다.

그도 그럴 것이 실제로 어울리지 않았다. 여유조차 느껴지는 그녀의 모습은 돌아가신 부모님의 외동딸로서 이 자리에 몹시 부적합했다.

그리고 무엇보다 부적합한 것이— 그녀는 그저 강하고 아름답게 보였다. 아무리 아름다운 꽃을 모은 꽃다발이더라도 대적하지 못할, 보석으로 만든 한 송이 장미 같았다.

그런 캐시의 모습에 사람들은 점차 가까이 가기 힘들어졌을지도 모른다. 장례식 미사를 끝내고 매장하기 전이 되자 그녀에게 모인 사람은 눈에 띄게 적어져 있었다. 그녀 주위에 사람이 없어

진 것을 가늠하여 나는 마침내 캐시에게 말을 걸었다. 내 심장이
두근두근 불안하게 뛰는 것이 아플 정도로 느껴졌다.

하지만 그 동기는 이미 「캐시가 상처받았으면 어쩌지?」—라는
어리석은 망상으로 점철된 달콤한 감상(感傷) 때문이 아니었다.

상상을 뛰어넘은 태도를 보이는 그녀를 향한 공포 때문이었다.

"캐시…… 저기."

"너도 왔었어?"

"아, 응……. 캐시네 부모님을 뵌 적도 있고."

"그러고 보니 너도 옛날에는 자주 다른 아이들 사이에 섞여서
우리 집에 왔었지."

"응……. 그래서 이번 일은 무척 충격이었어."

"어머, 그래?"

담담히 대답해 주는 캐시에게 나는 필사적으로 말을 꾸몄다.

역시 캐시의 모습은 평소와 하나도 다르지 않았다. 다르지 않
아서 무서울 정도였다. 그리고 새까만 원피스가 그녀의 아름다움
을 더욱 부각했다. 아아, 이 얼마나 아름다운가. 너무 아름다워서
내 머릿속에서는 경적이 울렸다.

그리고— 나는 어리석은 말을 꺼내려 하고 있었다.

알고 있다. 하지만 왜일까. 그 말을 나는 멈출 수 없었다.

"그…… 저기…… 그래서, 캐시는 괜찮을까 싶어서……."

"너도 그렇게 묻는구나."

"……엇."

"다들 입을 모아 똑같이 그런 말을 해. 재밌다니까."

캐시는 그렇게 말하고 입으로 아름다운 호를 그리며 소리 내어
웃었다.

그것은 평소의 요염하고 여유로우며 나약함 따위 느껴지지 않
는, 그녀의 가장 큰 매력이라고 할 수 있는 태도였다.

"……."

그대로 내가 아무 말도 못 하고 있으니 캐시는 웃음을 뚝 그쳤
다. 그리고 갑자기 차게 식어 버린 것처럼 재미없다는 표정으로
나를 응시했다.

"봐도 모르겠다면 쓸데없는 말은 그만두지 않을래?"

─아아, 아아…….

온몸의 피가 부끄러움에 끓어오르는 것을 느꼈다. 고개 숙인
채 아무 말도 못 하는 내 옆을 캐시는 검은 펌프스를 또각또각
울리며 스쳐 지나갔다. 내 마음은 무시무시한 속도로 후회와 수
치에 잠겨 갔다.

"캐시는 허세 부리고 있는 거야."

"이렇게나 슬픈 일이 일어났는걸. 틀림없이 지금 아주 비참한
기분이겠지."

우리가 대화하는 것을 멀리서 보고 있던 **기타 등등**이 소곤소곤 속닥거렸다.

—그럴 리가 없잖아.

너희는 모르는 거야?

저 아름다움은 거짓도 허구도 아니다. 틀림없이 진짜다. 가짜는 저런 아름다움을 표현할 수 없다.

'나는 정말 주제넘은 생각을 하고 있었구나.'

나 따위의 기준으로 캐시의 마음을 재려고 하다니, 정말이지 어리석고 부끄러운 짓을 했다. 무섭게도 나는 그녀에게 동정으로도 들릴 만한 말을 하고 말았다.

이래서는 자기 분수도 모르는 **기타 등등**과 똑같았다.

'……아니, 달라.'

나는 그녀를 누구보다 오랫동안 보았다. 그런데도 이런 실수를 범한 나는 지금 **기타 등등** 이하일 뿐이었다. 방자한 것도 정도가 있었다.

그녀는 내 생각보다도 훨씬 강하고 아름답고, 나 따위 필요하지 않았는데.

'창피해, 창피해. 창피해서 죽어 버릴 것 같아……!!'

하지만, 하지만, 하지만······.

역시— 그녀는 멋지구나.

나는 그때 그렇게 재인식함과 동시에, 내 힘 따위 필요하지 않을 만큼 캐시가 강하고 특별한 존재임을 깨달으면 깨달을수록 그녀에게 인정받고 싶다는 기분이 강해지는 것을 느꼈다.

아아, 나는 언제든 그녀를 섬기며, 무슨 일이 있어도 그저 한심하게 그녀를 따라가고 싶었다.

"······기다려 줘. 부탁이야, 캐시."

목소리를 떨면서 말해 보았지만 용기를 내지 못하는 나의 발은 움직이지 않았다.

캐시는 나 따위 돌아보지 않았다. **기타 등등**들이 속닥거리는 목소리만이 귀에 들어왔다가 사라져 갔다.

아아, 조금 전 나처럼 그녀에게 어리석을 말을 건넨 인간은 캐시가 얼마나 훌륭한 인간인지 아직 알아차리지도 못한 것이다.

'제발 착각하지 마.'

그녀의 가치는 아득히 손이 닿지 않는 곳에 있으니까.

▲
▼

 캐시의 부모님이 돌아가신 뒤로 학교에서 그녀를 둘러싼 환경
은 상당히 바뀌어 갔다.

 처음에는 어리석게도 캐시를 걱정하는 자도 보였지만 점차 그것
도 줄어들었고, 오히려 주위를 거들떠보지도 않는 그녀의 모습에
짜증을 느끼는 것 같았다.

 어느새 그녀를 에워싸고 있던 **기타 등등**들은 그녀를 떠나 각기
무리를 이루고 있었다.

 어리석은 자가 늘어나 패거리를 이룬 것은 그 무렵이었다―.

 어느 날 아침, 나는 평소처럼 캐시의 사물함이 더러워지지 않
았나 확인하러 갔다. 그녀의 사물함을 깨끗하게 해 두는 것만이
내가 캐시에게 허락받은 행위라고 인식하고 있었다.

 하지만 그날 아침은 모습이 달랐다. 추종자였던 몇 명이 그녀의
사물함을 부자연스럽게 에워싸고 있었다.

 '대체 뭐야……?'

 내가 깜짝 놀라 서 있으니 **그 녀석들**은 비웃음을 남기고 그 자
리에서 각자 흩어졌다.

불길한 예감이 온몸을 휘돌았다. 나는 캐시의 사물함에 달려가 곧장 무슨 일이 벌어졌는지 확인했다.

그리고 눈에 날아든 광경에 나는 전신의 힘이 빠져나가 무심코 그 자리에 주저앉았다.

캐시의 사물함은 틀림없이 **그 녀석들**의 손에 의해 심히 더러워 져 있었다. 교실에 있던 꽃병을 쓴 걸까. 사물함 전체에 물이 뚝 뚝 떨어졌고, 빈틈에는 마구 짓밟힌 노란 꽃이 꽂혀 있었다.

그리고 가장 절정은, 깨진 꽃병 조각으로 새겼는지 사물함 문 에 입에 담지도 못할 만큼 상스럽고 추악한 말들이 적혀 있는 것 이었다.

—무슨 일이 일어난 거야?

이해하지 못한 채 나는 어깨에 메고 있던 통학 가방을 복도에 내던지고 즉각 사물함에서 꽃을 뽑았다.

노란 꽃잎이 하늘하늘 떨어지는 모습을 바라보며 나는 너무 엄 청난 사태에 온몸의 피가 빠져나가는 것을 느꼈다. 믿을 수가 없 었다. 그녀의 가치가 떨어졌다고 착각하는 녀석들이 있다는 것.

그리고 그 착각을 이런 형태로 나타내며 캐시를 약자로 만들려 는 녀석들이 있다는 것을.

기분 나쁜 감각이 목구멍에서 치솟았다. 메스꺼움이 가라앉질 않았다. 나는 젖은 꽃잎이 떨어진 복도에 무릎 꿇고, 썩은 꽃 냄새를 풍기는 오수를 손수건으로 닦으려고 했다. 그러나 그것은 도저히 작은 천으로 닦아 낼 수 있는 양이 아니었다.

"……이게 어떻게 된 거야?"

그때 등 뒤에서 캐시의 목소리가 들렸다. 퍼뜩 놀라 심장이 멎을 뻔했다. 흠칫흠칫 돌아보니 캐시는 팔짱을 끼고, 창백한 얼굴로 바닥을 닦는 내 모습을 내려다보고 있었다.

"캐시, 잠깐만 기다려. 내가 지금 당장 깨끗하게 할 테니까."

"나는 어떻게 된 거냐고 묻고 있어."

"저기, 잠깐만 기다려 줘. 아무튼 깨끗하게 할 테니까……."

나는 바보처럼 그 말을 되풀이했다.

"너 대화 못 해?"

그렇게 말한 캐시의 눈동자는 정말로 무서웠다. 깜박이지도 않고 나를 내려다보는 초록색 눈동자는 전에 없이 위압적이며 날카로워서 나는 숨이 막히는 느낌조차 받았다.

그래도 나는 대답하고 싶지 않았다. 입이 찢어져도 말하고 싶지 않았다.

「캐시를 깎아내리려던 녀석들이 있다.」

그것을 내 입으로 말하는 것조차 나는 허락할 수 없었다.

"잠깐만 기다려 줘. 아무튼 먼저 깨끗하게 해야 해……."

나는 캐시의 날카로운 눈길을 받으면서도 필사적이 되어 청소를 재개했다. 아무리 닦고 문질러도 깊이 새겨진 더러움은 좀처럼 지울 수 없었다. 하지만 수업 따위 빼먹더라도 반드시 깨끗하게 만들겠다. 깨끗하게 만들어야 했다.

"왜냐하면 이건 캐시의 사물함이니까……."

울고 싶은 기분을 느끼면서도 그렇게 내가 중얼거리자 캐시는 무슨 생각을 했는지 기막히다는 얼굴로 한숨을 쉬고「그럼 깨끗하게 치워 둬.」라는 말만 남기고서 떠나갔다.

'……다행이야.'

내 행동은— 부정되지 않았다.

깊은 안도와 약간의 기쁨을 느끼며, 1교시 종이 울린 뒤에도 나는 사물함 청소를 계속했다. 칭찬받을 행동은 아니었을지도 모른다. 하지만 이 상태인 사물함을 캐시가 쓰게 하다니, 절대로 있어서는 안 될 일이었다. 허락할 수 없었다.

그래. 문에 새겨진 글자를 바라보며 내 마음속에는 이렇게 캐시를 깎아내리려 한 녀석들을 용서할 수 없다는 마음이 번졌다. 캐시를 폄하하려 하다니, 착각도 유분수다.

하지만 그런 용서할 수 없는 사건이 그 뒤로도 몇 번이나 일어났다.

　사건이 일어날 때마다 나는 마치 사명처럼 **기타 등등**들이 그녀를 더럽히려 한 흔적을 계속 청소했다. 캐시는 거들떠보지도 않는 태도였지만, 내가 멋대로 하는 행동을 부정하지는 않았다.

　그리고 마음속에서 점차 부풀어 오른 **용서할 수 없다**는 기분은 언제부터인가 내 마음을 좀먹어 갔다.

▲
▼

　그날 일은 선명히 기억한다.

　화학 수업이 한창일 때였다. 나는 **네**가 치마 주머니에 무언가 숨기는 것을 보고 말았다. 교사도 위험하다고 주의한 약품을 너는 몰래 훔쳤다. 너는 캐시를 더럽히려는 어리석은 자들 중에서 늘 앞다투어 행동하는 인물이었다.

　수업이 끝난 후, 너는 약품을 동료에게 과시했다. 그리고 무슨 이야기를 하더니 유쾌하게 깔깔 웃었다.

　"그 약품으로 뭘 할 생각이야?"

　나는 무심코 참지 못해 너를 추궁했다. 훔친 그 약품으로 무슨 짓을 하려는 것인지 눈에 훤히 보였다. 부글부글 끓어오르는 감정을 억누를 수 없었다.

"이 이상 캐시에게 염치없는 짓 하지 마."

나는 반쯤 울음을 터뜨리려 하면서도 너를 똑바로 보고 말했다.

"염치없는 건 너겠지. 언제까지고 캐서린한테 알랑거리고, 자기가 대단해졌다고 생각하는 거 아니야?"

"아니야. 나는 그런 과분한 생각 안 해."

"그럼 너도 토 달지 말고 이쪽으로 오면 되잖아."

너는 여유롭게 키득키득 웃었다.

"너희한테? 어째서? 캐시보다 못한 너희를 따를 의미 따위 없어."

나는 유례없이 화가 나 있었다.

그런 내가 짜증 났는지 너는 날카롭게 노려보더니 훔친 약품의 뚜껑을 열고 나를 향해 소량의 약품을 튀겼다.

약품은 내 로퍼에 떨어졌고 치익, 타는 소리가 났다. 탄내가 교실 안에 감돌았다.

순식간에 학생들은 비상사태라고 느꼈는지 웅성거렸다.

그리고 각자 두려워하며 이쪽을 지켜보는 가운데, 너는 아주 업신여기는 모습으로 이렇게 단언했다.

"그딴 추락한 여왕님보다 못할 리가 없잖아."

그 말을 들은 순간 피가 거꾸로 솟았다.

─추락한 여왕님이라니.

캐시가 캐시인 한, 그녀는 누구보다도 강하고 누구보다도 아름답다……. 그런데 이런 치장하는 능력밖에 없는 천한 인간이 그녀를 업신여길 수 있는 입장이라고 착각하고 있었다.

'용서 못 해…….'

그렇게 생각함과 동시에 나는 무의식적으로 약품을 든 너의 손을 붙잡으려고 했다.

나보다도 훨씬 키가 작은 너의 팔을 잡아 올리는 것은 생각보다 간단했다. 내려다볼 수도 있었다. 날뛰는 너의 어깨를 다른 한쪽 손으로 눌렀다. 나는 그대로 그 약품을, 화장품으로 떡칠된 너의 얼굴로 가져갔다.

"그만둬."

너의 얼굴은 재미있을 정도로 새파래졌다. 마치 파란 물감이라도 칠한 것처럼.

날뛰면서 생긴 진동으로 바닥에 떨어진 약품이 치익 소리를 내며 불온한 냄새를 풍겼다.

"이거 위험한 거 아니야……?"

"사람을 불러올까……?"

기타 등등들은 갑작스러운 일에 당황하고 있었다.

조금만 더 하면 약품이 너의 얼굴에 쏟아지겠다고 기대했을 때였다.

"거기, 뭐 하는 거야!!"

교실 입구에서 남교사의 커다란 호통이 들렸다.

자신의 행동에 퍼뜩 놀라 내가 그 목소리에 사로잡힌 틈에 너는 힘껏 저항하여 내 팔을 뿌리쳤다.

동시에 약품의 절반 정도가 내 옷에 쏟아졌다. 그 순간 살이 타는 냄새가 났다. 서서히 옷에 침투한 액체가 내 맨살을 태웠는지 지독한 아픔이 일었다.

그 참상에 교실 여기저기서 작은 비명이 울렸다.

아픔을 느끼고 제정신으로 돌아온 나는 학생들이 시끄럽게 떠들고 있다는 것을 겨우 깨달았다.

"소란 피우지 마!"

달려온 남교사는 이 이상 상황을 어떻게든 정리하고자 마구 고함쳤다.

"대체 이 소동은 뭐야. 설명해 봐!"

살인이라도 저지를 듯한 남교사의 위압감에 나는 다리를 후들거리고 눈물까지 흘리며 교사에게 말했다.

"이 애가 화학실에서 약을 훔쳤길래 다시 갖다 놓으라고 주의했어요."

"뭐?!"

그런 내 반응을 보고 너는 목소리를 뒤집고서, 캐시의 사물함에 적었던 것과 같은 더러운 말을 연발하며 내게 바싹 다가왔다.

"그만해!"

하지만 너는 곧장 다른 교사에게 붙들려 교실 밖으로 끌려갔다.

기타 등등들은 눈앞에서 벌어진 일을 다 이해하지 못했는지, 격노하는 너와 거리를 둔 채 서로 모여 있었다. **기타 등등**들에게 얼굴이나 몸이 추해지는 것은 가장 두려운 일이었다. 그래서 약품을 들고 있는 내게 되도록 가까이 오고 싶지 않다는 마음이 아주 잘 전해졌다.

"용감한 행동이었어. 너는 어서 의무실로 가렴."

네가 끌려간 뒤로도 나는 하염없이 울고 있었다. 그러자 교사는 나를 칭찬하고 걱정하며 그렇게 지시했다.

그 후 나는 의무실에 가지 않고 울며 캐시를 찾아다녔다. 구멍 뚫린 옷을 입고 소리 내어 울며 달리는 키 큰 여자는 매우 눈에 띄었다. 추했을 것이다. 하지만 그런 것은 어찌 돼도 좋았다. 내 걱정 따위 필요 없었다. 내 행동을 교사 따위가 칭찬하지 않아도 좋았다.

아아, 그 여자의 얼굴이야말로 탔어야 했는데……

내게는 그 일이 가능해—.

그 생각으로 내 마음은 가득 차 있었다.

하지만 그것을 정하는 것은 내가 아니다. 나 따위가 아니었다.

—그녀다.

▲
▼

숨이 차기 시작했을 무렵, 나는 마침내 그녀를 발견했다.

그곳은 마침 아까 일이 있었던 맞은편 건물의 교실이었다.

학생들은 다른 교실로 이동한 걸까. 아무도 없는 교실에 그녀만
이 있었다. 영화 속 한 장면처럼 창가에 선 캐시는 너덜너덜한 차
림으로 뛰어 들어온 나를 돌아보았다.

그 순간, 왠지 몸의 통증이 사라지는 것을 느꼈다.

"아까 그거 보고 있었는데……."

놀랍게도 나보다 먼저 캐시가 말을 걸어왔다.

"기묘한 쇼를 보는 기분이었어."

"아아…… 캐시."

"—넌 뭘 하고 싶은 거야?"

정오의 햇빛이 창문으로 들어오는 가운데, 온기 없는 눈길과

함께 그런 질문을 받아서 나는 가슴 깊숙한 곳에서 감정이 북받치는 것을 느꼈다.

"나, 나는…… 캐시……, 나, 나, 깨끗하게 하고 싶어."

"……너 정말 대화가 마음대로 안 되는구나."

캐시는 기막히다는 얼굴로 웃었다. 그 목소리조차 나를 향한 것이라고 생각하니 기뻐하지 않을 수 없었다. 하지만 제대로 설명할 수가 없었다. 이런 주제넘은 소리를 입에 담을 수는 없으니까.

"그치만 그 사람들이 너무나도……."

'……아니야. 틀리지 않지만, 달라…….'

하고 싶은 말은 그런 것이 아니었다. 아까 나는 그 여자의 얼굴을 진심으로 녹이고 싶었다. 분명 가능했을 것이다. 지금도 분명하게 그리 생각했다.

하지만 내가 겁먹고 만 것은 다름이 아니라 지금 눈앞에 선 캐시가 머릿속을 스쳤기 때문이었다. 이렇게 무서운 짓을 간단히 저지를 수 있는 나를 그녀가 어떻게 생각할까. 그래서 나는 교사에게 그런 명분을 말하고 도망치려 한 것이었다.

하지만 만약. 만약 그녀가 이런 나를 필요로 해 준다면 얼마나 감미로울까.

"……나, 캐시를 위해서라면 뭐든 할 수 있어."

아아. 아아.

마침내 말해 버렸다.

나는, 나는— 이 얼마나 분수도 모르는 부끄러운 여자인가.

"날 위해서라면?"

"응, 그래, 맞아."

하지만— 어쩔 수 없었다. 나는 자기 분수도 모르는 부끄러운 여자. 그것을 인정하자 내 안에 축적되어 있던 공포와 여타 모든 것이 날아가 버렸다.

"아아, 캐시. 난 캐시의 마음을 확인해야 해. 언제든 악인을 악인이라고 정하는 건 캐시, 너였어."

캐시가 정한 심판은 언제나 절대적이고 옳다. 내게는 불가능했다. 캐시가 없으면 나는 그런 일을 할 수 있는 입장이 아니었다.

'……하지만, 자기 분수도 모른다고 여겨지겠지만.'

"나는 그런 캐시를 돕고 싶어."

창피함에 눈물을 뚝뚝 흘리며 내가 그렇게 말하자 캐시는 손끝을 입술에 대고 무언가를 생각하는 표정을 보였다.

"어떻게?"

"뭐든 가능해. 내 뼈를 깎아도 좋아, 더러워져도 좋아."

하지만 이제 되돌릴 수 없었다. 되돌리고 싶지 않았다. 나는 캐시를 도울 수 있다면 뭐든 할 수 있었다. 캐시는 이상하다는 듯 작게 고개를 기울였다.

"어째서 그렇게까지 하는 거야?"

"그치만 캐시, 네가 아파하는 것도 더러워지는 것도 이상하잖아……?

그리고 네가 말하는 건 모두 정의니까……. 그 정의의 손으로 쓰이는 건 그저 영광일 뿐인걸……."

내가 그렇게 대답하자 캐시는 지그시 나를 바라보다가 빙그레 미소 지었다.

"대화도 할 수 없는 바보인 줄 알았는데 상당히 제대로 된 말을 하는구나?"

"응, 캐시. 나……."

"하지만 그건 당연한 소리를 하고 있는 것에 불과해."

"아, 그, 확실히, 당연하지. 나, 당연한 말만 해 버리고……."

아아, 그녀는 너무나도 예리했다. 나는 당황하여 고개를 숙이고 우물거렸다.

하지만 다음 순간, 내 귀에 캐시가 작게 웃는 소리가 들렸다.

"그러네……. 널 조금 보고 있어 줄게. ―그러니 어디 한번 영리하게 굴어 봐."

그리고 캐시는 보석 같은 녹색 눈을 가늘게 좁히고서 그렇게 지시를 내렸다.

—캐시가 나를 보고 있다.

그것은 강렬한 기쁨이었지만 동시에 나는 깊이 고민했다. 그녀가 보고 있다는 것은 내가 시험받고 있음을 뜻했다.

모든 것을 올바르게 판단하는 그녀에게, 내가 얼마나 올바르고 그녀의 정의의 손이 될 수 있는지를…….

'그녀에게 인정받으려면 어떻게 해야 할까…….'

답을 찾는 것은 어려웠다.

고민스러운 나날이 흘러갔다. 빨리, 빨리 뭔가 답을 찾아야 해. 캐시가 보고 있으니까……. 그렇게 생각해도 내가 할 수 있는 것은 역시 더러워진 사물함을 깨끗하게 하는 일 정도였다.

하지만 사건은 다시 일어났다. 그것은 신께서 내려 주신 기회였을지도 모른다.

방과 후, 나는 더러운 걸레 냄새가 충만한 어두운 도구실에 갇혔다.

"꺄하하."

밖에서 도구실 문을 막고 있는 여러 학생들의 웃음소리가 울렸다. 저번에 실랑이가 붙었던 여자…… 너의 동료가 한 짓임을 바로 이해했다.

하지만 딱히 그런 것은 신경 쓰이지 않았다. 어차피 이것은 내가 받는 괴롭힘에 불과했다. 캐시가 받는 처사가 아니므로 아무렇지도 않았다. 그렇게 생각했다.

—돌연 맞고 쓰러지기 전까지는.

갑자기 닥친 충격에 놀라면서도 나는 황급히 상반신을 일으켰다. 머리를 세게 맞은 탓에 눈앞의 세계가 어지럽게 일그러졌다.

"살짝 밀었을 뿐인데 호들갑 떨기는."

그곳에는 내가 얼굴을 녹이지 못한 여자— 네가 낯선 남자와 서 있었다. 그리고 너는 남자를 내세우며 위협해 왔다. 남자는 몹시 품격 없는 전형적인 무뢰한이었다. 나를 넘어뜨린 것도 분명 이 남자이리라. 남자는 내 안면을 잡더니 그대로 난폭하게 끌어올려서 벽에 힘껏 나를 눌렀다.

'남자……. 어째서 여학교에……?'

동료의 손이라도 빌린 걸까. 너는 그 뒤로 나쁜 소행 때문에 교사에게 찍히기도 해서 한동안 정학당했을 터였다.

"전부 네 탓이야! 너, 네가 무슨 짓을 했는지 알아?!"

너는 그것들 전부가 내 탓이라고 말하기 시작했다.

"네가 약품을 훔쳐서 캐시를 위험에 빠뜨리려 했으니까……."

"뭐?! 위험에 빠진 게 누군데?!"

내가 쭈뼛쭈뼛 응수해도 전혀 대화가 성립되지 않았다.

"이거, 봐."

벽에 짓눌린 아픔과 굴욕에 내가 날뛰자 남자는 품에서 단검을 꺼내 내비쳤다.

"찔리고 싶지 않으면 바닥에 머리 박고 사과해. 캐서린보다 내가 더 존경해야 할 존재라는 걸 깨달으란 말이야! 그 여왕님은 이미 몰락했어! 자, 캐서린은 몰락했다고 말해!"

그리고 너는 유쾌한 얼굴로 내게 사죄와 캐서린을 모욕하는 말을 요구했다. 이게 어떻게 된 일일까. 나는 캐시 이외의 인간에게 공포 따위 느끼고 싶지 않았다. 하지만 거대한 남자와 단검 앞에서, 이 폭력에 대적할 수 없음에 나는 몸을 떨었다.

'아아, 신이시여…….'

하지만 캐시를 모독하는 말은 죽어도 하고 싶지 않았다. 나는 폭력을 각오하고 눈을 감았다.

그때였다. 끼익 소리를 내며 누군가 도구실 문을 열었다.

"어머, 재밌네. 무슨 행사라도 벌이나 봐?"

캐시가 문 너머에 서 있었다.

'캐시……'

"어떻게 여기 들어온 거야?"

생각지도 못한 일에 너는 분개하며 말하고 눈을 치켜떴다.

"그야 밖엔 이제 아무도 없으니까. 교사가 이리로 온다고 했더니 뿔뿔이 도망가 버리더라."

후후, 유쾌하게 웃으며 말한 캐시는 그대로 성큼성큼 쾌활한 발소리를 내며 도구실에 발을 들였고, 더 이상 쓰이지 않는 교단 위 책상에 앉았다.

"그런 거짓말로……!"

"거짓말 따위 안 했어. 나는 살짝 시험해 봤을 뿐이야. 그 애들, 너한테 충성심이 없구나. 그보다 계속 안 해? 너희 뭐 하고 있는 거야?"

"나는 이 여자에게 천벌을 내리려는 거야!"

"어머. 혹시 심판하고 있었어?"

캐시는 드물게 놀란 얼굴을 했다. 하지만 곧 삐딱하게 웃었다.

"심판이라. 그럼 난 여기서 보고 있을게."

"뭘 여유 부리는 거야! 보고 있겠다니?! 언제까지고 잘난 척은!"

너는 교단에 앉은 캐시에게 손을 뻗었다. 그러나 캐시는 즉각 그 손을 차올린 뒤 밑으로 때렸다.

"무슨 짓이야? 심판 중이잖아? 심판받는 쪽 인간이 제멋대로 굴면 안 되지."

캐시는 그 아름다운 눈동자로 너를 내려다보며 나무라듯 말했다.

너는 혀를 차고서 데려온 남자의 이름을 외쳤다. 그 남자를 이용해 캐시를 공격할 생각이었을 것이다.

'그렇게는 못 해.'

나는 있는 힘을 다해, 단검을 쥐고 있는 남자의 팔을 필사적으로 붙들었다. 마음대로 못 쓰는 흉기를 들고 있는 것은 소유자에게도 무서운 일일까. 남자는 당황하여 내 손을 떼려고 반대쪽 팔로 내 몸을 계속 때렸다. 신기할 만큼 아프지 않았다. 캐시가 보고 있는 이 상황이 내 통각을 마비시켰다.

"이런 것밖에 못 해? 응? 루시."

캐시는 그 모습을 바라보며 갑자기 그렇게 내게 말했다.

'……방금 내 이름을 불렀어?'

처음으로 내 이름을 캐시가 불렀다. 캐시는 내 이름을 알고 있었다. 기쁘고 영광스러워서 심장이 멎을 뻔했다.

시끄러운 동물처럼 꽥꽥 소리 지르는 너의 목소리보다 내 이름을 말한 캐시의 목소리가 무엇보다도 내 심장에 울렸다.

아아, 보고 있어.

그렇다, 그녀는 보고 있었다.

이 심판을—.

누가 악인인가를.

'보고 있어 줘—.'

"빨리 해! 이 녀석들한테 천벌을 내려 줄 거니까!"

"닥쳐, 걸레!! 넌 그 말을 할 자격이 없어!!"

나는 소리 높여 크게 외쳤다.

"대갈통이 텅텅 빈 걸레는 아무것도 모르는구나?! 우린 심판받는 쪽이야! 천벌을 내리겠다니, 입이 찢어져도 말해선 안 된다고!! 죄인을 벌하는 건 언제나 그녀뿐이야!!"

그리고 나는 남자의 팔을 더욱 세게 쥐고 물었다. 남자가 그것을 뿌리치려 했을 때, 단검이 내 어깨를 스쳤다. 남자는 나를 찌를 생각 따위 없었을 것이다. 겁을 먹었는지 팔을 빼기 시작했다.

"캐시! 확실히 보고 있어 줘! 그리고 누가 죄인인지를 부디 내게 가르쳐 줘! 그러면 난 뭐든 할 수 있어!"

캐시는 빙그레 웃었다.

나는 남자가 팔을 당기는 힘을 이용하며 바닥을 차서 남자 쪽으로 몸을 던졌다. 그 기세를 몰아 나는 남자를 내리누르는 자세로 바닥을 굴렀다. 동시에 내 오른쪽 어깨에서 허리에 걸쳐 타는 듯한 통증이 일었다. 거기서 미지근한 액체가 흘러나오는 것을 느꼈다.

—그렇다. 남자의 단검이 내 옷과 피부를 찢은 것이다.

다행히 깊이 베이지는 않았다. 다만 범위가 넓어서 나는 좀비처럼 무참한 모습이 되어 있었다.

"아아악!!"

그것을 본 너는 순간적으로 비명을 질렀다. 내 바로 밑에 있는 남자는 흘러나오는 내 피를 뒤집어쓰고서 그 커다란 체구와 어울리지 않는 한심한 목소리를 내고 있었다.

남자는 다리가 풀렸는지 등을 돌리고 기며 내게서 멀어지려 필사적이었다.

나는 남자가 손에서 놓은 단검을 줍고 피를 흘리면서 천천히 일어났다. 내 몸에서 나오는 피 때문에 바닥이 미끄러워 균형을 잡기 힘들었다.

나는 몸을 빙 돌려 너를 향해 단검을 들었다.

너는 화장이 완전히 번진 얼굴로 나를 보고서 「히익!」 하고 짧은 비명을 질렀다.

나와 너 사이에는 한순간 침묵이 내렸다.

그 침묵을 부순 것은— 캐시의 새된 웃음소리와 마치 콘서트홀에 울려 퍼지는 듯한 큰 박수 소리였다.

"설마 이런 결정적인 사건 현장을 보게 될 줄은 생각도 못 했어!"

캐시의 그 목소리는 기쁨에 찬 것 같았다.

"……아아, 분명하게 봐 줬구나, 캐시."

안경에 김이 서려서 캐시의 얼굴이 잘 보이지 않았다. 하지만 캐시는 확실히 나를 보고 있었다. 그것만큼은 충분하고도 넘칠 만큼 알 수 있었다.

"그래, 훌륭했어."

그리고 캐시는 확실히 지금 나를 칭찬하고 있었다. 그것이 기뻐서 나는 하늘에라도 오를 듯한 기분이 되었다.

"캐시, 나를 이렇게 만든 건 거기 그 걸레와 이 남자야. 나는 걸레가 데려온 얼간이한테 찔렸어. 캐시, 가르쳐 줘. 나쁜 건…… 죄인은 누구야?"

나는 물었다. 알고 있었지만 그것을 정하는 것은 캐시니까.

"그런 건 굳이 말하지 않아도 죄인이 알고 있지 않을까? 안 그래?"

─그 말은 너를 향한 것이었다.

너를 바라보는 캐시의 냉혹한 눈동자에 너는 바들바들 떨며 창백해져 갔다. 너는 그 자리에서 움직이지 못한 채 미친 듯이 아우성치기 시작했다.

"나는 이렇게까지 하라고 지시하지 않았어! 방금 그건 사고고,

찌른 건 내가 아니라 이 녀석이잖아. 죄인이라니 그게 뭐야?! 난 몰라."

나는 알고 있다. 그때도 너는 필사적으로 저지른 죄에서 도망치려 하고 있었다.

"뭐?! 무슨 소리야! 애초에 네가 말을 꺼냈잖아?! 제기랄, 나도 협박만 하려고 했지 이럴 생각은 없었단 말이다, 웃기지 마! 이딴 일로 감방에 처박히고 싶진 않다고!!"

자기중심적인 너의 발언에 남자는 퍼뜩 놀라 연심조차 사라졌을 것이다. 그렇게 내뱉고서 피 묻은 옷을 그 자리에서 벗어 던지고 너를 둔 채 도망쳐 버렸다.

"잠깐……!"

너는 그 무책임한 뒷모습을 향해 손을 뻗었지만 몸이 말을 듣지 않는 모양이었다.

"……어머, 네 주위에는 저런 것들뿐이네. 불쌍해라. 너에게는 상냥한 벌을 줘야 하려나."

"뭐?! 벌이라니, 그게 뭐야! 복수하겠다는 거야?!"

"……아아, 넌 정말 아무것도 모르는구나. 자신의 죄를 자각하지 못한 가엾고 죄 많은 죄인이야. ─복수가 아니야. 죄인에게는 벌을. 그게 도리잖아?"

캐시는 교단에서 일어나 눈 하나 깜박이지 않고 너를 바라보았다. 그리고 그대로 너를 향해 캐시가 발걸음을 내딛자 그에 압도되었는지 너는 립글로스를 처바른 입술 안쪽에 예쁘게 늘어선 이를 딱딱 부딪치며 뒷걸음질 쳤다. 나는 캐시가 굳이 말하기 전에 너의 배후로 돌아들었다.

"……싫어!"

피투성이인 내가 등 뒤에서 너를 들여다보려고 하자 너는 작게 비명을 질렀다.

그리고 더는 이 상황을 견딜 수 없었는지 힘을 쥐어짜 일어나더니 도구실 밖으로 달려 나갔다.

"기분 나빠! 나, 난, 잘못하지 않았으니까……! 멋대로 해!"

마지막으로 그런 꼴사나운 대사만을 남기고.

정신 차리고 보니 도구실에 남은 것은 나와 캐시 둘뿐이었다.

나는 피투성이인 채로 캐시에게 말을 걸었다.

"……캐시."

"왜?"

그렇게 말하고 나를 바라보는 캐시의 표정은 전에 없이 다정하다는 생각이 들었다.

　"캐시…… 뭔가 말해 준다면— 난 뭐든 할 수 있어. 네가 고른 저 죄인에게 벌을 줄 거라면 부디 날 사용해 줘. 난 너의 정의를 쭉 따라가고 싶어."

　그것은 내게 있어서 누군가에게 사랑을 고백하는 것보다도 용기가 필요한 대사였을지도 모른다.

　"—그러네, 좋아."

　"엇…… 정말로?"

　심장이 터질 것처럼 두근거리고 있었는데 캐시는 맥이 빠져 버릴 만큼 간단히 그렇게 대답했다.

　"그래……. 그리고 나, 너한테 배우고 싶은 게 생겼어."

　그렇게 말하는 캐시의 목소리는 살짝 들떠 있었다.

　"뭐?! 나 같은 거한테……?"

　'뭘까…….'

　짐작 가지 않아서 시선을 이리저리 옮기고 있으니 캐시가 말했다.

　"그 왜, 너 흥분하면 상당히 자극적인 말을 쓰지 않니?"

　"아…… 그건……."

　한창 언쟁 중일 때 무심코 입 밖으로 튀어나와 버린 걸레라든가, 그런 종류의 단어를 말하는 걸까. 너무 여러 장르의 책을 읽어 버린 것일지도 모른다. 나는 저도 모르게 얼굴을 붉혔다.

"그거, 뭔가 무척 신선해서 재밌었어. 다음에 그 말투 가르쳐 줘."

캐시는 쿡쿡 웃으며 마치 상을 주듯, 피로 더러워지지 않은 쪽의 내 뺨을 그 예쁜 손끝으로 쓱 쓸어내렸다.

'아아…….'

캐시의 손가락이 내게 닿았다.

그 사실만으로, 그 감촉만으로, 나는 즉각 다리가 풀려서 바닥에 풀썩 앉고 말았다.

"그럼 난 이만 갈게."

그런 나를 재미있다는 얼굴로 바라본 뒤, 캐시는 평소처럼 고결한 표정으로 돌아와 등을 획 돌렸다.

"응, 캐시."

"……아, 맞다. 네 상처 말인데, 곧 선생님이 올 거야."

"그래……?"

"어머, 교사를 불렀다고 했잖아. 그거 진짜야. 아무튼 너라면 잘 처신할 수 있지?"

"응, 물론이야……!"

그 후 캐시가 떠나고, 정말로 교사 몇 명이 도구실로 찾아왔다.

교사가 본 것은 바닥에 주저앉은 피투성이 여학생과 흉기인 단검. 그리고 피 묻은 남성복이 버려진 현장.

"대체 무슨 일이 있었던 거야!"

교사들은 그 참상에 몹시 당황한 모습이었다.

"수상한 남자에게 끌려와서 베였어요."

나는 지난번처럼 몸을 덜덜 떨고, 흐려진 안경 안쪽으로 하염없이 눈물을 흘리며, 불쌍함 그 자체인 모습으로 교사에게 그리 전했다.

분명 캐시는 그런 내 모습을 보아 주었을 것이다.

▲
▼

선로 위에 내려앉았다가 녹아 버리던 굵은 눈송이가 마치 힘이 다한 것처럼 뚝 그쳤다.

술렁이는 플랫폼에 ―인신사고가 일어났다는 방송이 울려 퍼졌다.

하지만 웅성거리는 인파는 무슨 일이 벌어졌는지 아직 완전히 파악하지 못하고 있었다. 정말이지 아까운 일이었다. 하지만 지금의 나는 이 이상 능숙하게 처형할 수가 없었다. 모처럼 그녀가 명령을 내려 주게 됐는데, 나는 처형인으로서 아직 멀었다.

'안녕.'

살짝 분함을 느끼며 나는 심판받은 죄인에게 마음속으로 이별을 고했다.

그리고 흐려진 안경을 옷소매로 닦고 반대편 플랫폼을 보았다.

반대편 플랫폼에는 누구보다도 고귀한 그녀— 캐시가 서 있었다. 그녀는 선로 위의 죄인을 보고서 아름답게 웃고 있었다.

그래— 그녀는 악을 심판하는 존재.

죄인의 괴로움과 그 죽음을 진심으로 기뻐할 수 있는 특별한 사람.

그녀만큼 단죄인에 걸맞은 사람은 없다.

그런 그녀를 섬기는 것을 인정받았다고 생각하기만 해도 나는 행복한 나머지 몸이 떨렸다.

'캐시, 난 제대로 행동했을까.'

나는 설레는 마음으로 어서 반대편 플랫폼으로 가고자 발걸음을 서둘렀다. 널 처형한 것 따위 이미 먼 과거처럼, 내 가슴은 들떠 있었고 머릿속은 캐시로 가득했다.

개찰구로 이어지는 계단을 내려가 반대편 플랫폼으로 가는 계단을 올라간 나는 미소 짓는 그녀에게 달려갔다.

"훌륭했어."

그리고 그 녹색 눈에 비친 나를 바라보며 그저 칭찬받았다는 사실에 환희할 뿐이었다.

CHARACTER PROFILE

RACHEL GARDNER

/ HEIGHT	156CM	
/ BLOOD TYPE	AB	
/ BIRTH DAY	6/10	
/ ZODIAC SIGNS	GEMINI	

레이

기억을 잃어버린 13세 소녀. 본명은 레이첼 가드너.

빌딩 최하층에서 깨어나 지상으로 향하고 있을 때 잭과 만난다.

잭에게 영리함을 인정받아 「살해당하는」 조건으로

행동을 함께하기로 결의했다.

머리가 좋으며 냉정하고 침착한 인상이지만 어딘가 기묘하게 인간의 감정을 잃어버렸다.

잭에게 「인간다운 표정을 보이지 않으면

죽일 생각이 안 든다.」는 말을 듣고 곤혹스러워하고 있다.

ISAAC FOSTER

/ HEIGHT	186CM
/ BLOOD TYPE	B
/ BIRTH DAY	???
/ ZODIAC SIGNS	LEO

정확한 출생일은 불명 시설에 있던 서류에는 추정 7월 24일 전후라고 써 있음.

잭

살인귀. 본명은 아이작 포스터. 20세 전후라고 하지만 나이는 불명.
행복하거나 기뻐하는 인간을 보면 무심코 죽이고 싶어서 참을 수 없게 되는
자칭 「멀쩡한 성인 남성」.
희망이 절망으로 바뀌는 것이나 공포에 떠는 표정에서 쾌감을 느끼며
흥분이 고조되면 무심코 상대를 죽여 버린다.
유년기, 고아원에 맡겨진 뒤로 실종되었다.
생각하는 것이 서툴며 머리는 좋지 않다.

DANIEL
DICKENS

/ HEIGHT   179CM
/ BLOOD TYPE   A
/ BIRTH DAY   9/2
/ ZODIAC SIGNS VIRGO

대니

B5층에서 만난
레이의 주치의를 자칭하는 의사.
부드러운 태도와 자상한 미소를 보이며
레이에게 접근하나 「아름다운 눈」에 유별난 집착심을 보인다.
레이의 눈이 상처 입지 않도록 신경 써 주지만
과연 그 진의는…….

EDWARD MASON

/ HEIGHT 154CM
/ BLOOD TYPE A
/ BIRTH DAY 4/30
/ ZODIAC SIGNS TAURUS

에디

B4층에서 만난 남자아이.
레이와 나이가 비슷하며
이 빌딩에서 죽은 인간들의 무덤을 매일 만들고 있다.
레이에게 한눈에 반하여
레이의 모습을 새긴 무덤을 만들어
두 사람을 기다리고 있었다.

CATHERINE WARD

/ HEIGHT		166CM
/ BLOOD TYPE		O
/ BIRTH DAY		10/25
/ ZODIAC SIGNS		SCORPIO

캐시

B3층에서 만난
자신을 「단죄인」이라고 부르는 사디스트 여간수.
쾌활하게 말하면서
차갑고 잔혹한 징벌을 차례차례 내린다.
린치를 가하면서, 잭과 레이가
「위태로운 약속」을 맺고 있다고 깨닫는다.

GRAY

/ HEIGHT	?????
/ BLOOD TYPE	?????
/ BIRTH DAY	?????
/ ZODIAC SIGNS	?????

그레이

B2의 대성당 안쪽에서 레이가 만난, 의문에 싸인 초로의 남성.
자신을 「신부」라고 칭하며, 신기하게도
빌딩 전체를 잘 알고 있는 듯한 언동을 취한다.
어째선지 레이에게 불신감을 품고 있다.
그 말은 항상 수수께끼 같아서 일반인은 이해하기 어렵다.
또한 몸에서는 달콤한 향기가 감돌며
그에게 다가가면 불가사의한 일이 일어나게 된다.

키나 치렌 CHIREN KINA

소설가. 대학 재학 중에 쓴 『녹으니 시들었다.』 (신초샤)로 제9회 성인문학상 우수상 수상. 그 후 『정전기와, 미야코의 무의식.』 (겐토샤)으로 단행본 데뷔, 『나비 세계』 (이치진샤)나 『Just Be Friends.』 (PHP연구소), 『DEEMO Last Dream』 (포니캐니언) 등 인터넷 콘텐츠의 소설화를 다수 담당했다.

사나다 마코토 MAKOTO SANADA

게임 작가. 2013년 10월에 프리무에 투고한 『안개비가 내리는 숲』이 화제가 되어 만화나 소설 등 여러 매체로 전개되는 인기작이 되었다. 2015년 8월, 니코니코 게임 매거진에서 대망의 신작 『살육의 천사』 제1화를 공개. 연재 중부터 높은 인기를 얻었고 2016년 2월에 제4화를 배포하며 완결. 연재 종료 후에 공개된 영상 『살육의 천사 Episode.NG』도 화제를 불렀다.

negiyan NEGIYAN

일러스트레이터 · 디자이너. 『살육의 천사』에서는 LINE 스티커 제작, 굿즈 등을 담당하는 공식 일러스트레이터로 활약. 또한 Twitter에서 연재한 네 컷 만화가 큰 반향을 일으켜 코믹진에서 동시 연재도 시작했다.

살육의 천사

BLESSING IN DISGUISE

2

원작 = **사나다 마코토**
저자 = **키나 치렌**
일러스트 = **negiyan**

STORY BY MAKOTO SANADA
WRITTEN BY CHIREN KINA
ILLUSTRATION BY NEGIYAN

살육의 천사 2
BLESSING IN DISGUISE

1판 1쇄 발행 2017년 9월 10일
1판 8쇄 발행 2023년 1월 16일

원작_ Makoto Sanada
지은이_ Chiren Kina
일러스트_ Negiyon
옮긴이_ 송재희

발행인_ 신현호
편집장_ 김승신
편집진행_ 권세라 · 최혁수 · 김경민 · 최정민
편집디자인_ 양우연
관리 · 영업_ 김민원

펴낸곳_ (주)디앤씨미디어
등록_ 2002년 4월 25일 제20-260호
주소_ 서울시 구로구 디지털로 26길 111 JnK디지털타워 503호
전화_ 02-333-2513(대표)
팩시밀리_ 02-333-2514
이메일_ lnovellove@naver.com
L노벨 공식 카페_ http://cafe.naver.com/lnovel11

SATSURIKU NO TENSHI 2 BLESSING IN DISGUISE
©Makoto Sanada / Chiren Kina 2017
First published in Japan in 2017 by KADOKAWA CORPORATION, Tokyo.
Korean translation rights arranged with KADOKAWA CORPORATION, Tokyo.

ISBN 979-11-278-4245-1 04830
ISBN 979-11-278-4020-4 (세트)

값 9,000원